« Les meilleurs livres sont ceux qui racontent ce que l'on sait déjà. »

Georges Orwell – 1984.

S-P DECROIX

# MIRAGE'S MEMORIES ARC 1 : — RÉBELLION —

## ÉPISODE 4 : LA PROPHÉTIE DE L'OMBRE

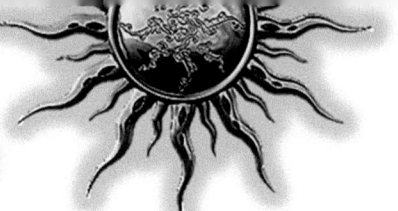

© S-P Decroix, 2025

Édition : BoD · Books on Demand, 31 avenue Saint-Rémy, 57600 Forbach, bod@bod.fr
Impression : Libri Plureos GmbH, Friedensallee 273, 22763 Hamburg (Allemagne)
ISBN : 978-2-8106-2849-0
Dépôt Légal : mars 2025
Prix : 19 €

Création de couverture et mise en page : Orlane, Instant Immortel

Photo de la couverture : ©Freepik, ©Pixabay
Autres photos : ©Pixabay, ©S-PDecroix

Avertissement : cet ouvrage contient quelques scènes qui pourraient heurter les personnes les plus sensibles. L'auteure rappelle que ce roman est une œuvre de fiction qui ne reflète en aucun cas ses pen-sées, ou son état d'esprit. Cela ne signifie pas non plus qu'elle cautionne la violence, quelle qu'en soit la forme.

MIXTE
Papier issu de sources responsables
Paper from responsible sources
FSC® C105338

# S-P DECROIX

# MIRAGE'S MEMORIES
# ARC 1
# — RÉBELLION —

## ÉPISODE 4 : LA PROPHÉTIE DE L'OMBRE

### PARTIE 2

PRIX ORWELL– CEPAL 2017

ROMANCE

# PRÉ-ANNEXES

— Pour vous imprégner de l'univers du Monde Connu —

# PERSONNAGES

PEUPLE / CLAN des Télépathes
— Personnes dotées du « Chi » —

Mirage's memories, la saga

LES TÉLÉPATHES

S-P Decroix

Source des images: pixabay

**Amos**: Âge indéterminé. Le Maître Télépathe, autoproclamé roi des Télépathes. Pouvoirs à l'étendue inconnue.

**Andrew**: Télépathe rebelle. 21 ans.

Père : Elfride Bald Win, mère : AnnLys Will Azor. Sœur : Andie. Fiancée : Orianne.

Cousin : Markk. Amis : Dan, Allan (décédé), GiullYann.

Particularité : yeux verts pailletés d'or.

**Markk** : Télépathe rebelle. 29 ans.

Mère : MyriAnn Will Azor. Père : aucunes données.

Cousins : Andrew et Andie. Meilleur ami : Dan. Amis : Allan (décédé), GiullYann.

Particularités : 3 marques le long de sa colonne vertébrale. Des yeux sombres contrairement au reste de sa famille. D'une intelligence incroyable. Étendue des pouvoirs inconnue.

**Dan** : Télépathe rebelle. 21 ans.

Meilleur ami de Markk. Amis Andrew, Allan (décédé), GiullYann.

Particularités : dos qui présente des lacérations anciennes et profondes.

**XÉMEL** : Télépathe, fidèle à Amos. Âge indéterminé.

Particularité : personne ne connaît l'étendue de ses capacités.

**MYRIANN** : mère de Markk que tout le monde croyait disparue. A été la prisonnière d'Amos durant tout ce temps.

Père : Kévin Will Azor. Mère : Dorynne Gisil

Frère : Piers Will Azor. Sœur : AnnLys Will Azor.

**SAÏD et AODRENN** : Télépathes à la solde d'Amos. Apparaissent pour la première fois dans l'Épisode 1 « La dernière Cité ».

# PEUPLE / CLAN DES HOMMES
— Personnes sans pouvoirs —

**Darius :** Chef de la rébellion. A été proclamé Grand Gouverneur de Mirage par le Conseil.

Âge indéterminé.

Est en réalité Davis, un Télépathe autrefois ami d'Elfride (père d'Andrew) et d'Amos. Il est donc Télépathe.

Épouse : CéLyann. Père adoptif d'Orianne.

Ami de Hans.

**Hans :** Général en chef des armées. Codirigeant de la rébellion. Père adoptif de Gwen. Ami de Darius.

Particularité : scientifique, inventeur d'une bonne partie de la technologie de Mirage

**Orianne :** 19 ans. Méthyss (moitié Télépathe, moitié Humaine) Fille adoptive de Darius. Fiancée d'Andrew

Père : Amos. Mère : CéLyann

Meilleure amie : Gwen. Amis : GiullYann, Markk, Dan

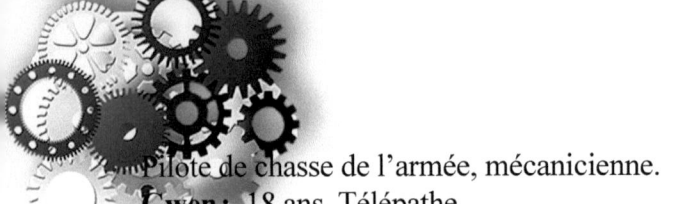

Pilote de chasse de l'armée, mécanicienne.

**Gwen :** 18 ans. Télépathe.

Fille adoptive de Hans. Est en réalité Andie, la sœur d'Andrew que tout le monde croyait morte et dont la mémoire a été affectée des suites de ses blessures causées par Amos.

Père : Elfride Bald Win. Mère : AnnLys Will Azor

Meilleure amie : Orianne. Amis : GiullYann, Dan.

Particularité : douce et généreuse, aime porter secours à autrui.

**GiullYann :** 21 ans.

Capitaine de l'armée de terre de Mirage.

Amis Orianne, Andrew, Markk, Dan.

**SKY EUDES :** décédé. Lieutenant de l'armée de l'air. Pilote de chasse. Chef mécanicien.

Mentor d'Orianne.

**SWAN, C.G, LESEY :** soldats de l'escouade de GiullYann

**JAN HARPER :** pilote de chasse

**ALÉPOS :** Président du Conseil. Aucun renseignement.

**CONSEIL :** Hauts Dignitaires Humains et Télépathes qui gouvernent à présent le Monde Connu.

# Mirage
## — Dernière Cité des Hommes —

Mirage's Memories, la saga

Mirage

S-P Decroix

Source des images: pixabay

PEUPLADE des Lombrics
— Vers mutants doués de pensées (entre autres) —

**Hadad le Premier:** Grand Patriarche des 3 Colonies des Lombrics.

Père des Patriarches: Faraj', Enki le Terrible, Mhé.

Mort lors d'un assaut contre Mirage

**Faraj':** Nouveau Grand Patriarche des 3 Colonies

Ancien Patriarche de la Grande Plaine Désertique.

Fils aîné de Hadad; frère de Enki le Terrible & de Mhé.

**Enki le Terrible:** Patriarche de la Colonie du Nord.

Fils cadet de Hadad, frère de Faraj' et Mhé.

**Mhé:** Matriarche de la Colonie du Sud

Fille benjamine de Hadad, sœur de Faraj' & Enki.

Tâche blanche sur le front.

**MEUTE:** horde de Lombrics qui réunit les Chasseurs.

**CHASSEURS:** élite des meilleurs Lombrics, destinés à chasser.

Particularité: à la Colonie de Mhé, ce sont exclusivement des femelles.

**GARDES** : Chasseurs destinés à la défense des Colonies.

**BÂTISSEURS** : Lombrics destinés aux travaux en tous genres. Plus particulièrement la contruction des tunnels sous-terrains.

**NOURRICES** : Lombrics destinés à s'occuper des Progénitures.

**PROGENITURES** : nouveaux nés et jeunes Lombrics sans défenses.

# CORRESPONDANCE DES ÂGES

PETITES PRÉCISIONS CONCERNANT L'ÂGE DES PERSONNAGES DANS MIRAGE'S MEMORIES

Les Télépathes et les Méthyss vivent beaucoup plus longtemps. Du fait de leurs Pouvoirs, ils ne vieillissent pas de la même façon que les Humains.

En revanche, le point commun des deux peuples se trouve dans l'âge de maturité des jeunes adultes. **Si les jeunes acquièrent la majorité à 15 ans, ils sont en fait plus âgés et ne sont en aucun cas des adolescents tels que nous les connaissons, nous,**

aujourd'hui. C'est pourquoi, à ce propos, **les règles de notre société actuelle ne s'appliquent pas dans ce roman.**

Les personnages ont leur propre horloge biologique. Les Télépathes et les Méthyss, arrivés à l'âge adulte, voient leur vieillissement cellulaire ralentir. Ce qui leur donne une espérance de vie plus longue.

| Tranches d'âges | Correspondance dans Mirage's Memories En années | Correspondance approximative pour nous En années |
|---|---|---|
| Petite enfance/enfance | 0 - 10 | 0 - 10 |
| Adolescence | 11 - 14 | Environ 11-16/17 |
| Majorité | 15 | 18/21 |
| Jeune adulte | 15 - 20 | Environ 18-25 |
| Adulte/Grand adulte | 21 - 70 | Environ 26 - 60 |
| Personne âgée | + 70 | + 60 |

## VOCABULAIRE IMPORTANT DANS MIRAGE'S MEMORIES

* <u>Addax</u> : antilope à nez tacheté, appartenant à la famille des Bovidés, adaptée aux déserts, capable de s'adapter et d'habiter dans des endroits extrêmement arides.
* <u>Aéro-routes</u> : tubes en suspension dans lesquels se déplacent les véhicules civils : slider-cars, thermybus etc. Dans le Monde Connu, les aéro-routes remplacent nos routes actuelles.
* <u>Aérostorms</u> : avions de chasse Humain pas très performants.
* <u>Bôkneïr</u> : bouclier généré par les Télépathes à partir de leur Eyneïr.
* <u>C.A.T</u> : système de défense Contre-Attaque Télépathie.
* <u>Chi</u> : Pouvoir des Télépathes. Chiiquement : par analogie, en référence au Chi.

* <u>Climber-cars</u> : véhicules tout-terrain utilisés dans l'armée Humaine pour traverser les dunes.
* <u>Clouderplanes</u> : avions de repérage.
* <u>Erg / Reg</u> : Désert de sable / de roches
* <u>Eyneïr</u> : énergie des Télépathes, constituant une partie de leur Pouvoir.

Le mot et ses dérivés gardent la majuscule. Les mots dérivés gardent la majuscule.

* <u>Leyneïr</u> : faisceau d'énergie.
* <u>Maghatir</u> : Waddah est le nom plus courant de ce dromadaire, au pelage blanc, originaire des régions désertiques du nord de l'Arabie Saoudite, signifiant « chameaux blancs »
* <u>Nucléastane</u> : Matière spécifiquement créée pour résister aux derniers rayonnements nocifs et aux radiations nucléaires.
* <u>Rollers aérodynamiques</u> : baskets spécifiques Humaines (du peuple des Hommes) permettant aux adolescents de léviter.
* <u>Slider-cars ou sliders</u> : voitures futuristes, glissant à l'intérieur des aéro-routes.
* <u>Snakairs</u> : avions de chasse des Télépathes.
* <u>SNC</u> : soie en nucléastane.
* <u>Stormmerwinds ou stormmers</u> : avions de chasse des Hommes.
* <u>Technique Céleste, vaguer</u> : termes employés dans l'utilisation des rollers aérodynamiques.
* <u>Téléférer</u> : communiquer par télépathie.
* <u>Téléphysique</u> : force combinant plusieurs autres.
* <u>Téléporter/ télétransporter</u> : disparaître d'un endroit pour réapparaitre à un autre
* <u>Thérapathie, médipathie</u> : soins des Télépathes via leur Pouvoir.
* <u>Thermybus</u> : bus de ville.
* <u>Winderskies</u> : avions citadins.

# LE MONDE CONNU

## LA DERNIÈRE CITÉ

À la suite du Grand Bouleversement, la Terre s'est transformée en un désert aride et le génome humain a été modifié. Dès lors, certains Hommes ont muté en êtres surpuissants, dotés de Pouvoirs extraordinaires : les Télépathes. Un conflit éclate alors entre les deux peuples encore en vie sur Terre : les Hommes, restés au rang d'humain et ces fameux Télépathes, doués du « Chi ». L'un de ces êtres surpuissants, Amos, aussi appelé « le Maître Télépathe », a une totale emprise sur son propre peuple et n'a qu'une idée en tête : asservir les Hommes.

L'histoire débute en 3697, au beau milieu d'une guerre des clans, tandis qu'Andrew et ses amis, des Télépathes rebelles, tentent de rejoindre la dernière Cité des Hommes : Mirage. Ils y feront la connaissance de l'énigmatique Darius, le chef de la rébellion. Ils se prétendent résistants ? Ils seront ses prisonniers.

Entre les assauts des Lombrics, une Peuplade de vers génétiquement modifiée, pensante, carnivore, et ceux du clan d'Amos, Darius n'aura pas d'autre choix que d'accepter l'aide du trio rebelle. Ce qui contrarie fortement Orianne, sa fille, pilote de

chasse au caractère bien trempé, qui, dès le premier regard, prend Andrew en grippe.

Bien des mystères s'épaississent tandis que le jeune Télépathe, en quête de rédemption, cherche à réconcilier les deux peuples. Mais alors qu'il tente avec ses deux amis, Markk et Dan, d'intégrer pacifiquement Mirage, de nombreux problèmes se posent à eux : prouver leur bonne foi à des personnes qui jusqu'à présent les considéraient comme leurs pires ennemis ; faire face à l'armée d'Amos et trouver un nouveau moyen de défense quand le bouclier protecteur de Mirage cesse de fonctionner.

Tout amène nos héros vers un ultime combat contre Amos, le terrible Maître Télépathe et vers cette dernière chance de rétablir la paix sur une Terre dévastée…

## LES CHAÎNES IMMUABLES DU PASSÉ

**A**près le terrible combat de la Rébellion contre le Maître Télépathe, Mirage et les clans se reconstruisent du mieux possible. Un nouvel ordre semble établi grâce au Conseil, dirigé par Alépos et les Hauts Conseillers. Malheureusement, cette paix chèrement acquise est de courte durée. Amos a survécu et prépare sa vengeance.

Après toutes leurs péripéties, quelle terrible découverte pour Andrew et ses amis ! Mais, ils ne sont pas au bout de leur surprise ! Pendant le sauvetage d'Orianne, qu'Amos a fait enlever lors d'un assaut commun avec Faraj' – Grand Patriarche des Lombrics – nos héros apprennent le secret de sa naissance. Orianne n'est autre que le fruit des amours de sa mère, CéLyann, avec Amos ! Et cette découverte n'est pas la seule ! Car la complice de la jeune femme

pour échapper aux griffes de son véritable père, n'est autre que MyriAnn, la mère de Markk que tous croyaient disparue. Mais elle aussi porte de lourds secrets…

## LES ESPOIRS PERDUS

**O**rianne, sous le choc de la révélation de sa naissance veut rompre avec Andrew afin de mieux le protéger de son véritable père. Pendant ce temps, Dan essaie une nouvelle arme que Hans a mis au point. Est-ce une bonne chose pour ce fougueux Télépathe ? Rien n'est moins sûr. Car cette arme renferme un nouveau pouvoir que Dan n'est pas certain de maîtriser.

Dans le même temps, Mirage fait part à Darius d'une effroyable Prophétie qui pourrait bien provoquer un Second Bouleversement. Il faut donc retrouver l'Homme dont elle parle avant qu'il déclenche cette apocalypse. Mais bien sûr, Amos est aussi sur ses traces. Dans quel but ? Reprendre le pouvoir ? Ou bien cela cache-t-il autre chose ?

# PROLOGUE

■□■□■

*« La force de l'amour paraît dans la souffrance. »*
*— Pierre Corneille—*

■□■□■

'amour est une force cosmique primordiale qui se trouve dans tout ce qui est, tout ce qui a été et tout ce qui reste encore à venir. Cette force existe au-delà de notre propre compréhension humaine et nous octroie la capacité de surmonter chacune de nos épreuves, de résister et faire face à nos douleurs.

Pourquoi les âmes choisissent-elles de lier les fils de leur destinée ? Pour un amour si grand qu'il pourrait tout transcender ? Pour un chemin si obscur qu'il pourrait entraîner tout un monde avec lui ? Ou pour cet espoir à naître ?

Les Ténèbres, plus que l'amour, ouvrent leurs bras à celui que j'aime. Et notre amour décline autant que ma raison, autant que mon cœur qui se brise à chaque seconde. Chacun de ces éclats nous éloigne l'un de l'autre.

Mon impuissance à le retenir dans la Lumière n'éprouve d'égal que ma connaissance de ce qui sera, ou mon silence imposé par des lois cosmiques qui me (nous) dépassent (tous). Je sais. Tout. Mais, ne peux rien révéler. Ou presque.

Comment faire alors pour l'empêcher d'emprunter la voie de la destruction ? Rien. Car il est des choses déjà écrites, inévitables.

Mais, d'autres sentiers se tracent à l'horizon. Un grain de sable ne peut-il pas provoquer une tempête à l'autre bout du monde ?

Le vent se lève et transporte avec lui les vestiges de ce qui aurait pu être. Notre avenir n'est pas perdu. Un espoir demeure, capable de tout changer. Il brille au milieu de l'obscurité comme une flamme incandescente qui embrase les cœurs vaillants et guide les égarés. Les jours sombres qui approchent feront place à des jours radieux. Alors, le chemin n'aura pas été vain. Mon sacrifice non plus.

— Amos, mon cher amour, je t'adresse une dernière prière en espérant qu'un jour, tu retrouveras le chemin de la Lumière. En attendant nos retrouvailles, je deviendrai l'Espoir de ceux qui se perdent dans les Ténèbres, leur guide sur les sentiers de l'Ombre menaçante, le refuge de ceux qui ne possèdent plus rien, avant que naisse enfin l'Espoir qui unifiera les peuples de la Terre.

**J**e suis CéLyann et ma mort ne sera qu'un commencement.

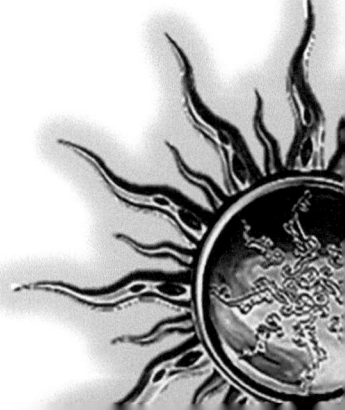

# LE CHANT DE CÉLYANN
## NÀAM MÌO SHEBEOLIN
### — MON ÂME ÉGARÉE —

❖ ● ❖ ● ❖

*Amalo mìo, ô tuo, nàam mìo shebeolin*
> Ô toi mon amour, mon âme égarée
*Matesum tuo Kayranis Hudae alaas*
> Sur les Sombres Sentiers de tes tourments
*Asaad djorni nos fluunt, Kadakin*
> Ruissèlent nos jours heureux, condamnés
*Izlivarse, Gaïa Kahilae, enfamas.*
> À verser, des Terres Arides, la souffrance.

*Aalnisiàn vaelauksìa nostrum alt hirahe*
> Que la douceur de nos étreintes oubliées
*Klàanis Yanakis tuo backaliat dusca*
> Te ramènent jusqu'aux rivages clairs
*Att oïharteat siilta tuo binnen, maysin zé*
> Que résonne dans le silence cette prière

*Til hàn Umbrà tuo alt idalajira*
> La main tendue vers ton Ombre qui disparaît.
*Mnemosias nos Dabbeho heauldira til korae mìo,*
> Je scelle nos souvenirs au fond de mon cœur,
*Shebeolin amalo mìo ô, nàamdul mìo*
> Ô mon amour égaré, mon âme-sœur.
*Hayalhéis sùrayae tuis Dûnia nsujerit*
> Tu inondes le Monde de tes soleils glacés
*Mutta, arjeì asteri a lakrimae sirin*

27

Mais, sous les larmes de l'astre d'argent
*Ameì elthì mìo backaleris mit,*
Tu me reviendras mon bel amant,
*Amalo mìo, ô tuo, nàam mìo shebeolin.*
Ô toi, mon amour, mon âme égarée.

# CHAPITRE 1
## COUPABLES

◙ ▪ ◙ ▪ ◙

*AMOS*
*— 28 ans plus tôt (année 3669) —*
*— Forteresse —*

◙

Entourée des Grandes Rocheuses perçant la voûte céleste, la Forteresse offrait une vue imprenable sur la mer de sable qui s'étendait à l'infini. Dans sa chambre, le Maître Télépathe, aussi tendu que ces montagnes indifférentes à son désarroi, cligna des yeux.

La journée, bien avancée, baignait le lieu de sa luminosité douloureuse. Pourtant, sa bien-aimée se tenait là, debout, devant la grande baie vitrée inondée de soleil, le regard sur l'horizon, comme à la recherche des réponses aux mystères qu'elle seule connaissait.

Mélancolique, sa voix fredonnait une mélodie dans une langue ancienne, insoupçonnée de la plupart des êtres peuplant le Monde Connu. Ce qui n'était pas son cas. Chaque note, chaque mot résonnait dans le cœur d'Amos, éveillant en lui une multitude de souvenirs heureux ainsi qu'une inquiétude sourde, persistante.

Jour après jour, CéLyann s'enfermait dans une coquille hermétique à tout et à tous, la plongeant inéluctablement dans la folie de ses visions répétitives. Seul Davis parvenait encore à l'atteindre grâce au lien de Protecteur qui l'unissait à elle.

Il l'enviait autant qu'il le bénissait de pouvoir l'ancrer à la réalité. Mais, cela ne durerait pas. Amos le savait. Le sablier de son existence s'écoulait inexorablement, transformant chaque instant à ses côtés en une lutte impitoyable contre le temps, en un cruel défi lancé au destin. Cette bataille, Amos comptait la gagner. À n'importe quel prix.

Pendant une seconde, ses prunelles diaphanes reflétèrent sa colère, sa haine envers ceux qu'il considérait comme responsables de leur malheur imminent. Bientôt, le sang des Hommes coulerait comme le tribut de ce qui n'était pas encore advenu.

Une rage dévastatrice, sauvage, bouillonnait en lui. Il sentait son Chi déborder de partout, prêt à ravager le Monde Connu. Mais, tandis que des arcs électriques crépitaient autour de lui, la voix de CéLyann le ramena à la raison.

Amos inspira plusieurs fois afin de faire redescendre toute la brutalité qui le consumait depuis des semaines, des mois. Il ne devait pas craquer. Pas devant elle. Même si CéLyann ne paraissait plus connectée au monde, elle semblait tout de même discerner certaines choses. Or, il tenait plus que tout à ce qu'elle n'apprenne jamais qu'il s'aventurait – depuis un certain temps maintenant – sur un chemin d'où il ne reviendrait jamais. Et, la voir ainsi, aussi près et aussi loin à la fois, lui brisait le cœur.

La chanson de CéLyann racontait tout simplement l'histoire de leur amour condamné. Cependant, dans son état, sa bien-aimée pouvait-elle encore sentir les liens qui les unissaient jadis ? Ce qu'il ressentait toujours pour elle ? Était-elle encore capable d'aimer ? Chaque parole lui rappelait cruellement que l'Ombre elle-même traçait les méandres de leur avenir. Pouvait-il réellement lutter contre ça ? Il le faudrait bien.

La voix de CéLyann s'éteignit sur sa dernière note à l'instant même où un coup frappé à la porte de leur chambre tirait Amos de ses réflexions. Une œillade furtive en direction de son amante

lui indiqua qu'elle demeurait immobile, toujours plongée dans la contemplation du paysage extérieur.

— Entre.

Ses mots résonnèrent de manière étrange dans la pièce quand Davis apparut, égal à lui-même. Droit, athlétique, ses longs cheveux châtains noués dans la nuque, chemise beige en nucléastane rentrée dans un pantalon noir clouté, long manteau agrémenté de motifs cuivrés, il avait fière allure. Ses prunelles grises se posèrent sur lui, puis sur CéLyann. Presque immédiatement, ses sourcils marquèrent un pli inquiet.

— Tu dois l'aider.

Davis tiqua.

— On en a déjà parlé, Amos. Les Pouvoirs Chiiques ne se contrôlent pas aisément. Alors ceux d'une Prophétesse !

— Tu es son Protecteur ! C'est ton devoir !

Son ami détacha son regard de la silhouette de la jeune femme pour le planter sur lui.

— Merci bien ! Mais, prendrais-tu vraiment le risque de la transformer en légume ? Ou de la perdre à jamais ?

Amos garda le silence.

— Je travaille sur un projet qui pourrait lui venir en aide, ajouta Davis, la voix adoucie. Cependant, aussi cruel que cela puisse te paraître, j'ai besoin de temps.

Le Protecteur posa sa main sur l'épaule de son Maître.

— Cela me brise le cœur, à moi aussi, de la voir comme ça.

— Je sais, soupira-t-il.

Il s'enferma dans ses pensées, se frotta la bouche et explosa de colère :

— Tout ça, c'est la faute des Hommes !

— Comment ça ? l'interrogea Davis, surpris par sa hargne.

Elle est ainsi depuis qu'elle a eu sa vision, dans le quartier en construction !

— Je comprends ton désarroi, néanmoins cela ne fait pas d'eux des…

— Bien sûr que si! C'est en rapport direct avec eux! J'ai des preuves!

— Quelles preuves? le questionna-t-il encore, front plissé.

Amos hésita. Devait-il se confier à lui? À Elfride aussi? Ne seraient-ils pas de bon conseil après tout? Il ouvrit la bouche pour lui livrer ses craintes quand la voix soucieuse de CéLyann le coupa net.

— Davis?

*DAVIS*

◙

**L**e bruissement de tissus indiqua le mouvement de CéLyann. Le drapé, d'un rouge bordeaux brodé de fleurs blanches et or, aux manches évasées, ceinturé à la taille par un large ruban, couvrait une toilette immaculée aux motifs identiques, de teinte inversée. Sa longue chevelure ébène, retenue partiellement par un peigne assorti, en un savant chignon, contrastait avec son teint d'opaline. Mais, tandis qu'elle essayait de porter son regard sur Amos et lui, Davis ne put retenir une exclamation de surprise:

— Bordel!

Là, au fond de ses iris sombres, dansait une brume étrange, la rendant aveugle.

— Qu'est-ce que…

À côté de lui, Amos semblait également pris au dépourvu.

— Une nouvelle manifestation de ses Pouvoirs, marmonna Davis à l'intention de son ami et Maître.

Ce dernier lui fit un signe de tête en direction de CéLyann. Aussitôt Davis s'approcha d'elle. Sans doute guidée par le bruit de ses pas, elle suivit son mouvement. Parvenu à sa hauteur, le

Télépathe prit sa main dans la sienne. Elle frissonnait, grelottait presque.

— CéLyann? Est-ce que tu m'entends?

Elle prononça des mots qu'il ne put comprendre.

— CéLyann?

— Ils n'arrêtent pas de crier, chuchota-t-elle. Je dois les aider.

— Qui?

— Du sang. Des larmes. Tellement de larmes.

Sa voix frémissait autant que la brume dans ses yeux. Davis lui parla tout bas, essayant de la rassurer, de la faire revenir à l'instant présent. Peu à peu, ses tremblements ainsi que la brume disparurent complètement. CéLyann retira sa main, papillota[1] des yeux. Elle le dévisagea comme si elle peinait à le reconnaître. Puis, elle porta ses doigts sur son visage et l'interpella d'une voix à peine audible:

— Darius?

— Non, c'est moi, Davis.

Dans son dos, Amos se racla la gorge. Bien qu'il comprenne la frustration de son ami de ne pas parvenir à secourir sa fiancée, Davis n'avait pas l'intention de la brusquer au risque qu'elle s'abandonne de nouveau à ses horribles visions. Il la laissa donc explorer son visage.

— Davis?

— Oui, c'est moi.

Elle pencha légèrement la tête avant de reprendre:

— Oui… bien sûr… je… je suis confuse. Pendant un instant, tu étais quelqu'un d'autre.

— Comment ça?

— C'était toi… sans être toi. Je… excuse-moi Davis, je… je ne sais plus.

---

1  **Papilloter**: Cligner des yeux ou des paupières de façon continue et involontaire. A ne pas confondre avec "papillonner" qui est un verbe intransitif qui peut être utilisé au sens littéral (voler à la manière d'un papillon) ou au sens figuré (passer d'un sujet à l'autre sans rien approfondir).

— Ce n'est pas important CéLyann. Le principal est que tu te sentes mieux. Amos et moi étions fous d'inquiétude pour toi.

À l'évocation de son nom, ce dernier les rejoignit. CéLyann leva ses yeux vers lui, puis lui adressa un timide sourire.

— Je ne voulais pas que vous fassiez du souci pour moi, s'excusa-t-elle.

Le Maître Télépathe, visiblement libéré d'un poids, ne cachait pas le bonheur que ces simples mots lui apportaient. Lorsque CéLyann tendit ses doigts vers lui, il les saisit avec délicatesse et les leva jusqu'à ses lèvres.

— Si tu savais combien je t'aime, avoua-t-il sans cesser de les embrasser.

Davis s'écarta. Il devait laisser les amants dans la joie de leurs retrouvailles après de nombreux jours où la jeune femme s'était égarée dans ses visions. Il allait se téléporter dans ses appartements quand CéLyann écarquilla les yeux. Elle se dégagea de l'étreinte d'Amos et recula contre la fenêtre, horrifiée.

— CéLyann ? demanda l'intéressé.

— Qu'est-ce que tu as fait ?

— Comment ça ? fit-il sans comprendre.

— Qu'est-ce que tu as fait ? cria-t-elle, épouvantée.

Comme il tendait la main vers elle, elle hurla de plus belle :

— Ne t'approche pas de moi !

Davis se précipita.

— Amos ! Sors d'ici ! Je vais m'occuper d'elle.

Blême, il fixa les traits méconnaissables de sa bien-aimée avant de se résigner. Il se téléporta, la laissant derrière lui, prise au piège d'une terrible bataille qui n'avait pas encore eu lieu.

◙■◙■◙

Mirage's Memories – Arc 1 : Rébellion –
La Prophétie de l'Ombre.

*Εν λ϶αννΓε 3698, λε 12 δυ τροισι(με μο*
*ισ*
*Παρμι τουσ, υν Ηομμε σ϶Γλ(ϖερα,*
*Ετ, λα Τερρε τρεμβλερα.*
*Περσοννε νε σερα ασσεζ φορτ*
*Πουρ βραϖερ χεττε Μορτ.*
*Νι λεσ Ηομμεσ ετ λευρ τεχηνολογιε,*
*Νι λεσ ΤΓλΓπατηεσ ετ λευρ μαγιε.*

***En l'année 3698, le douze du troisième***
***mois,***
***Parmi tous, un Homme s'élèvera***
***Et la Terre tremblera.***
***Personne ne sera assez fort***
***Pour braver cette Mort.***
***Ni les Hommes et leur technologie,***
***Ni les Télépathes et leur magie.***

# CHAPITRE 2
## BILAN

◈•◈•◈

*MARKK*

*— De nos jours, année 3697 —*
*— Cité Mirage, post-bataille Lombricienne —*

L a bataille contre les Lombrics laissait une vision cauchemardesque de la Cité. Outre les crevasses colossales déformant les rues, les bâtisses éventrées et autres dégâts matériels, les morts s'amoncelaient un peu partout à côté des blessés.

Les cris, les pleurs, les ordres militaires qui fusaient, les grincements en tous genres résonnaient de partout à travers Mirage. Des larmes traçaient des sillons sur les joues poussiéreuses des enfants qui marchaient, seuls, couverts d'ecchymoses, à la recherche de leurs parents ou d'une personne de leur connaissance.

D'autres citoyens sortaient de leurs cachettes, découvrant avec horreur l'étendue du massacre. L'un d'eux tomba à genoux et vomit le contenu de son estomac avant de se traîner jusqu'au portique d'une bâtisse brinquebalante.

Au loin, le grand ténébreux aperçut GiullYann en compagnie de Swan, C.G. et tout le reste de son escadron. Avec le secours de quelques Télépathes dont l'identité lui était méconnue, Markk les vit ramasser des restes de corps mutilés par les crocs Lombriciens. Avec une détermination sombre, ils les rassemblaient pour les

incinérer. Chaque mouvement était empreint de la gravité du moment, de leurs gestes précis et méthodiques. L'odeur âcre des chairs brûlées envahit rapidement l'air, se mêlant à la fumée noire qui s'élevait en funestes volutes. Pâle comme un linge, Andrew, près de lui, se figea, incapable de se défaire de la scène macabre. Markk posa une main réconfortante sur son épaule.

— C'est la meilleure chose à faire. Ils sont contaminés par le venin. Qui sait quelles maladies pourraient se répandre à travers la ville ?

— Tu as raison, affirma Andrew en passant les doigts dans ses mèches rebelles. Mais, n'aurait-on pas pu éviter tout ça ?

Markk réfléchit une seconde avant de poursuivre :

— Pas d'après les dires de Darius.

— Tu vois, je…

Andrew se tut, les prunelles rivées sur un Télépathe à la haute stature, brun, yeux bleus, barbe de plusieurs jours. Il dégageait un certain Pouvoir. En apercevant sa tenue débraillée, nul doute qu'il avait pris part au combat à leurs côtés. Penché au-dessus d'un militaire blessé, il le téléporta directement à l'infirmerie.

— On connaît ce type ? le questionna-t-il.

Markk n'eut pas le loisir de répondre que l'intéressé réapparut à côté d'eux et engagea directement la conversation avec lui :

— Une petite fête, Markk ?

— Un carnage, objecta-t-il, affligé.

Comme son cousin dévisageait le nouveau venu avec insistance, il fit les présentations :

— Andrew, voici Saïd. Saïd, voici Andrew. Il a sauvé Dan tout à l'heure, précisa-t-il à l'intention de son cousin.

## *ANDREW*

**A**ndrew observait ce Télépathe avec un drôle de sentiment de « déjà-vu » qui mettait ses sens en alerte tout en lui donnant un sentiment de confiance. Que faire ? Lui laisser une chance ? Tout bien considéré, Markk ne semblait pas méfiant. Du moins, en apparence.

— Vraiment ? s'étonna-t-il en écho aux propos tenus juste avant.

— Oui, assura Saïd, crispé.

Andrew se tendit légèrement avant de laisser échapper un soupir. Après tout, Darius leur avait laissé une chance en arrivant à Mirage. Il avait même accueilli nombre de Télépathes après sa pseudo-victoire contre le Maître Télépathe. Ce Saïd ne paraissait pas être un mauvais bougre. Et puis, il avait sauvé Dan.

— Dans ce cas, sois le bienvenu dans notre monde, Saïd.

Le dénommé, qui ne le quittait pas du regard une seule seconde, libéra la tension qui raidissait ses muscles.

— Je dirais bien avec plaisir, mais vu les circonstances… s'effara-t-il en observant les dégâts.

— Allons aider, conclut Markk, la mine grise.

À quelques pas à peine, Andrew repéra le Grand Gouverneur, burnous poussiéreux, traits usés, en compagnie du Général Vaulthiers. Déchirée en divers endroits, sa livrée militaire indiquait que lui aussi avait pris part au combat. Le trio les rejoignit en quelques enjambées, au beau milieu d'une conversation.

— Je vais rester à l'infirmerie, disait le Gouverneur. Envoie-moi les blessés les plus graves. Les locaux ne pourront pas accueillir tout le monde. Il faut envisager de réquisitionner un autre bâtiment.

— Je pense pouvoir mobiliser un étage de la Tour Centrale pour les blessés légers. Je demanderai de l'aide auprès de Télépathes. La médipathie et la thérapathie seront indispensables. Les patients

pourront sortir plus vite et nous, nous gagnerons du temps précieux pour tout le reste.

— Entendu. On se verra ce soir pour faire un débriefing.

Sur ces mots, Darius les salua tous d'un bref signe de tête avant de se télétransporter à l'infirmerie. Hans se tourna vers eux.

— Andrew, Markk et…

— Saïd, termina le concerné.

— … Saïd, reprit le Général en se frottant le menton, préoccupé. Bon boulot les gars. Sans vous, je crois que le bilan aurait été plus lourd.

— Vous voulez parler de tous ces morts ?

Andrew désigna la scène dantesque d'un large mouvement du bras.

— Sans notre intervention, il y aurait eu beaucoup plus de victimes ! le morigéna Markk.

— L'attaque m'a pris au dépourvu, avoua malgré lui le militaire.

— Vous êtes le Général ! Vous n'êtes pas censé vous faire prendre par surprise ! Alors, dites-moi : où étiez-vous ? le houspilla à son tour Andrew. En train de trafiquer je ne sais quelle recherche scientifique ?

Les informations sur les expérimentations douteuses menées par Hans, dont Dan avait subi les conséquences, restaient indigestes pour Markk et lui.

— Je ne te permets pas ! s'emporta Hans.

Menton tendu vers lui, droit comme un piquet, la colère de l'officier claqua contre celle du jeune Télépathe pendant que Saïd, imperturbable, assistait à leur échange sans broncher. Andrew allait ouvrir la bouche pour une autre réplique cinglante quand Markk l'interrompit :

Leur contrariété mutuelle claqua dans le silence, lourd de sous-entendus.

— Arrêtez tous les deux ! Nous devons mettre nos différends de côté pour le moment. Hans, dites-nous comment nous pouvons

vous aider! Tous les trois, précisa-t-il en les désignant Andrew, Saïd et lui. Je vois que GiullYann et son équipe s'occupent déjà du… du plus gros.

— Eh bien, il faudrait faire le point sur les vivres. L'enclos des addax a été attaqué. C'est pareil pour les cultures. Vos compatriotes étaient parvenus à faire pousser de quoi nourrir convenablement toute la Cité. Je crains qu'il nous faille procéder à un rationnement. De quel ordre? Ce sera à vous d'évaluer la situation.

— Entendu.

Le Général opina du chef avant de rejoindre GiullYann. Les trois compagnons traversèrent la Grande Place dans un silence pesant. Ils devaient enjamber les gravats, faire attention aux murs brinquebalants qui menaçaient de s'écrouler, aux blessés perdus, sonnés, à bout. C'est alors qu'Andrew entendit un craquement sonore suivi d'un :

— Attention!

Markk, Saïd et lui pivotèrent en même temps, les sens en alerte. À quelques mètres à peine de leur position, une des aéro-routes se scinda en plusieurs blocs flottant un instant dans l'air avant de basculer dangereusement dans le vide. Juste en dessous, couverte d'égratignures, la petite Nancy – demoiselle d'honneur lors de son mariage raté avec Orianne – avait la cheville bloquée par des éboulis.

Sans perdre une seconde, Markk et Andrew concentrèrent leur Chi. Un flot incandescent, comme des flammes ardentes, jaillit des mains du grand brun tandis qu'Andrew libérait une vague d'énergie plus fluide, aux couleurs océanes.

L'Eyneïr se déploya en arcs radiants puis enveloppa les débris de l'aéro-route qui lévitèrent doucement, maintenus en place par des filaments lumineux. Les cousins, unis par leur concentration et leur détermination, parvinrent à les stabiliser, offrant ainsi un court répit à Nancy, toujours piégée en dessous. Soldate au sein de l'escouade de GiullYann, C.G. accourut au secours de l'enfant.

Elle s'agenouillait pour la dégager et la faire grimper sur son dos quand un nouveau grincement horrible se fit entendre. Au-dessus de leur tête, une autre partie de la structure aérienne était sur le point de lâcher.

— C.G. ! Grouille-toi ! hurla Andrew à son intention. Markk et moi, on ne pourra pas retenir l'autre partie !

La militaire approuva d'un signe de tête. Nancy passa ses petites mains autour de son cou. C.G. se leva et la catastrophe se produisit.

# CHAPITRE 3
## UNE NOUVELLE CONNAISSANCE

❖ • ❖ • ❖

### *ORIANNE*
*— Cité Mirage, post-bataille Lombricienne —*

❖

**L**es cheveux lâches sur les épaules, le regard agacé, Orianne se précipita enfin hors de l'infirmerie. Les nausées de la veille ayant disparu après une bonne nuit de sommeil, elle décida de rejoindre Andrew et les autres quand ces abrutis de Lombrics prirent d'assaut la Cité.

Avec toute la finesse qui les caractérisait, ils massacrèrent non seulement de nombreux innocents, mais ils ébranlèrent également la structure de plusieurs bâtisses. D'énormes gravats bloquèrent les accès de l'établissement médical. Les Télépathes soignants ainsi qu'elle-même firent au mieux, employant leurs Pouvoirs afin de réduire à néant les encombrants.

Ceci fait, Orianne s'aperçut que les bruits de la bataille avaient cessé. À l'extérieur, les Télépathes téléportaient les blessés directement dans la chambre commune. C'est à ce moment précis qu'elle se pressa dehors, ne pouvant que constater toute l'horreur du carnage. Malheureusement, elle n'eut ni le temps de s'apitoyer sur l'état des civils ni de leur prêter assistance qu'un craquement sonore retentit. À quelques mètres de sa position, une partie des tubes en suspension venait de tomber. Des pleurs, un cri apeuré, la blondeur de boucles dévalant les épaules d'une fillette firent grimper son adrénaline.

— Nancy !

Elle tendit la main, monopolisa son Chi. Quelques crépitements bleutés d'Eyneïr apparurent au bout de ses doigts, ensuite, plus rien.

— Merde !

Alors qu'Orianne s'apprêtait à se téléporter auprès de la fillette, les blocs furent stoppés en pleine chute. Avec soulagement, elle remarqua Andrew et Markk en pleine action. Puis, elle distingua une silhouette : C.G. venait d'accourir près de Nancy. Elles allaient se mettre à l'abri lorsqu'une autre partie de l'aéro-route s'effondra.

Orianne tenta de servir une nouvelle fois de ses Pouvoirs. Peine perdue. Tous les efforts Chiiques pour dégager l'infirmerie avaient vidé ses réserves d'énergie. Elle cria au moment même où un Bôkneïr miroita d'une lueur verdoyante. Le tube aérien se fracassa dessus et explosa en divers morceaux qui se répandirent au sol. Celui qui se tenait aux côtés de ses amis venait de sauver la mise de la soldate et de la fillette. C.G. partit au pas de course, Nancy sur le dos.

Andrew et Markk en profitèrent pour déposer les blocs qu'ils maintenaient jusqu'alors en lévitation. Orianne se rua vers le trio. Elle se jeta dans les bras de son fiancé, l'embrassa à en perdre haleine avant de se blottir dans ses bras protecteurs. Le Télépathe caressa ses cheveux puis s'écarta légèrement d'elle.

— Tu ne devrais pas être là, Orianne…

— Comment ça ? se renfrogna-t-elle.

— Andrew a raison, enchérit Markk, un tendre sourire aux lèvres. Tu risques d'être malade.

46

## SAÏD

Étonné, gardant son masque impassible, il la regarda surgir de nulle part. Elle ne ressemblait en rien à l'image qu'il s'était faite d'elle. Belle. Lumineuse. Irréelle. Ses iris céruléens rencontrèrent les siens. Les traits d'Orianne se figèrent une seconde tandis que le cœur de Saïd se serra. Que devait-il faire ? Comment réagir ?

Les voix de Markk et d'Andrew s'éloignèrent pour faire place à un immense vide. Sa vengeance sur Amos prendrait-elle tout son sens s'il éliminait la jeune femme ? Son Maître s'était-il embarrassé d'autant de scrupules en assassinant et en violant Sarah ? Quant à Aodrenn, que lui était-il arrivé ? L'avait-il éliminé lui aussi ?

Les oreilles de Saïd sifflèrent tandis que ses yeux bleus ne parvenaient plus à se détacher de ceux d'Orianne. Il scrutait son visage, cherchant à en mémoriser chaque centimètre tout en analysant la situation. Il voulait se venger. Là. Maintenant. Tout de suite. Pourquoi hésiter ?

— Oh, ça va, vous deux !

La voix d'Orianne coupa court à ses pensées.

— Je ne suis pas en sucre ! s'agaça-t-elle. Je suis juste enceinte ! Ce n'est pas une maladie que je sache !

Les mots percutèrent son esprit.

— Tu es enceinte ? la questionna Saïd.

Elle se tourna vers lui et le dévisagea de la tête aux pieds, sans aucune retenue.

— Attention, Saïd ! intervint Markk dont les commissures des lèvres s'étiraient avec malice. Elle va bientôt t'annoncer qu'elle te trouve sexy !

— N'importe quoi ! s'esclaffa-t-elle en donnant une petite tape sur l'épaule du grand brun.

Pour sûr, ni Andrew ni lui ne comprenaient rien à cet échange, mais la bonne humeur de Markk et Orianne allégea l'ambiance. Finalement, la jolie brune réengagea la discussion.

— Tout à l'heure, j'ai croisé Gwen et MyriAnn à l'infirmerie. Elles sont venues aider mon père.

— Ton père ? se déconcerta Saïd.

— Oui, Darius.

— Je croyais…

— Tu croyais quoi ? le coupa-t-elle.

L'étonnement du Télépathe ne pouvait pas passer inaperçu. Merde. Ce n'était pas le plan. Le plan résidait dans sa discrétion la plus totale. Jamais, Orianne ne devait se douter de quoi que ce soit. Encore moins Andrew ou Markk.

## ORIANNE

Orianne plissa les yeux. Peau mate, yeux bleus, épaules larges, charismatique. Il était beau gosse, semblait débrouillard, pourtant, elle ne l'avait jamais vu avant.

— Qui es-tu ?

Quelque chose en lui l'intriguait.

— Orianne, intercéda Markk, je te présente Saïd ! Il a sauvé Dan pendant la bataille. Saïd, voici Orianne, la fiancée d'Andrew, fille de Darius, Grand Gouverneur de Mirage.

— C'est très honorable de sa part, et je te rassure, j'avais bien compris son prénom, tu l'as dit il y a quelques minutes, précisa-t-elle sur un ton d'excuse. Non, ce que je veux savoir, Saïd, interpella-t-elle l'intéressé, c'est qui tu es vraiment ?

Orianne lança une œillade interrogative à Markk. Saïd lui avait laissé une forte impression. Fait suffisamment rare pour être noté. D'ordinaire, le ténébreux Télépathe restait toujours sur ses gardes

et n'accordait pas facilement sa confiance. De plus, il ne mettrait jamais personne en danger à cause d'un inconnu. Il y avait donc une couleuvre cachée sous le rocher[2].

— Je connais tout le monde ici, reprit-elle, suspicieuse, mais toi, ta tête ne me revient pas !

Saïd s'enferma dans sa coquille. Andrew regarda le bout de ses pieds. Markk quant à lui, sourcilla et lança une œillade circulaire avant de s'interposer :

— Ne le prends pas mal, Orianne mais avec tous les Télépathes qui ont rejoint Mirage, tu ne peux pas…

— Détrompe-toi, l'interrompit-elle, j'ai repéré chaque nouvelle tête.

— Tu as fait quoi ? s'étouffa presque Andrew en relevant brusquement les yeux vers sa fiancée.

— Peu importe, dit-elle en épinglant Saïd du regard. Je ne t'avais jamais vu avant aujourd'hui.

— C'est normal, riposta sèchement le concerné, je ne suis pas d'ici.

— Dans ce cas, d'où viens-tu ?

La tension grimpait salement dans ses veines. Ce type était suspect. Il déclenchait en elle une réaction bizarre. Entre révulsion, compassion et… attirance ? Que cela signifiait-il ? Prunelles fermées, Saïd passa une main derrière sa nuque, la fit craquer avant de reporter son attention sur elle. Enfin, il lâcha sa bombe :

— Je viens de la Forteresse.

---

2   <u>Une couleuvre cachée sous le rocher :</u> expression de mon invention qui fait référence à « Il y a anguille sous roche »

## MARKK

À l'annonce de Saïd, Andrew avala sa salive de travers et faillit s'étouffer.

— Que veux-tu ?

Markk venait d'empoigner Saïd par le col de sa chemise. Tout sourire avait disparu de son visage. Il savait que quelque chose le gênait, même s'il admirait sa façon de se battre. Son Chi grimpa d'un cran. Chaque muscle, chaque parcelle de son corps se tendait. Markk était prêt au combat.

— Amos.

— Quoi, Amos ?

L'électricité entre les deux protagonistes monta également.

— Je suis parti.

De surprise, Markk le lâcha. Il plongea son regard sombre dans le sien, sans rien ajouter. Saïd ne baissa pas les yeux et le fixa avec la même intensité. Poings rangés dans ses poches, Andrew se perdait dans des réflexions analogues aux siennes. Partir. Quitter le Maître. La scène se chargeait d'un air de déjà-vu.

— Explique-toi ! Et vite ! ordonna Markk d'un ton impérial.

En une fraction de secondes, le grand brun repéra la faille dans les yeux du jeune homme devant lui. Une souffrance vive, à peine dissimulée, qui compressa la poitrine du grand brun. Une souffrance qui lui rappela ce que lui-même avait enduré autrefois. Saïd se reprit aussi vite que lui et tenta de se justifier.

— Il… il a pété un câble… je ne peux plus le suivre.

— Je ne t'avais jamais remarqué à la Forteresse, observa Markk, comme s'il se parlait à lui-même.

— Il y a de nombreuses choses que tu ignores. Beaucoup de choses que le Maître tient à garder secrètes.

— Comme quoi ? le questionna à son tour Andrew.

— Honnêtement, ce n'est pas ce qui devrait te préoccuper pour l'instant.

— Ça devrait être quoi alors ?

— Amos a envoyé ses derniers fidèles, ici même, à Mirage. Pour enquêter, précisa-t-il.

Andrew pâlit. Orianne se pétrifia. Markk le cloua du regard.

— Combien êtes-vous ?

— Pas « vous », mais « ils ». « Combien sont-ils ? » Moi, j'en ai ma claque !

Andrew lorgna Saïd entre méfiance, tristesse et compréhension. La situation de Saïd le ramenait à la sienne, quelques mois plus tôt.

— Essaie de nous comprendre, commenta Orianne. Comment ne pas douter de toi ?

Markk allait ajouter quelque chose quand il eut un déclic :

— Ils enquêtent sur quoi ?

— Un Homme aux immenses Pouvoirs. Et, Andrew : il veut se venger de toi.

— Rien de nouveau.

— Quant à toi, Orianne…

Saïd pivota vers elle. Il la contempla une seconde, puis poussa un profond soupir désabusé.

— Il fait une fixation sur toi. Sur sa fille !

## SAÏD

**L**a jeune femme poussa un grognement indistinct qui lui arracha un sourire, le temps de précieuses secondes.

— Tu crois que c'est avec ce genre d'informations que nous allons t'accorder toute notre confiance, Saïd ? demanda Markk avec un calme effrayant.

Le Télépathe se tenait immobile, stoïque, imperturbable. Ses yeux noirs reflétaient une intense lumière qui sembla le pénétrer jusqu'à son âme. Son Chi dansait tout autour de lui avec une force et une grâce impressionnantes. Saïd frémit. Pas de peur. Plutôt d'admiration. Ou autre chose… d'indéfinissable.

Il plissa les yeux, serra les poings. Il devait se reprendre. Ne pas se laisser déstabiliser par son charisme. La seule chose que Markk et les autres voyaient en lui était un ennemi. Mais, ils ne savaient rien !

— Le «pourquoi» me paraît pourtant simple. Puisqu'en choisissant de vous parler, je risque ma peau ! Parce que tous ces Télépathes qui ont infiltré Mirage sont en ce moment-même en train de nous observer et que ce soir, je serai probablement un homme mort ! Crois-tu sérieusement que je me mettrais en péril comme ça, pour le plaisir de vous tromper ? J'ai autre chose à foutre, vois-tu !

À bout de sa patience, l'esprit tourmenté par la mort de Sarah et la disparition d'Aodrenn, Saïd leur tourna le dos. Il fila prêter main forte à un vieil homme qui déambulait dans la rue.

## *MARKK*

Andrew et lui échangèrent une œillade explicite. Pouvaient-ils laisser une chance à Saïd ?

— Eh ! Les beaux gosses !

Les deux cousins se tournèrent vers Orianne qui les observait, Orianne, lèvres pincées.

— Ne restez pas plantés là ! On a besoin de vous ! ajouta-t-elle en désignant la Cité. Moi, je retourne à l'infirmerie ! Quant à celui-là, fit-elle en pointant Saïd du menton, gardez-le à l'œil ! Je suis persuadée qu'il ne nous a pas tout dit.

Elle s'éloigna à grandes enjambées, survoltée comme jamais. Était-ce le chamboulement hormonal? D'entendre de nouveau parler de son père? La boucherie des Lombrics? Tout cela en même temps? Fait rare, Markk s'esclaffa avant de donner une accolade à Andrew, en signe d'encouragement.

— Neuf mois, Andrew! Bon courage à toi!

# CHAPITRE 4
## UN VISAGE FAMILIER

❖ ● ❖ ● ❖

*MYRIANN*

*— Infirmerie —*

❖

es gémissements plaintifs. Le bruit des appareils médicaux. Les allers-retours des soigneurs. Tout ce vacarme l'étourdissait. L'odeur aseptisée. Celle du sang présent partout sur les gens, les draps, le matériel, le sol. Celle de la bile, du venin de Lombric qui attaquait les chairs et tordait de douleur des victimes que Darius devait amputer afin de leur éviter une mort atroce.

Un mouvement. S'agissait-il du sien ? D'une autre personne ? MyriAnn, rompue de fatigue, ne pouvait plus distinguer grand-chose. Pas même ses propres gestes. Un clignement de paupières. Une forme. Floue. À deux pas, un Télépathe disparut, emportant avec lui une masse informe. Un mort. Un de plus. Un de trop.

MyriAnn, masque sur le visage, cheveux retenus par un chignon, considérait, sans les voir vraiment, les blessés alignés les uns à côté des autres, d'un air dépité. Les ascaris avaient causé de sérieux dommages collatéraux.

— Une hécatombe…

Ses mots se dispersèrent dans le brouhaha quand son regard se posa sur la carrure athlétique d'un homme. De dos, il se tenait assis pendant que Joëlle, l'infirmière en chef, lui faisait des points

de sutures. Le vert piqué d'or de ses prunelles se ternit un instant alors qu'elle imaginait la silhouette de Markk se superposer à celle de l'inconnu.

Le cœur de la Télépathe rata un battement. Elle se raisonna aussitôt. Bien qu'elle ignore où son fils se trouvait, il n'était pas ici. MyriAnn savait qu'il s'était battu contre les vers géants, puisqu'elle avait identifié son Chi. Puissant, vibrant, elle l'aurait reconnu entre tous. Toutefois, depuis la fin des combats, elle en avait perdu la trace.

Elle contracta la mâchoire, reprit la médipathie sur son patient sans cesser de ressasser son désir de parler à son fils, de lui avouer, de lui expliquer. Tout comme Darius, il fallait que Markk connaisse la vérité. Forte de cette décision, elle redoubla d'efforts, se concentrant entièrement sur celui qui nécessitait des soins. Les écorchures, multiples et profondes, se refermèrent les unes après les autres grâce aux bienfaits de ses capacités.

Les minutes devinrent des heures, interminables, étouffantes lorsqu'un courant d'air – tiède à défaut d'être frais – s'engouffra dans la chambre commune. MyriAnn leva la tête pour croiser le regard de Gwen qui lui offrit un sourire hésitant avant de s'éloigner de la fenêtre qu'elle venait d'ouvrir. Comme elle ressemblait à sa mère !

Ses entrailles se serrèrent au souvenir de sa défunte sœur et à celui du moment de sa rencontre avec sa nièce. MyriAnn se remémora le choc quand Orianne les avait présentées l'une à l'autre.

## MYRIANN
### — Quelques heures plus tôt… —

Aux premiers bruits de la bataille Lombricienne, MyriAnn se téléporta à l'infirmerie, se retrouvant face à une Orianne pieds nus, échevelée et pâle, ajustant à la hâte une chemise blanche sur un pantalon ample.

— MyriAnn ? Que fais-tu ici ?

— Je veux me rendre utile.

— Bien sûr. Toute aide est la bienvenue. Je pense que Joëlle et Gwen auront besoin de toi. Viens, je vais te les présenter.

— Attends !

Orianne sourcilla.

— Tout va bien, Orianne ? Tu as l'air patraque.

Un grand sourire éclaira alors le visage fatigué de sa compagne d'évasion[3].

— Rien de grave, je te rassure. Je t'expliquerai plus tard.

Orianne tourna les talons et traversa la pièce d'un pas vif pour rejoindre une jeune femme blonde qui s'affairait auprès d'un patient que MyriAnn ne pouvait clairement distinguer. La belle brune adressa quelques mots à l'oreille de son amie qui tira un rideau autour du blessé. Puis, cette dernière pivota dans sa direction. Et, là, le temps se figea autour d'elle. La pièce s'effaça, la ramenant plusieurs années en arrière, dans un autre lieu.

— Ce n'est pas possible… marmonna-t-elle.

Une sueur froide s'écoula le long de sa colonne vertébrale, provoquant un frisson, un tremblement qui se répandit à tout son corps.

— Ce n'est pas possible, répéta-t-elle d'une voix faible.

---

3  **Voir Mirage's Memories – Arc 1 Rébellion – Épisode 2 : Les Chaînes immuables du passé.**

Un son strident lui vrilla les tympans. Sa vue se flouta. Ses jambes flageolèrent et elle bascula en avant.

— MyriAnn !

Orianne et Gwen se précipitèrent avant qu'elle ne s'écroule. La Télépathe prit appui sur la première et se redressa du mieux qu'elle put.

— Vous voulez vous asseoir ? lui proposa gentiment Gwen.

Ses prunelles se portèrent vers la jeune personne, croisant l'inquiétude de ses yeux verts piqués d'or… comme les siens, ceux d'Andrew et tous les autres ou presque. MyriAnn se sentit soudain transportée à l'époque insouciante de son adolescence. Elle tendit ses doigts, témoins tremblants de tout cet émoi qui la submergeait, vers ce visage familier et inconnu à la fois.

— AnnLys ?

Ce prénom était chargé de toutes les attentes et de toutes les peurs qui se bousculaient dans son cœur, comme si elle cherchait à capturer un rêve fragile, un écho du passé qui pourrait se briser à tout moment.

### GWEN

Elle comprit qui était cette femme avant même qu'elle ne l'appelle par le nom de sa mère. Andrew lui avait relaté les grandes lignes de leur famille. Cette Télépathe quadragénaire, dont les traits nobles rappelaient ceux de Markk, n'était autre que la sœur de sa mère biologique. Autrement dit : sa tante. Un nouveau chamboulement dans sa vie pour elle qui avait tout perdu, y compris sa mémoire, son identité.

À son tour, Gwen tendit les doigts vers ce visage étranger et pourtant familier. Elle ne pensait pas rencontrer d'autres personnes

de son passé oublié, en dehors de Markk ou d'Andrew. Prise au dépourvu, elle hésita avant de balbutier :

— Non, je suis sa fille.

— Andie ?

La surprise dans la voix de MyriAnn était palpable, presque tangible. Une vague d'émotions les submergea en même temps. L'air, autant que les mots, leur manquait. Ne sachant comment réagir, Gwen grignota nerveusement sa lèvre inférieure. Dans ce silence rempli de leur désarroi, elle finit par acquiescer. Puis, toutes deux fondirent en larmes. MyriAnn se détacha d'Orianne qui la tenait toujours, pour étreindre Gwen contre son cœur. Bercées par la chaleur de leurs retrouvailles, elles se laissèrent aller dans ce cocon de tendresse où elles seules existaient, où le monde extérieur n'avait plus de prise sur elles.

Mais, ce moment suspendu ne pouvait durer éternellement. Peu à peu, la réalité s'insinua de nouveau. Assourdies par l'émotion, les clameurs de la bataille revenaient à leurs oreilles. Mirage subissait une attaque et les blessés affluaient à l'infirmerie.

*MYRIANN*
*— Instant présent… —*

**B**ien que Darius lui ait expliqué qu'Andie avait survécu, la voir en chair et en os avait bouleversé MyriAnn. Après leur embrassade et leurs pleurs, Gwen (puisqu'il s'agissait là de son nouveau prénom) et elle s'étaient promis de se retrouver à un moment plus opportun. Elles désiraient se redécouvrir et réapprendre à se connaître.

Depuis, à l'infirmerie, tous avaient été bien occupés. Maintenant que l'affluence des patients avait diminué, que chacun était pris en charge, rejoindre Markk, lui parler, devenait un besoin urgent,

presque vital. MyriAnn termina de soigner l'homme qu'elle avait en charge et rappela son don de médipathie.

— Merci.

La voix de l'inconnu, lasse, mais sincère, la toucha autant que son regard débordant de gratitude.

— Ne me remerciez pas, voyons.

Elle allait ajouter autre chose lorsqu'elle se ravisa. Ce qu'elle voulait dire n'aurait aucun intérêt. Il y avait peu de chance qu'il comprenne que c'était son devoir, le devoir de toute sa famille d'ailleurs, de veiller sur lui, sur le monde. Tout cela appartenait à un temps révolu depuis longtemps, mis aux oubliettes par la force des choses.

— Reposez-vous.

Elle lui adressa un sourire amical avant de s'éloigner pour se rendre auprès d'Orianne qui bandait la cheville d'une fillette aux boucles blondes. Des colliers de perles bleues pendaient à son cou et même si ses yeux noisette se vidaient de ses dernières larmes, l'enfant ne se plaignait pas.

— Et voilà, Nancy, c'est terminé! annonça Orianne.

— Elle ne devrait pas être à la Tour Centrale avec les blessés mineurs?

— Nancy? Non. Je suis son infirmière attitrée.

— Et moi, ta demoiselle d'honneur, Orianne! fit la petite en l'attrapant par la taille.

— Oh, je comprends... réalisa MyriAnn.

— C.G. va arriver d'une minute à l'autre pour te raccompagner chez toi, poursuivit Orianne. Je passerai te voir un peu plus tard pour m'assurer que tout va bien. Tu restes ici bien sagement en attendant, d'accord?

Nancy hocha de la tête, puis se desserra son étreinte. MyriAnn et Orianne s'éloignèrent de quelques pas.

— Orianne, dis-moi... est-ce que cela t'ennuierait si je partais maintenant? Tous les patients sont pris en charge et je voudrais

parler à Markk, avoua-t-elle. Je ne l'ai pas revu depuis notre évasion du repaire et je…

— Ne te justifie pas, MyriAnn. Tu ne pourras rien faire de plus aujourd'hui. Darius est déjà parti. Il a été appelé à la Tour Centrale. Il a donné ses instructions à Joëlle. Quant à moi, je ne vais pas m'attarder non plus.

MyriAnn approuva du chef et se téléporta en dehors de l'infirmerie.

# CHAPITRE 5
## THÉORIE.

◈ • ◈ • ◈

*ANDREW*
*— Enclos des addax —*

◈

Cela faisait un long moment maintenant que Markk et lui s'étaient rendus à l'enclos des addax. Aucun des cousins n'avait insisté afin que Saïd se joigne à eux. Il aidait les blessés, vaquait à d'autres occupations, ce qui leur laissait le temps de réfléchir sur ses intentions. Markk ne paraissait pas inquiet, ce qui rassurait Andrew. Du moins, il faisait confiance à son jugement.

En débarquant dans le corral, ils n'avaient pu que constater les bêtes mortes, dépecées. Les Lombrics s'en étaient volontairement pris à eux, par plaisir. Markk et lui découvrirent les lambeaux de chair, les pattes, les têtes arrachées. Ils auraient pu nommer cette boucherie : *«Massacre à la Lombricienne».* Ce qui restait du troupeau, six animaux affolés qui allaient et venaient, marchant sur les cadavres de leurs compères, meuglant[4] à tout-va.

---

4   En réalité, les addax ne meuglent pas comme les bovidés «ordinaires» tels que les vaches, mais émettent des sons doux comme des murmures. Cependant, dans le cadre de la saga, l'espèce ayant évolué des suites du Grand Bouleversement, elle est à présent capable de meugler. Au même titre que dans la saga, pour les mêmes raisons, les Lombrics ont également évolué et possèdent différentes caractéristiques de celles qu'on leur connaît dans la réalité.

Andrew s'approcha avec une lenteur calculée. S'ils venaient à le charger avec leurs longues cornes effilées, il se ferait transpercer sans même avoir le temps de se téléporter. Il jeta un œil vers Markk, prêt à intervenir au cas où cela tourne mal.

Il posa sa main sur le museau du premier animal. Le jeune Télépathe pouvait sentir la chaleur de son corps moite, sa tension. Le bovidé s'ébroua quand Andrew étendit son Chi jusqu'à lui. Il plongea son regard dans celui de l'animal afin de lui transmettre des ondes apaisantes. L'instant suivant, l'addax mugit de contentement.

Aussitôt, les autres le rejoignirent et firent de même. Andrew en profita pour les conduire plus loin. Markk fit léviter ce qui restait de l'enclos initial, puis le déplaça également et se téléporta dans le même mouvement. Le brun s'agenouilla, posa ses mains sur le matériel au sol.

— Il n'y en aura pas assez pour… commença Andrew.

— Ce n'est pas un problème.

Markk ferma les yeux pour canaliser ses Pouvoirs. Des particules d'Eyneïr s'agitèrent au bout de ses doigts. Son Chi l'enveloppa entièrement, révélant son aura rougeoyante comme du feu. Lorsque ses paupières se soulevèrent, ses iris sombres brillèrent d'une lueur ambrée, éclatante. Les matériaux sous ses mains se dédoublèrent à toute vitesse. En quelques secondes à peine, l'espace de vie des animaux fut reconstitué.

Les addax mis en sécurité, Markk relâcha son Pouvoir. Son Chi, son aura régressèrent avant de disparaître tout comme l'or irradiant dans ses yeux. Andrew lui fit un signe de tête, loin d'être surpris par sa petite démonstration. Son ténébreux cousin se releva, fit craquer sa nuque avant d'épousseter ses vêtements.

— Bien, conclut Andrew. Maintenant que ça, c'est fait, mettons-nous au travail. On a encore beaucoup de pain sur la planche.

## MARKK

Avec d'infinies précautions, Markk ramassa les cadavres de bovidés, morceau après morceau. À ses côtés, Andrew déchira un pan de sa chemise – déjà en mauvais état – pour le nouer devant son visage, en guise de masque. La puanteur des chairs rongées par le poison Lombricien lui retournait l'estomac. Markk imita son cousin. Les effluves devenaient trop entêtants. En plus de la nausée, la migraine pointait.

— Ce n'est pas la peine de récupérer la viande. Elle est déjà contaminée par le venin contenu dans les dents des Lombrics, affirma Andrew.

— Ils ont bien fait leur besogne, confirma Markk. Ils se montrent beaucoup plus intelligents que ce que je croyais.

— C'est censé me rassurer ?

L'avenir se compliquait. Selon l'annonce de Darius quelques heures plus tôt, les Lombrics se montraient de plus en plus entreprenants et dangereux. Quant à la Prophétie également évoquée, elle n'était guère plus réjouissante. Andrew et lui parviendraient-ils à mener à bien leurs investigations comme promis au Grand Gouverneur ?

Les préoccupations de Markk s'imprimaient sur son front plissé, son regard fixe derrière lequel ses méninges s'activaient en silence. Cette Prophétie, obscure, cachait, le Télépathe en était persuadé, de nombreux mystères.

— Markk ?

— Hum ?

— Cette Prophétie, commença Andrew comme s'il lisait dans ses pensées, tu sais quelque chose ?

— Non. Pas vraiment.

— « Pas vraiment ? » C'est-à-dire ?

Délaissant sa tâche, Markk cogita l'espace d'une seconde avant de se décider à lui confier ce qui le tracassait.

— Imagine que la Prophétie soit mal interprétée…

— Comment ça?

— Darius parle d'un Homme.

— Et donc?

— «*Homme*», Andrew.

Sourcils froncés, ce dernier enfonça ses mains dans les poches de son pantalon.

— Où veux-tu en venir?

— Je suppose que la Prophétie est très ancienne.

— Et cela nous avance à quoi? Ancienne ou pas, c'est le bordel assuré!

— Réfléchis, Andrew. Si cette Prophétie date du Monde Ancien, l'Homme dont elle parle pourrait être n'importe qui.

— D'où le bordel.

— Il peut s'agir d'un Télépathe, précisa alors Markk.

Andrew hésita avant de reprendre :

— Dans ce cas, où cela peut-il nous amener?

— Dans l'Antiquité, le mot « Homme » désignait « l'Humanité », tout peuple confondu. Peut-être que la personne qui a annoncé cette Prophétie a laissé ce mot « Homme » pour brouiller les pistes. Elle devait savoir qu'à notre époque, il n'existerait plus que deux peuples. En laissant ce mot ainsi, il ou elle voulait que nous pensions aux Hommes tels que nous les connaissons aujourd'hui.

— D'accord, mais cela ne nous aide pas à découvrir son identité.

— Imagine, reprit Markk d'un ton grave, qu'il s'agisse d'un Télépathe. Darius a dit qu'il possède un Pouvoir que lui-même ne maîtrise pas. Tu ne connais pas quelqu'un qui détient justement un Pouvoir étonnant qu'il ne contrôle pas?

Ce fut au tour d'Andrew de s'interroger avant de comprendre où il voulait en venir.

— Dan!

## ORIANNE
*— Infirmerie —*

**D**ix minutes venaient de s'échapper depuis que MyriAnn s'était éclipsée. De son côté, Gwen se trouvait à la buanderie pour récupérer du linge propre et passer celui souillé de sang dans le CRNV[5]. Avant de se rendre à la Tour Centrale, son père s'était personnellement occupé du cas de Dan, toujours inconscient. Grâce à un scan complet, il avait constaté que, dans sa chute durant le combat, le choc avait détérioré l'échantillon SAEP implanté dans sa nuque. Elle espérait que l'impact de cette situation soit limité pour lui.

Le fougueux Télépathe passerait une autre batterie d'examens lorsque le calme reviendrait à Mirage. Avant cela, Darius en parlerait avec Hans. Après tout, ce dernier était l'inventeur de ces micropuces. Il devait bien savoir comment réparer ce problème. Ainsi, son père était parti en laissant à Joëlle et elle le soin de faire passer à Dan les examens plus routiniers. Après quoi, le Télépathe pourrait rentrer chez lui.

À son réveil, Joëlle et elle avaient donc procédé selon les instructions de Darius. Les blessures physiques s'étaient refermées d'elles-mêmes, sans doute grâce à cette puce, malgré sa défectuosité. De fait, dans l'attente du contrôle approfondi, Dan pouvait quitter la chambre commune.

— Dan! Veux-tu cesser tes enfantillages! s'agaça l'infirmière pourtant habituée à ses charmes. Souhaites-tu que je demande au Grand Gouverneur de te remettre les bracelets bloquants?

---

5   **CRNV**: **Contrôle Réparation Nettoyage Vêtement. Appareil qui analyse les fibres de nucléastane, puis il les répare si nécessaire, les nettoie, les désinfecte. Ceci fait, les habits ressortent comme neufs. Ne nécessite pas d'eau.**

— Mais je ne demande qu'à être bloqué avec toi dans mes bras, rétorqua-t-il, charmeur.

Orianne ne put retenir un sourire. Ce baratineur ne s'embarrassait même pas de savoir s'il y avait du monde autour d'eux.

— Ce n'est pas le moment! reprit la soignante d'un ton sec. Il y a beaucoup de blessés, ne vois-tu pas? insista-t-elle en désignant la pièce bondée de monde.

Une seconde, Dan parut penaud, puis tendu. Une myriade d'émotions traversa ses prunelles bleues, voilées d'une souffrance palpable. Derrière son tempérament extraverti, parfois insouciant, se cachaient de profondes et douloureuses fêlures.

— Bien sûr que si. Je ne pensais pas à mal. Me crois-tu sans cœur?

Joëlle soupira.

— Non. Évidemment, non. Cependant, je suis occupée. Crois-moi, je préférerais observer le clair de lune en ta compagnie plutôt que de devoir soigner tous ces pauvres gens.

Le regard du Télépathe s'assombrit davantage.

— Je voudrais t'apporter ma contribution grâce à mes dons. Mais, je ne peux pas. Je suis vidé.

— Ce n'est pas ce qu'on te demande, Dan, intervint Orianne d'une voix douce. Et puis, nous avons déjà toute l'aide nécessaire.

— Ne t'inquiète pas, reprit Joëlle. Rentre chez toi et repose-toi. Je passerai te voir après mon service.

— Si tu me prends par les sentiments, céda-t-il, avec au fond de la voix un entrain renouvelé.

Sur ces mots, il se téléporta hors de leur vue. Probablement dans les vestiaires afin de pouvoir se changer.

— Il n'a pas dit qu'il n'avait plus d'énergie?

— Il possède plus de ressources qu'il n'y paraît, s'amusa Orianne.

— Ça me fait penser… Mademoiselle Orianne! Vous aussi, vous devriez rentrer chez vous. Surtout dans votre état.

— Hum… je ne vais pas tarder. Je termine deux-trois choses avant.

— Entendu.

Joëlle s'éloigna, la laissant perdue dans ses pensées. Des Télépathes dissidents ayant rejoint Mirage plusieurs mois auparavant, Orianne ne savait dire lequel était le plus mystérieux. Andrew et son désir de rédemption qui le conduisait, à chaque fois, à se sacrifier pour le bien de tous ? Dan et son sourire enjôleur qui cachait autant les lacérations de son dos que celles de son âme ? Ou Markk, toujours à vouloir protéger les autres ? Quels tourments dissimulait-il au-delà de son regard sombre et de sa posture inébranlable ?

Si Orianne ne pouvait s'empêcher d'admirer la bienveillance avec laquelle ils employaient leurs incroyables Pouvoirs. Elle se demandait souvent jusqu'où ces trois-là seraient prêts à aller pour défendre leur Monde et leurs convictions, tout aussi nobles soient-elles ?

# CHAPITRE 6
## L'AMOUR POUR SAUVER LE MONDE

◈ • ◈ • ◈

*MIRAGE*

◈

C aché aux yeux de tous, l'orbe flottait dans la ruelle étroite. Il scintilla, se distendit jusqu'à prendre sa forme éthérée habituelle. Mirage considéra les dommages dans la ville, mais surtout la détresse de toutes ces personnes qu'elle avait juré de protéger. Les Ténèbres n'avaient pas menti. Ses pions progressaient méthodiquement, semant la destruction à chaque pas.

Elle battit des cils, submergée par le désarroi, par un sentiment d'impuissance aussi. Elle avait une promesse, des engagements à tenir et ses forces la quittaient. Combien de temps pourrait-elle résister ?

Sa quintessence se troubla. Les Ténèbres, en la personne de Jared, lui avaient dévoilé leurs plans à long terme. Tous les engrenages s'emboîtaient les uns aux autres avec une précision alarmante. Existait-il un moyen d'empêcher les évènements à venir de se produire ? Plus que quiconque, elle devait y croire. Croire en l'Espoir, en l'Amour pour sauver le monde.

Elle ne baisserait pas les bras et ferait tout son possible pour guider ses chers enfants jusqu'à ce qu'ils accomplissent leur

destin. Elle resterait à leurs côtés jusqu'à la fin. Le temps était compté. Tergiverser ne servirait à rien.

Mirage prit une inspiration et souffla. Le vent balaya la rue, puis elle disparut.

### ANDREW
### — Enclos des addax —

**P**esant, le silence entre Markk et lui prolongea leurs incertitudes. En accordant sa pleine confiance au Général Vaulthiers pour mener sur lui des expériences douteuses, Dan venait de s'engager sur une voie non seulement dangereuse pour lui, mais également pour le Monde Connu. Amos ne devenait plus la seule menace pour l'équilibre et la paix.

— Que va-t-on faire, Markk ?

Manches de sa chemise poussiéreuse retournées sur ses biceps, son cousin croisa les bras sur son torse. Même si, en apparence, il ne montrait rien de son inquiétude pour son meilleur ami, à voir le pli de ses sourcils, Markk envisageait toutes les options possibles afin de lui porter secours.

— Pour l'instant, commença le brun, il ne faut pas nous emballer. Ce ne sont que des suppositions. Comme tout semble lié, je vais effectuer quelques recherches au sujet de cette Prophétie.

— Moi, je vais mettre Dan au courant de ce bordel, mais sans lui faire part de nos doutes concernant son éventuelle implication.

— Oui. Il reste tout de même de fortes probabilités pour que ce ne soit pas le cas. D'où l'intérêt de mener à bien mes propres investigations.

Andrew ne parvint à retenir qu'un soupir de désespoir. Markk décroisa les bras pour lui donner une accolade amicale.

— Je sais, ça tombe mal tout ça.

— Comme tu dis, affirma Andrew dans un hochement de tête. Mais, on doit s'en occuper.

Il laissa s'enfuir quelques secondes, remplies de ses doutes, son agacement, sa lassitude.

— C'est comme un cycle sans fin, Markk. Tu crois qu'un jour, l'Homme avec un grand « H » saura vivre en harmonie avec ce qui l'entoure ?

— Pour être honnête, je n'en ai aucune idée. Cependant, tu dois garder espoir.

— Franchement ! L'espoir de quoi ? Toutes ces guerres, ces victimes, jusqu'à quand cela va-t-il continuer ? Ça me… ça me file la gerbe !

## MARKK

❖

**L**es meuglements discrets des addax dans leur enclos, ainsi que toute l'animation de l'après-bataille, rappelèrent leur présence au ténébreux Télépathe. Ils avaient encore beaucoup à accomplir, néanmoins Markk ne pouvait se résoudre à laisser son cousin se noyer dans toutes ces sombres pensées.

Il le considéra avec une tristesse qu'il peinait à masquer. Tous les incidents survenus dans leur existence affectaient son moral. Il devrait redoubler de vigilance à son égard. À la naissance d'Andrew, Markk avait demandé à son oncle Elfride s'il pouvait devenir le grand frère du nourrisson. Bien sûr, celui-ci avait accepté. Le garçon qu'il était alors fit la promesse de veiller sur lui ; ce qu'il avait toujours fait. De puissants liens fraternels les unissaient et semblaient au-dessus de tout.

Lorsque les deux cousins avaient fait la connaissance de Dan, de nouveaux liens d'amitié étaient venus agrandir leur cercle familial, restreint par la force de certains évènements dramatiques.

De plus, Dan et eux avaient un passé en commun. Passé que Markk préférait oublier. De toute façon, les «traces» n'avaient-elles pas été effacées? Comme si rien n'avait existé?

Étant le plus âgé des trois, le grand brun gardait un œil sur eux, pour les protéger bien sûr, mais également au cas où les choses dégénèreraient. Comme Andrew, jadis, lors des funestes incidents survenus à la Cité de l'Est[6].

De grands Pouvoirs impliquaient toujours de grandes responsabilités. Markk ne connaissait ni l'amplitude réelle de ses capacités ni la signification des symboles qui couvraient sa colonne vertébrale. Quant à ses responsabilités, il ne les connaissait que trop bien. Cependant, il avait toujours fait de ses proches sa priorité. Le Télépathe ne dérogerait jamais à ce principe. Quoi qu'il puisse advenir. Pour le reste, Andrew, Dan et lui avaient pleinement conscience que son devoir le guidait et influençait chacune de ses décisions. Pourtant, Markk le reconnaissait volontiers, il ne pouvait imaginer gérer ses devoirs si ceux qu'il aimait se trouvaient en danger ou dans une situation délicate. Or, en ce moment même, c'était le cas d'Andrew dont le vert piqué d'or de ses prunelles s'assombrissait au fil de ses pensées noueuses.

— Andrew, l'Homme, avec un grand «H» comme tu dis, n'a pas que de mauvais côtés.

— Qu'y a-t-il d'autre?

— L'amour.

Il le fixa, peu convaincu.

— Regarde, reprit-il, décidé de le persuader, Orianne et toi allez être parents. C'est ça l'espoir de l'Humanité. Les enfants sont notre avenir. Nous devons nous battre non pas pour nous, mais pour eux.

Pour toute réponse, le jeune Télépathe se massa les tempes, cherchant à apaiser le tumulte dans son esprit.

---

6. Voir les tomes précédents.

— Andrew, tu sais que rien ne sera jamais parfait. La perfection est la pire des utopies.

— Je sais que tu as raison.

— Ne t'inquiète pas, ajouta Markk en voyant la ride soucieuse à son front, je serai toujours là pour toi.

— Oui, mais…

— Ne t'en fais pas, Andrew. À chaque problème sa solution.

Bien qu'ils en aient passé l'âge, Markk mourait d'envie de le prendre dans ses bras pour le réconforter. Aujourd'hui, un seul échange de regards leur suffisait pour se comprendre ou leur mettre du baume au cœur.

— Et si nous y allions ? suggéra-t-il en lui donnant une tape dans le dos. N'oublie pas que tu dois parler à Dan.

— Tu ne m'accompagnes pas ?

— Non, comme je te l'ai dit : j'ai des recherches à faire.

*GWEN*
*— Infirmerie —*

**L**es cheveux blonds toujours parfaitement bien coiffés malgré la laborieuse matinée passée à l'infirmerie en état d'urgence, Gwen s'essuya le front avant de sortir de la buanderie, les bras chargés de linges propres. Comme elle s'apprêtait à déposer son fardeau sur l'étagère prévue à cet effet, la pièce autour d'elle tourbillonna : un vertige accentué par le brouhaha de la chambre commune. Elle perçut des bruits de pas se précipitant vers elle, sentit des mains lui tenir le bras.

— Gwen ? Ça ne va pas ? lui demanda la voix d'Orianne.

Son visage encadré par ses cheveux ébène laissait deviner toute son anxiété à son égard.

— Je suis juste fatiguée, ne t'inquiète pas.

— Va te reposer. Joëlle n'a plus besoin de toi ici.

Gwen plissa les yeux.

— Tu peux parler. Tu as vu ta tête ? De nous deux, je crois que c'est toi qui as le plus besoin de repos. Surtout dans ton état.

Son amie grimaça.

— Justement, je ne vais pas tarder.

— Dans ce cas, moi aussi.

Après une courte embrassade durant laquelle elles se promirent de ne pas forcer et de veiller l'une sur l'autre, Gwen délaissa Orianne puis quitta le bâtiment médical. Malgré la chaleur, étouffante à cette heure, la jeune femme frissonna.

— Encore une journée à soigner des blessés et à enterrer nos morts, marmonna-t-elle entre ses dents à la vue du sinistre spectacle urbain.

Alors qu'elle traversait la ruelle d'un pas de plus en plus fébrile, le vent apporta à ses narines un relent nauséabond, âcre, putride, glacial, prenant aux tripes, serrant les cœurs, figeant l'esprit. Cette odeur était celle de la Mort, elle n'en doutait pas.

Prise d'un haut-le-cœur, elle accéléra la cadence et parvint devant son appartement. Elle en ouvrit la porte, se précipita à l'intérieur, jambes flageolantes. Sans demander son reste, elle se rendit directement dans sa chambre où son lit semblait l'attendre. Elle s'allongea, s'endormit aussitôt. À peine ses paupières s'étaient-elles fermées que son esprit s'évada, emporté par d'étranges songes.

# CHAPITRE 7
## DES ESCLAVES

□■□■□

*— 27 ans plus tôt (année 3670) —*
*DAVIS*
*— Atelier – Forteresse —*

□

**E**xigu, l'atelier aux murs ternes fourmillait d'instruments et d'appareils en tous genres. Des grains de sable flottaient, chargeant davantage l'atmosphère calfeutrée. Des vibrations claquaient par à-coups dans l'air, altérant le silence. Plusieurs pierres de lumière, disposées çà et là dans des vasques, dispensaient leur luminosité dans un envoûtant ballet clair-obscur. Les ombres dansaient, esquissant de mystérieux motifs mouvants.

Encombrée de divers objets et matériaux, une grande table trônait au centre de la pièce. Les reflets des pierres de lumière jouaient aussi sur sa surface qui se métamorphosait en un énigmatique monde à explorer.

Installé sur un tabouret haut, Davis, tout à sa concentration, œuvrait sur un objet longiligne à l'éclat blanc métallique. Alors qu'il insérait au bracelet finement ciselé un fermoir orné d'une gemme mauve, quelqu'un l'apostropha :

— Davis ! Viens ! C'est urgent !

L'interpellé leva le nez vers celui qui venait d'apparaître. Grand, brun, prunelles d'un bleu outremer, Elfride, flanqué d'un pantalon

marron en nucléastane, d'une pelisse d'une teinte similaire, aux manches relevées, le fixait avec empressement.

— Que se passe-t-il ?

— Amos ! Grouille-toi !

Devant sa mine grave, il se mit debout, délaissant son ouvrage pour se téléporter avec son ami. Ils réapparurent devant le quartier des Hommes, fameux projet de construction que CéLyann avait élaboré avant de supplier Amos de l'abandonner. Il n'en restait que des bâtisses vétustes, tenant à peine debout pour certaines.

C'est ici que se tenaient rassemblés deux attroupements d'hommes, de femmes et d'enfants. Sphères de Chi dans les paumes prêtes à déferler, une ligne de Télépathes menaçait le premier groupe tandis que le second se massait derrière les militaires.

— Il a rassemblé tous les Humains de la Forteresse, chuchota Elfride.

Davis se raidit en apercevant Amos devant ses soldats. Il fixait les Hommes avec une telle haine que cela ne présageait rien de bon. Il devait intervenir avant que les choses ne dégénèrent. Il amorçait un mouvement quand Elfride le retint. Son ami lui désigna, aux pieds du Maître Télépathe, un homme d'âge mûr, mains derrière la nuque. Davis et Elfride échangèrent un regard avant de rejoindre leur ami.

— Amos ? Que se passe-t-il ici ?

Ce dernier reporta son attention sur les nouveaux venus.

— Ce qui se passe ? C'est précisément ce que j'aimerais comprendre ! tonna-t-il, narines frémissantes. Ce type, le désigna-t-il avec dégoût, est accusé de haute trahison.

— Comment ça ? le questionna Elfride.

Pour toute réponse, un Télépathe sortit des rangs. Râblé, grand, son assurance se répandait autant que son Chi : Rogan.

— C'est lui qui a fait sauter l'entrepôt.

Quelques jours auparavant, un entrepôt de vivres avait été attaqué, réduisant du quart leurs réserves.

— C'est vrai ? C'est toi ? ne put s'empêcher de questionner Davis.

— Oui ! s'écria l'accusé d'une voix forte, prenant tout le monde au dépourvu.

Le prévenu considérait Amos avec une hostilité qu'il ne se donnait pas la peine de dissimuler. Cependant, une information échappait à Davis. Pourquoi avoir fait ça ?

— Pourquoi ? répéta l'intéressé en tournant le regard vers lui. Parce que les Télépathes ne sont que des meurtriers ! Vous croyiez quoi ? Que vos actions passeraient inaperçues ? Que les Hommes ne se révolteraient pas ?

— Qu'est-ce que tu racontes, abruti ? lui demanda Rogan en lui donnant un grand coup dans la mâchoire.

L'homme tomba sur le sol, cracha du sang et du sable par la bouche. Il se redressa à moitié, un sourire sur les lèvres.

— Vous voyez ! s'exclama-t-il, à l'attention du groupe d'Hommes. Voilà la seule chose dont est capable ce peuple de barbares !

Des exclamations s'élevèrent de part et d'autre des deux assemblées. La tension montait. Le Chi, dans les mains des soldats, affluait, faisant grossir les boules d'Eyneïr. Des particules se soulevèrent autour d'Amos, se mêlant à des esquilles d'énergie qui crépitèrent. Ses yeux, d'une froideur terrifiante, allaient et venaient entre la foule Humaine, l'émeutier et Davis pour revenir aux Humains.

— J'ignore ce dont parle cet homme. Personne ici n'a commandité quoi que ce soit contre le peuple des Hommes.

— Et la Cité du Nord ? SableVent ? Erémos ? Khamsin ?

— De quoi parles-tu ? De quoi essaies-tu de m'accuser ? Davis ! Elfride ! Rogan ! Ai-je intenté quelconques actions contre les Cités Humaines ?

La question du Maître prit tout le monde au dépourvu, y compris Elfride et Davis. Celui-ci sourcilla, plongea son regard perçant dans celui d'Amos avant de répondre :

— Jamais nous n'avons reçu de tels ordres.

— Nous ne laisserons pas vos actes criminels passer inaperçus ! s'égosilla le prisonnier.

— La ferme !

🔲 ▪ 🔲 ▪ 🔲

*AMOS*

🔲

**A**mos gestua[7] et il se retrouva muet.

— Pour qui te prends-tu ? Pour qui me prends-tu ? Tu m'accuses de faits dont tout le monde ignore l'existence ! Tu viens à la Forteresse commettre un sabotage pour des actes dont toi seul a eu vent ?

Amos observa la foule derrière et devant lui. Il désigna le quartier délabré dans leur dos :

— Et vous ! Vous ne méritez pas tout ce que CéLyann désirait pour vous ! Elle avait tout imaginé et mis en œuvre pour vous permettre de mieux vous intégrer. Que je sache, j'ai toujours soutenu son projet ! Et, bien avant cela, je vous ai ouvert les portes de ma ville !

— Pourquoi tout est laissé à l'abandon ? questionna un autre Homme.

— Oui, pourquoi ? interrogea un autre.

Les voix des Humains se succédèrent, l'interpellant sur divers sujets. Le visage d'Amos se ferma, ses poings se serrèrent. Davis allait intervenir quand le prisonnier, délivré de son entrave, reprit :

— Comment expliquez-vous tous ces morts aux quatre coins du Monde Connu ? Pourquoi avoir abandonné du jour au lendemain le projet de Dame CéLyann si vous défendez les mêmes valeurs ? Vous n'êtes qu'un assassin ! Vous ne méritez pas tout l'amour que Dame CéLyann vous porte !

---

7 Dans le vocabulaire de la catéchèse, «gestuer», c'est accompagner de gestes significatifs une prière ou un texte des Écritures. J'emploie régulièrement ce mot dans mes écrits dans le sens : «appuyer, mimer ou substituer la parole, l'intention ou l'action par des gestes».

Davis n'eut pas le temps de retenir Amos. Il généra un Leyneïr qui transperça le criminel de part en part. Le sang gicla avant que le corps ne tombe au sol, avant que le moindre son ne sorte de sa bouche. Des cris étouffés s'élevèrent chez les civils des deux clans. Mais, Amos n'en tint pas rigueur. Il reportait déjà son attention sur l'assemblée Humaine.

— C'est CéLyann elle-même qui m'a supplié de stopper son projet !

Il se tut, attendit que ses mots percutent leurs esprits.

— Sans doute avait-elle prédit…

Nouveau silence.

— … tout ce qui s'est produit depuis…

Davis pâlit en percevant la lorgnade qu'il lançait à la foule. Tous les civils Humains de la Forteresse se trouvaient réunis en un seul et même endroit.

— Les seuls responsables, c'est vous ! beugla Amos. J'en ai aujourd'hui la certitude ! Et, puisque chacun d'entre vous désire plus que tout vivre dans le quartier imaginé par ma chère CéLyann, eh bien… soit ! Qu'il en soit ainsi ! Vous resterez parqués ici, comme les parasites que vous êtes ! Vous pensiez que je vous maltraitais ? Que les Télépathes vous étaient supérieurs ? Dorénavant, ce sera votre réalité ! Ce quartier est désormais le vôtre ! Je suis votre Maître et vous mes esclaves ! Vous n'aurez le droit de parler, respirer ou vivre, que si tel est mon désir !

— Amos ! Non !

Les voix de Davis, Elfride et quelques autres s'interposèrent. Le Maître Télépathe pivota vers eux. Un Télépathe, très grand, athlétique, cheveux châtains dont quelques mèches lui barraient le front, yeux verts piqués d'or. Sa sœur le suivait de près ainsi que son père.

— Piers, MyriAnn, Kévin ! La famille Will Azor presque au grand complet ! Évidemment !

— Amos, vous n'avez pas le droit de…

— Silence !

Le Maître fit déflagrer son Chi.

— La famille n'a plus aucun droit, ne l'oubliez pas !

— Amos ! l'apostropha Davis.

Ils échangèrent un regard lourd de sous-entendus. Amos contracta la mâchoire avant de reprendre :

— La famille ne défend-elle pas la justice et l'Honneur ? Ces personnes, désigna-t-il les Hommes, bafouent tout ce que CéLyann a fait pour eux ! Ils n'ont aucun respect pour ceux qui leur tendent la main. Pire encore ! Ils vivent ici sous ma protection et m'accusent de perpétrer des crimes tout en en commettant eux-mêmes ! Je ne prétends pas être irréprochable, mais je ne suis pas un assassin ! Alors, dites-moi les amis, quelle sera leur prochaine étape ? Tous nous éliminer ?

Amos vit le doute infiltrer l'esprit des Will Azor autant que celui de Davis. Elfride se pencha vers son ami. Il les scruta, les laissant délibérer dans leur coin. Il se fichait comme de la guigne de ce qu'ils pouvaient penser, mais il avait besoin de leur appui pour ce qui allait suivre.

— Amos n'a pas tort. Ces gens parlent de faits qu'aucun d'entre nous n'a commis. Je sais qu'il a beaucoup changé depuis les problèmes de santé de CéLyann, mais quand même.

Piers approcha plus près.

— Est-ce que l'un de vous a reçu l'ordre d'éliminer des…

— Non, trancha Davis. Ni Rogan ni Elfride ni moi n'avons jamais reçu de tels ordres ! Tu penses bien que…

Le Télépathe se figea un instant tandis que les paroles du saboteur décédé lui revenaient en mémoire.

— Que voulait-il dire par « Nous ne laisserons pas vos actes criminels passer inaperçus ! » Y a-t-il d'autres personnes impliquées dans l'attentat commis par cet homme ?

Tous les regards convergèrent vers Davis. Plusieurs têtes se baissèrent avant que quelqu'un ne l'interpelle :

— Jamais nous n'aurions fait quoi que ce soit dans le lieu de résidence de Dame CéLyann.

Davis plissa les yeux.

— Des personnes extérieures alors ?

Seul le silence répliqua. Parfait ! Amos n'avait plus qu'à reprendre le flambeau !

— Est-ce que la famille, commença le Maître en s'adressant à Piers et Kévin, va risquer la vie de centaines de Télépathes innocents sans réagir ? Que vaut-il mieux ? Laisser les Hommes pulluler ici, dans leur quartier ou tous les éliminer maintenant ?

La réponse, tout le monde la connaissait et la connaîtrait encore longtemps après ce jour.

*Εν λϟανν⌐ε 3698, λε 12 δυ τροισι⌐με μο*
*ισ*
*Παρμι τουσ, υν Ηομμε σ⌐λ⌐ϖερα,*
*Ετ, λα Τερρε τρεμβλερα.*
*Περσοννε νε σερα ασσεζ φορτ*
*Πουρ βραϖερ χεττε Μορτ.*
*Νι λεσ Ηομμεσ ετ λευρ τεχηνολογιε,*
*Νι λεσ Τ⌐λ⌐πατηεσ ετ λευρ μαγιε.*

*En l'année 3698, le douze du troisième mois,*
*Parmi tous, un Homme s'élèvera*
*Et la Terre tremblera.*
*Personne ne sera assez fort*
*Pour braver cette Mort.*
*Ni les Hommes et leur technologie,*
*Ni les Télépathes et leur magie.*

# CHAPITRE 8
## DANS L'OMBRE D'UNE RUELLE

❖ • ❖ • ❖

*LA MORT*
*— Temps présent (année 3697) —*

❖

L'astre plein se noyait de couleurs indomptables, élevant avec lui le tumulte des horreurs de cette terrifiante matinée. Au grand dam de l'humanité entière, tous pourraient se rendre compte qu'elle n'était pas la première et encore moins la dernière.

Comme le maître solaire allongeait ses bras irradiants au-dessus de la Cité et du reste du Monde Connu, il s'arrêta aux délimitations d'une venelle dont l'atmosphère frissonnante exhalait la peur. Ici, le silence, oppressant, accablait de son étau les bâtisses environnantes. C'est dans le même silence que des pas résonnèrent, identiques à un martèlement entêtant annonciateur de tristes présages.

Le vent souffla, chargeant l'air d'anxiété, mais également de quelque chose de plus sombre, de plus malsain. Les pas approchaient lentement, sans précipitation. Avec précision. Avec détermination.

Le soleil hésita. La Chose était là, toute proche. Dans la pénombre de cette rue. Il la devinait à peine sous son long manteau à capuche. Elle marchait sans cesse à l'abri de la Lumière, la fuyant

à chaque fois qu'il s'étirait pour mettre à jour cette silhouette. Impossible ! Elle appartenait aux Ténèbres.

Soudain, l'Ombre s'arrêta, faisant taire le bruit de ses pas. Le silence envahit de nouveau la ruelle, aspirant l'espoir d'une bataille lumineuse, déployant tout autour d'elle un tapis de funestes inquiétudes. Un sourire se dessina dans cette semi-obscurité alors que cette entité considérait l'homme à l'allure aristocrate qui venait d'apparaître et avançait vers la Mort.

❖•❖•❖

## *XÉMEL*

❖

**X**émel abandonna son sourire habituel tandis que ses yeux bleus, aussi froids que le lieu inconnu dans lequel il venait d'atterrir, cherchaient à comprendre ce qu'il se passait. La réponse ne venant pas, il observa la silhouette encapuchonnée, étonné par l'étrange aura qu'il ou elle dégageait.

— Qui êtes-vous ? lui demanda-t-il.

*– Ton Maître.*

Xémel sourcilla, stupéfait par la double voix, comme si deux personnes parlaient simultanément.

— Mon Maître ? ironisa-t-il. Je ne crois pas, non.

Tout s'enchaîna alors en un éclair. La silhouette tendit sa main, paume levée, vers lui. Une onde étrange le frappa de plein fouet. Tous les muscles de Xémel se tordirent en même temps. Ses poumons se vidèrent. L'Ombre fit un autre mouvement, lui arrachant ainsi un hurlement épouvantable.

*– Tu peux crier autant que tu veux, Xémel. Nous nous trouvons dans mon Bôkneïr. Personne ne peut y entrer ou en sortir. Il ne sera détruit que si je meurs. Ce qui n'arrivera jamais.*

— Comment connaissez-vous mon nom ?

– *Je sais beaucoup de choses.*

Le Télépathe regarda la Forme qui n'avait pas bougé d'un millimètre. Elle restait dans l'ombre. La seule chose qu'il percevait d'elle était son aura, puissante, étrange, morbide. Il lui sourit de nouveau.

– *Qui est ton Maître ? demanda encore l'Autre.*

— Pas vous en tout cas.

L'Entité tendit de nouveau la main. La respiration saccadée, le corps douloureux, Xémel se tenait prêt, bras croisés pour se protéger. L'onde fila droit vers lui, percuta son Bôkneïr, tenta de forcer le passage. Le Télépathe serra les dents, se concentra. L'onde s'évapora, le laissant essoufflé et privé d'une bonne partie de son énergie.

– *Es-tu prêt à me jurer fidélité ?*

— Jamais !

– *Dommage, tu vas souffrir inutilement.*

— Je suis prêt à me battre.

– *Comme tu veux... mais tu risques de mourir.*

— Nous verrons bien ! répliqua-t-il en se préparant à passer à l'action.

Xémel centralisa son Pouvoir. Son Chi grimpa à une vitesse phénoménale. L'air autour de lui était chargé. Le sol trembla jusqu'à la silhouette qui le pointa de son index. Xémel devina son sourire goguenard alors que leurs Leyneïrs fusaient l'un vers l'autre.

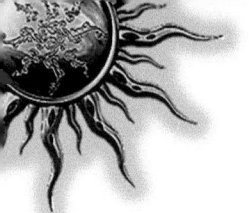

## *AMOS*
### — *Forteresse* —

**L**a vaste salle, plus longue que large, portait sur son mur du fond des portraits l'accusant de leurs reproches figés. La bouche d'Amos leur renvoya une moue rancunière, puis le Maître les délaissa, longeant la table qui n'avait plus servi depuis la dernière fois, preuve faite du tapis de poussière la recouvrant totalement. Il la contourna, s'approcha des grandes baies vitrées qui donnaient sur une terrasse d'une taille identique à cette salle.

Trois coups frappés, signal convenu entre ses sbires et lui, annoncèrent l'arrivée de certains d'entre eux juste avant leur téléportation dans la Salle du Trône. Les quatre Télépathes venaient faire leur rapport quotidien de leur fameuse mission à Mirage. Ils s'inclinèrent légèrement la tête. Au signe de leur Maître, ils commencèrent le récit de leur échec à tous : ils n'avaient trouvé aucun indice concernant l'Homme tant recherché.

— Je me doutais que ce ne serait pas aisé. Restez sur vos positions. Maintenez une vigilance constante et recueillez le plus d'informations possible. Même ce qui pourrait vous sembler sans importance. Chaque détail compte.

Le Télépathe hésita.

— Que se passe-t-il ? l'interrogea Amos.

— Mirage vient de subir une attaque fracassante.

— Qui a eu cette ingénieuse idée ?

— Les Lombrics, Maître.

— Faraj' m'étonnera toujours !

— C'était Enki, Maître. C'est le nouveau Grand Patriarche.

Bien que surpris par cette annonce, Amos reconnaissait volontiers que cela arrangeait ses affaires. Enki était plus vicieux, plus perfide que son frère. Il ne ferait pas de quartier et ne lâcherait

pas le morceau. S'il voulait du sang, il aurait du sang, mais surtout de la chair. Il ne se mêlerait donc pas de ses affaires.

— Parfait ! Veillez tout de même à ce qu'Enki ne tue pas par mégarde celui qui nous intéresse.

— Bien, Maître.

— Jetez un œil sur Orianne ! Je ne veux pas que ces stupides animaux touchent à un seul de ses cheveux !

Il ne permettrait à personne de la blesser… de quelque manière que ce soit. Il se perdait dans ses pensées vengeresses envers Andrew qui avait volé le cœur de sa fille quand il croisa le regard de son sous-fifre, toujours présent dans la salle.

— Que faites-vous encore là ?! beugla-t-il à l'intention des quatre Télépathes.

— Maître, je dois vous prévenir…

Il eut la mauvaise idée de se taire et de mettre ses nerfs à rude épreuve.

— Parle !

— Saïd a établi le contact avec Andrew et les autres. Il a combattu les Lombrics à leurs côtés.

— Et alors ?

— Après la bataille, il a parlé avec eux. Mais, ils sont méfiants. Ils l'ont soupçonné de traîtrise. Votre fille et Markk l'ont remis à sa place.

Le visage d'Amos s'étira d'un sourire de satisfaction.

— Rien de plus normal de la part de ma fille, non ?

— Bien sûr, Maître. Mais… Saïd ?

— Quoi, Saïd ?

— Devons-nous le considérer comme un traître ?

Amos crispa la mâchoire avant de faire déflagrer son Chi. Son homme de main et les trois autres qui se tenaient en retrait furent projetés en arrière. Le premier tint bon, campa sur ses jambes. Il savait pertinemment quelle serait la réaction du Maître en posant cette question. Amos se leva, se téléporta devant lui.

— Laissez Saïd faire ce qu'il a à faire. De toute façon, ça m'arrange. Saïd pourra surveiller Orianne et toute sa clique d'abrutis. Autre chose ?

— Il y a eu un vol dans le laboratoire personnel du Général Vaulthiers. Il paraissait très contrarié.

— Intéressant. Qu'en pense Xémel ?

— Nous ignorons où il se trouve. La dernière fois que nous l'avons aperçu, il menait ses propres investigations.

— Dans ce cas, vous n'avez plus rien à faire ici. Retournez à Mirage et revenez me voir au moindre fait suspect.

— Oui, Maître !

Les quatre comparses le saluèrent d'un seul et même mouvement avant de se téléporter hors de sa vue et repartirent aussitôt. Amos avança vers un siège dont le dossier était tissé des symboles identiques à ceux que l'on retrouvait partout sur les murs, le sol de la Forteresse. Sans y prêter la moindre attention, Amos s'installa dessus.

Menton entre les doigts, il songeait à sa relation avec Saïd. Elle avait atteint un point de non-retour. Il était curieux de voir comment le Télépathe porterait son secret. Et combien de temps ?

Son visage s'étira d'une grimace amusée. Des trahisons, le Maître en avait connues. Un bon nombre. Celle-ci pourrait se révéler des plus captivantes. Amos étira ses muscles, raidis par trop de réflexions, par trop de souvenirs aussi.

CéLyann. Son visage rayonnant de bonheur. Lui. Le vieillard annonçant sa mort. Lui. Sa main transperçant la poitrine de ce vieux fou. Le bain de sang. Ces corps d'inconnus. Entassés les uns sur les autres. Comme de misérables bêtes.

N'avait-il pas juré d'apporter aux Hommes la souffrance, les larmes et le sang ? Malgré tous ses efforts, le visage informe de l'un d'entre eux s'interposait entre lui et son but ultime. Il devait lui mettre la main dessus. À n'importe quel prix.

— Xémel, marmonna Amos, dépêche-toi de revenir avec les renseignements qu'il me manque…

# CHAPITRE 9
## EXPLICATIONS

❖ • ❖ • ❖

*DAN*

— *Cité Mirage, infirmerie* —

❖

Dan sortit des vestiaires dans sa tenue propre et remise à neuf par le CRNV comme le lui avait indiqué Joëlle quelques instants plus tôt. Il tomba nez à nez avec Orianne, étonnée de le voir encore dans les locaux.

— J'n'allais pas sortir torse nu ! Toutes les filles du coin auraient craqué sur mon superbe corps ! s'amusa-t-il.

— Pour sûr. Et Joëlle aurait découpé tout ce qui dépasse !

*Flippante ! songea Dan en observant les commissures de ses lèvres se retrousser.*

Orianne était encore plus terrifiante que Markk lorsqu'elle s'essayait à l'humour. Il cherchait une réponse adéquate – sans impliquer sa virilité qu'il comptait garder intacte – quand Andrew surgit de nulle part. Après les avoir salués tous les deux, son ami prit de ses nouvelles.

— Comment vas-tu ?

— Bien. Pourquoi ?

— Tu as reçu un sale coup.

— Darius veut me revoir, mais rien d'alarmant si j'ai bien compris.

— Et Gwen ? Je ne la vois pas, s'inquiéta-t-il pour sa sœur.

— Elle va bien, expliqua Orianne. Elle est restée ici tout le temps de la bataille pour nous aider avec les blessés. Elle est partie, il y a quelques minutes à peine.

— Et toi ? Comment te sens-tu ?

— Ça va, répondit Orianne en lui prenant le bras et en lui déposant un baiser léger sur la joue. Je vais bientôt rentrer chez moi.

Maintenant qu'il était rassuré pour sa sœur et sa fiancée, il pouvait se concentrer sur les autres problèmes à résoudre.

— Orianne, je suis navré, mais je dois parler avec Dan.

— Que se passe-t-il encore ? s'alarma-t-elle aussitôt.

— On doit juste faire le point, ne t'inquiète pas.

La jolie brune sourcilla, suspicieuse.

— Je t'interdis de me cacher quoi que ce soit ! le menaça-t-elle de l'index. De toute façon, je finirai par savoir, le devança-t-elle.

La situation entre les deux tourtereaux aurait pu l'amuser. Autrefois. Ce n'était pas le cas cette fois-ci. Andrew paraissait trop sérieux, trop préoccupé.

— Cela a un rapport avec sa micropuce.

Dan pâlit. Orianne n'émit qu'un bref son à peine audible.

— Oh… eh bien… je… je vais y aller…

Elle embrassa Andrew avant de s'éclipser, gênée. Andrew fit un signe à Dan et tous deux se téléportèrent en dehors de l'infirmerie.

### C.G & SWAN
#### — Rues de Mirage —

A près avoir raccompagné la petite Nancy chez ses parents, C.G., quelques égratignures au visage, avait rejoint son Capitaine, occupé avec le reste de l'escouade à déblayer les rues. Leur nouvel et imposant ami, Paul (ainsi qu'un petit nombre de

Télépathes), leur prêtait main forte. La soldate devait bien avouer que leurs Pouvoirs n'étaient pas totalement inutiles.

— Ah! C.G.! Te voilà! l'interpella GiullYann.

Tous les regards convergèrent vers elle, y compris celui de Paul qui lui offrit un grand sourire. Devait-elle lui en claquer une ou se satisfaire de son attention?

— Tout va bien?

Elle planta les mains sur ses hanches, lui balança une œillade qui ne voulait pas dire grand-chose espéra-t-elle, avant de se concentrer sur son supérieur dont les cheveux blonds et la livrée militaire étaient couverts de poussière.

— Cap'taine, le salua-t-elle.

Swan et toi, vous devez retourner chez Darius pour veiller sur son invité. En théorie, la demeure était suffisamment éloignée des combats pour qu'il y soit resté en sécurité. Dans tous les cas, nous ne pouvons pas le laisser seul plus longtemps.

— À vos ordres Cap'taine!

Sa comparse, queue de cheval fouettant ses joues, enjamba un gros bloc devant elle et la rejoignit en quelques pas. Après un salut à toute l'équipe, les soldates remontèrent la Grande Rue, jonchée de débris en tous genres. Les bâtiments encore debout portaient çà et là les stigmates des crocs de ces horribles bestioles carnivores, ainsi que les traces de leur venin ayant fondu certaines façades.

C.G. remarqua les fenêtres éclatées, yeux silencieux de la scène de désolation. Si à présent, grâce aux efforts de tous, la Cité était vidée des cadavres et restes humains, il s'y trouvait encore des carcasses de quelques ascarides, vaincus par leurs fidèles alliés Télépathes. À l'angle de la ruelle menant à la demeure du Grand Gouverneur, Swan plissa le nez. L'air, lourd de l'odeur métallique du sang, se chargea de tension. Tout danger était-il réellement écarté?

Sur le qui-vive, les militaires armèrent leur PPA. Elles progressaient lentement quand un grincement sonore suivi d'une

ombre douteuse les prit au dépourvu. C.G. visa, tira et dégomma le malheureux volatil qui passait par là.

— Putain de vautour !

Les soldates reprirent leur avancée et s'engagèrent dans l'allée qui les conduisit à destination. Sans attendre, elles pénétrèrent chez Darius et filèrent jusqu'à la chambre pour s'assurer que le vieil Alépos, Président du Conseil, allait bien.

— Bordel ! Swan ! Contacte le Cap'taine Xanders !

## *ANDREW*

Andrew lança un regard à Dan, étonnamment muet. Ses yeux, d'ordinaire pétillants de malice et de joie de vivre, semblaient ternes. Ils firent quelques pas ainsi, sans échanger un seul mot, quand son ami brisa enfin la gêne qui s'installait entre eux.

— Je sais ce que tu vas dire : Markk, toi et les autres, vous êtes inquiets pour moi.

— Oui, c'est normal. On est tes amis, non ?

— Il n'y a aucun moyen de retirer cette fichue puce ! s'écria-t-il après quelques secondes d'hésitation. Il y a un... je ne sais pas trop... un animal spectral qui sort... je... Pendant le combat, tout à l'heure, il a essayé de me venir en aide. Il s'est battu. Pour moi. Pour me défendre, je veux dire.

Andrew l'avait laissé s'exprimer. Dan avait besoin d'évacuer son stress engendré par tout ce foutoir.

— Ça rejoint l'hypothèse de Markk selon laquelle il est lié à toi et ne te veut aucun mal. Il faut juste lui apprendre à différencier tes amis de tes ennemis.

— Si c'était aussi simple, railla Dan, je ne serais pas dans cet état.

Il paraissait effectivement épuisé malgré tous les soins qu'il avait reçus.

— D'après toi, je fais comment pour lui faire comprendre qu'il ne doit pas vous attaquer ?

— Selon Markk avec beaucoup de concentration, tu pourrais entrer en contact avec lui et communiquer… sans doute une forme de télépathie.

— Je vois : « calme et concentration. » Son adage préféré.

— On t'y aidera, Dan.

## DAN

En guise de réponse, Dan enfonça les épaules. Il devrait se sentir rasséréné de se savoir entouré, pourtant, une étrange appréhension lui nouait l'estomac.

— Je peux créer des flammes avec les mains, annonça-t-il d'une voix éteinte.

— Comment ça ? s'étonna Andrew.

— J'ai carbonisé un Lombric. Tout s'est passé très vite, précisa-t-il, gêné. Le tigre venait de se faire mordre par cette saleté de ver et il allait m'avoir aussi. Mais, j'ai allumé un feu de joie.

Andrew le dévisagea, impressionné.

— C'était assez cool ! ajouta-t-il en reprenant un peu d'entrain.

— Il va falloir travailler tout ça. On a de gros problèmes.

— Qu'y a-t-il encore ? demanda-t-il en s'arrêtant devant une échoppe brinquebalante devant laquelle plusieurs militaires s'activaient.

Une pancarte grinça avant de tomber au sol avec un bruit sourd. Andrew se figea, les yeux rivés sur la silhouette allongée sur un brancard. Une mèche blonde s'échappait d'un chignon défait,

encadrant un visage marqué par la tragédie. Du sang coulait de la bouche de la victime, ajoutant une touche macabre à la scène.

— C'est la tavernière ! s'écria Dan.

Amandine, la gérante, venait de trépasser, prise au piège de l'éboulement de sa boutique. Andrew passa une main dans les mèches folles de son front, essayant de contenir la rage et la tristesse qui bouillonnaient en lui.

— Bordel ! murmura-t-il, plus pour lui-même que pour les autres.

Les regards convergèrent dans leur direction. Andrew fit un signe à Dan, un geste chargé de compassion et de résignation. Ils s'éloignèrent lentement, leurs pas lourds d'un chagrin silencieux, non sans avoir montré leur respect à la dépouille qui allait rejoindre toutes les autres victimes de cet assaut Lombricien. Mais, ce ne serait pas le pire. Le pire restait à venir.

Hantés par l'atmosphère oppressante de ce lieu dévasté, ils avancèrent jusqu'à une alcôve qui tenait encore debout. Leurs pas, écrasant les débris sous leurs pieds, résonnaient comme un écho funeste de la destruction et de la souffrance qui les entouraient.

Andrew sentit une vague de culpabilité l'envahir. Chaque vie perdue, chaque blessé semblait un échec personnel. Il serra les poings, déterminé à transformer cette douleur en une volonté farouche de lutter. Il lança une œillade suspicieuse à ceux qui allaient et venaient dans la Cité, se souvenant que Saïd les avait mis en garde : Amos avait déployé ses hommes ici même pour les espionner.

— Darius nous a informés d'une affaire top secrète. On va téléférer, déclara-t-il alors.

Les deux amis reprirent la conversation, là où ils l'avaient laissée :

— *Darius nous a appris qu'il existait une Prophétie annonçant une sorte d'apocalypse, un Second Bouleversement. Et, si j'ai bien compris, c'est un Homme qui va la provoquer.*

— *Mais c'est impossible, Andrew ! Comment pourrait-il ? Les Hommes ne détiennent aucun Pouvoir !*

— *Ce n'est pas l'avis de Darius. Quant à Markk, sa théorie…*

Andrew s'interrompit soudain, mal à l'aise.

— *C'est quoi sa théorie ? Explique !*

— *En gros, il se pourrait que l'Homme désigné par cette Prophétie puisse être un Télépathe.*

— *Attends ! Je ne comprends rien !*

— *Comme cette Prophétie date du Monde Ancien, l'homme qu'elle désigne pourrait appartenir à n'importe quel peuple.*

Dan le considéra, incrédule.

— *Un Télépathe ? Mais qui pourrait…*

— *Je ne sais pas.*

— *À voir ta tête, on dirait le contraire !*

— *Markk pense que…*

— *Écoute Andrew !* le coupa-t-il. *Je ne suis peut-être pas aussi intelligent que Markk, mais je ne suis pas non plus un imbécile ! Je sens que tout ça a un rapport avec moi ! Alors, si tu es réellement mon ami, tu ne dois pas me cacher ce genre d'informations !*

### ANDREW

Andrew considéra Dan. Grand, massif, de larges épaules bien solides. Des cheveux en pétard, comme d'habitude. Pourrait-il supporter l'idée d'être le déclencheur de l'apocalypse ? Était-il impératif de lui annoncer que s'il était véritablement cet « Homme », il aurait à affronter Amos qui le traquait ? La réponse semblait évidente. Dan devait être conscient des dangers qui le menaçaient ainsi que ceux qu'il faisait courir au Monde Connu.

*— Il pense que l'Homme dont parle la Prophétie est un Télépathe qui possède un Pouvoir qu'il ne contrôle pas.*
*— Markk croit que c'est moi ?*
*— Rien n'est encore certain, mais oui.*

Dan se pétrifia. Le vent se leva.

### MIRAGE

**M**irage sentait le danger. Bien qu'elle le connaisse, elle ne pouvait les aider plus. Ils devraient trouver la clé de l'énigme sans elle, avec comme seul avantage, l'intelligence d'un seul. Mais, parviendrait-il à déchiffrer cette Prophétie à temps ? Rien n'était moins sûr.
Mirage soupira. Le vent souffla avec force.

# CHAPITRE 10
## INQUIÉTUDES

❖ • ❖ • ❖

*XÉMEL*
— *Ruelle sombre de Mirage* —

❖

Les arcs d'Eyneïr éclairaient à intervalles rapides la pénombre de la ruelle, révélant les silhouettes en plein combat. Les coups fusaient, s'enchaînaient à une telle vitesse qu'il était difficile de dire qui des deux adversaires assénait le plus de dégâts à l'autre. Puis, dans un mouvement fluide de leurs manteaux, tout s'arrêta.

Elle cheminait, traçait un sillon glacial le long de sa colonne vertébrale. Suspendue dans le creux de ses reins endoloris, cette goutte de sueur le nargua un instant et cavala ensuite sur ses hanches avant d'être absorbée par sa chemise déjà détrempée.

Xémel reprenait son souffle, tentant en vain de démasquer cette personne qui possédait une puissance hors du commun. Rien à faire. Qui qu'il soit, il restait dans la pénombre sans jamais se mettre à découvert. Même l'Eyneïr semblait la fuir. Ou plutôt, osa-t-il comprendre, c'était comme si l'Entité appartenait aux Ténèbres.

Le Télépathe ne patienta pas une seconde de plus et projeta un Leyneïr. À son grand étonnement, l'Ombre n'esquissa pas le moindre mouvement et le rayon d'énergie le toucha dans une gigantesque déflagration, suivie d'un écran de poussière dense.

Lorsqu'il se retira, Xémel se rendit compte que la silhouette, toujours dans l'ombre, n'avait pas bougé d'un pouce.

*– C'est bien, Xémel, tu es fort. Mais, je crains que cela ne suffise pas !*

## MYRIANN
*— Grande Rue, Cité Mirage —*

Une forte bourrasque s'engouffra dans le hall de la Tour Centrale lorsque MyriAnn en franchit le seuil. Elle retira l'épingle qui retenait sa chevelure châtaine, la laissant ainsi retomber librement sur ses épaules.

La Télépathe avait troqué ses vêtements empestant la sueur pour une tenue plus confortable : chemisier blanc rentré dans un pantalon bleu marine à gros boutons dorés, taille haute, un blazer assorti et des bottillons. Elle rangea la barrette dans un fourreau pendu à sa hanche et avança d'un pas vif.

MyriAnn venait de rencontrer Darius – dans la Salle de Conférences – auprès de qui elle souhaitait s'enquérir d'informations au sujet de son fils. Elle voulait lui parler, mais ne savait pas où il logeait. Le Grand Gouverneur avait eu l'obligeance de la renseigner. Mais, avant de prendre congé de son vieil ami, tandis qu'ils échangeaient quelques mots, un militaire – le Capitaine Xanders aux dires de Darius – avait débarqué sans prévenir, interrompant leur discussion. À sa mine contrariée, la Télépathe comprit que de nouveaux problèmes allaient s'ajouter à ceux pesant déjà sur les épaules du chef de la Cité. Le blond tendit un morceau de papier que le Gouverneur parcourut rapidement.

— Il n'a laissé que ça, Capitaine ?

— Swan et C.G. n'ont rien trouvé d'autre.

Darius échangea un regard avec elle.

— Désolé MyriAnn…

— Tu as moult choses à régler et moi un rendez-vous à ne pas manquer.

— Je suis navré. Je dois me rendre… bref… je dois y aller également.

Alors qu'elle quittait la pièce, elle entendit Darius s'adresser au militaire :

— Capitaine, nous ferons un débriefing plus tard avec toute votre équipe.

MyriAnn espérait pour lui que tout rentrerait dans l'ordre. Il semblait épuisé. Toutes ces batailles, ces responsabilités pouvaient être écrasantes. Elle en savait quelque chose. Elle avait perdu trop d'années par la faute d'Amos. Markk méritait de connaître la vérité. Andrew et Gwen aussi.

Perdue dans ses pensées, elle parcourut les rues qui défilaient les unes après les autres, jusqu'à arriver devant un petit bâtiment. Un peu en retrait, il n'avait pas subi les affres du combat. Vétuste, la porte en alliage « d'ici » ne comportait aucune inscription, aucune décoration. Du simple. Du Markk tout craché.

Une lueur orangée l'enveloppa à l'instant où elle toucha la poignée qui ne tourna pas. Porte close. Elle étendit son Chi afin de vérifier la présence ou non de son fils à l'intérieur. Le logement était vide. Que faire ?

La Télépathe hésita avant de poser la paume sur la porte qui prit ses empreintes. Une douleur vive lui traversa l'index. Elle retira sa main, considéra la perle de sang qu'elle porta à ses lèvres. C'est alors que l'entrée s'ouvrit. Intriguée, MyriAnn pénétra dans le couloir devant elle.

— *Bienvenue MyriAnn Will Azor.*

La voix métallique s'éteignit sur cet accueil. La porte se referma derrière elle et des lueurs bleutées éclairèrent le lieu. MyriAnn leva

le nez et repéra aussitôt les sphères qui flottaient au-dessus de sa tête. Elle sourit. Markk n'avait pas oublié. Heureuse de ce constat, elle traversa le corridor qui la mena jusqu'au salon au décor et mobilier sommaires. Envahie par son angoisse de se faire rejeter, l'attente commença pour elle.

### XÉMEL
#### — Ruelle sombre de Mirage —

◈

**P**our la première fois depuis de nombreuses années, son sourire disparut de son visage. Ses traits aristocrates se durcirent. Sa concentration se focalisa pleinement sur cette Entité se trouvant à quelques mètres à peine de lui. Que voulait-elle ? Qu'était-elle réellement ?

Sans tergiverser davantage, Xémel passa de nouveau à l'assaut. Il se téléporta derrière la Chose, l'assena de coups. Il enchaîna avec une multitude de boules d'énergie. Mais, chaque fois, l'Autre esquivait.

L'Entité remua enfin. Elle leva l'index, créant un phénoménal Leyneïr d'une telle puissance que Xémel ne parvint pas à l'éviter. Il tomba à genoux, égratigné de partout, à bout de souffle. La silhouette approcha, caressa ses cheveux avec affection. Puis, la Chose posa un doigt sur le haut de son crâne et envoya une déflagration d'énergie.

Xémel s'époumona, se débâtit tant bien que mal avant de se dégager de son emprise et de repartir à l'assaut. Les Leyneïrs fusèrent, se percutèrent dans une explosion retentissante qui ne pouvait s'entendre au-delà du Bôkneïr dans lequel la Chose les avait enfermés. Son adversaire ne lui laissa pas le temps de se remettre et fit déflagrer une onde d'énergie qui le heurta de plein fouet. Xémel tomba, dos contre terre.

Comme au ralenti, il vit l'Ombre s'approcher de lui, le visage toujours masqué par les ténèbres. Malgré cela, Xémel devina son sourire alors qu'elle tendait, encore une fois, un simple doigt dans sa direction. L'Eyneïr fusa, le toucha en pleine poitrine. Il lévita, prisonnier de cet arc d'énergie. Xémel hurla de douleur. Lorsque l'Autre baissa le doigt, il s'écroula.

Le Télépathe papillota des cils pour tenter de reprendre ses esprits, de chasser sa vue trouble. L'air se chargea de l'excitation malsaine de la Chose qui s'acharna sur lui encore et encore.

Soumis à la violence de l'Entité, Xémel sentait ses forces l'abandonner. Quoi que « cela » puisse être, « cela » allait l'achever. Douée d'un Pouvoir phénoménal, cette Chose les surpassait tous : Amos, Andrew et tous les autres ! Qui pouvait-elle être ?

– *La Mort.*

Xémel dévisagea la Mort avec effarement : comme les Télépathes, elle lisait dans les pensées.

– *Et bien plus encore. Maintenant, dis-moi : qui est ton Maître ?*

À bout de force, il répondit d'une voix lointaine :

— Vous.

– *Bonne réponse. À présent, laisse-moi t'offrir un cadeau.*

La Mort lui fit incliner la tête et lui enfonça quelque chose dans la nuque.

# CHAPITRE 11
## OMBRE ET LUMIÈRE.

❖•❖•❖

*MARKK*
*— Cité Mirage, Salle Secrète —*

❖

**É**bouriffé, chemise à moitié défaite sur son pantalon en SCV[8] marron piqué de motifs d'engrenages dorés, Markk empruntait la même rue désaffectée où il avait pris Darius en filature. Celle-là même où se situait cette pièce étrange avec les symboles. Il était persuadé qu'ils avaient un rapport direct avec cette maudite Prophétie. Il fallait qu'il en comprenne le sens. À tout prix.

Comme l'autre soir, il baissa le niveau de son Chi au plus bas, peu désireux de se faire repérer. Après tout, Prudence n'était-elle pas mère de Sûreté? Il retrouva aisément la bâtisse grise, abandonnée. Le grand brun força la porte avant de pénétrer à l'intérieur. Paume vers le haut, il généra une flamme d'Eyneïr qui illumina la pièce. Les inscriptions, dans la langue antique, apparurent de nouveau.

*Λэεσποιρ σε χαχηερα σουσ λεσ τραιτσ δэυν αμουρ περδυ.*
*Λε Μιραγε δε σασ τενδρεσσε⎰βλουιρα λε Μαγε Δ⎰χην*
*Θυι χονδαμνερα λε Τ⎰λ⎰πατηε αυξ πουϖοιρσ δε λα δεστρυχτιον!*
*Ιλ ουβλιερα τουτ, εν σε περδαντ δανσ σεσ πασσιονσ.*
*Χэεστ αλορσ θυε λα προπη⎰τιε σε ρ⎰αλισερα*
*Λε δουζε δυ τροισι⎰με μοισ δε χεττε αν⎰⎰ε λθ.*

---

8  <u>SCV</u>: nucléastane semblable au simili cuir.

Ses connaissances en cette langue limitaient sa traduction. Il devait donc mémoriser en détail le moindre de ces signes afin de les déchiffrer plus tard. Heureusement pour lui, il possédait une excellente mémoire.

Il se concentrait quand sa nuque le piqua : il sentait une présence. Il pivota, aperçut l'escalier en colimaçon qui descendait au sous-sol. Markk amorçait un premier pas dans cette direction quand une main se posa sur son épaule, arrêtant ainsi son mouvement. Il fit volte-face pour se retrouver nez-à-nez avec Darius qui le fixait, contrarié.

— Markk ?

— Darius…

— C'était donc toi, l'autre soir ?

— Oui.

— Tu m'as espionné ?

— Espionné ? Non. Je vous ai suivi, simplement.

— Pourquoi ?

— Visiblement, vous aviez des choses à cacher ?

## DARIUS

Il ne manquait plus que ça ! Après avoir passé la matinée à soigner les blessés, encadré les différentes crises, la disparition d'Alépos (parti selon sa lettre régler quelques affaires à la Cité de l'Est), voilà que Markk se trouvait à deux doigts de découvrir celle qui se cachait en ces lieux. Mais, devait-il vraiment s'étonner de sa vivacité d'esprit ?

— Ce n'est pas ce que tu crois.

— Je ne crois rien. Je constate. Vous nous dissimulez des informations.

— Je n'ai pas le droit de vous en parler. Une fois de plus, vous allez devoir m'accorder votre confiance.

— La confiance ne devrait-elle pas être réciproque? Andrew, Dan et moi n'avons-nous pas déjà prouvé que nous en étions dignes? Que nous étions des vôtres?

— Bien sûr que si, Markk. Mais, je me trouve dans l'impossibilité de tout te dire. Pour l'instant.

Le grand brun plongea son regard sombre dans le sien, comme s'il cherchait à l'évaluer. Son Chi afflua peu à peu, l'enveloppant d'une aura puissante, mais pas menaçante. Du moins, dans l'immédiat. Markk déclara :

— Je vous crois et je vous fais confiance.

— Merci, répondit Darius, soulagé.

Le Grand Gouverneur hésita puis envoya des flammes d'Eyneïr à travers la salle qui se dirigèrent et embrasèrent des pierres de lumière qui éclairèrent alors la pièce. Markk ferma sa paume qu'il maintenait ouverte et sa propre flamme d'énergie s'éteignit. Le ténébreux Télépathe en profita pour lancer une œillade intéressée aux symboles sur les murs ainsi qu'aux marches qui menaient jusqu'à la Protectrice de la Cité qui portait son nom.

— Tu ne devrais pas rester là, reprit Darius.

— Pour quelle raison? s'étonna Markk.

— Ma source, à propos de la Prophétie.

— Elle est ici? fit-il en tournant la tête vers l'escalier.

— Oui, mais tu risques de l'effrayer.

## *MARKK*

**M**arkk détourna son attention des marches qui, de toute évidence, conduisaient vers une autre pièce, pour scruter les traits plissés de rides profondes du Gouverneur. Bien sûr, il

restait persuadé de sa bonne foi. Il espérait simplement que ses cachoteries ne causeraient de torts à personne. Aussi, il acquiesça à sa requête d'un signe de tête. Toutefois, Darius devait comprendre :

— Vous savez, je ferai tout ce qui est en mon Pouvoir pour protéger ma famille et mes amis. J'aurai moins de scrupules qu'Andrew.

Étrangement, les épaules du vieil homme se courbèrent de soulagement. Il lâcha un profond soupir et lui adressa un sourire chaleureux.

— Ne t'inquiète pas, Markk, affirma-t-il en posant une main paternelle sur son épaule. Je ne vous mettrai pas en danger. Je connais toute l'étendue de tes Pouvoirs. Jamais, il ne me viendrait à l'idée de te défier. Et ne doute pas un instant que je t'apprécie tout autant qu'Andrew ou Dan.

Si les mots du chef de la Cité le touchaient particulièrement, ce fut sa curiosité qui prit le pas sur ses émotions.

— Que voulez-vous dire par « toute l'étendue de mes Pouvoirs » ?

## DARIUS

◈

**L**e Grand Gouverneur le considéra d'un air étrange. Ses doigts contre lui se pressèrent un peu plus fermement. Son regard gris, dans le sien, se fit plus intense. Il n'était probablement pas la personne la mieux placée pour lui révéler certaines vérités. Il ne pouvait de toute façon pas tout lui dire. Ce serait à MyriAnn de s'en charger. Néanmoins, avec ce qui approchait, Darius n'avait pas d'autre choix.

— Ta mère, ta famille aussi, ne t'ont jamais rien dit au sujet de tes marques. Ils voulaient te protéger de tout ça.

— Tout ça, quoi ?

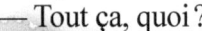

— Tu es un Mage-Télépathe, Markk. Tu possèdes un grand Pouvoir. Chaque génération voit naître un ou plusieurs Mages. De ma génération, nous sommes trois Mages connus. De la tienne, tu es le seul.

— De quoi parlez-vous ?

Pour une fois, il prenait Markk au dépourvu. Et, ce n'était que le début de ce qu'il devait divulguer.

— Les Will Azor ont toujours eu d'énormes Pouvoirs. Je ne t'apprends rien au sujet de votre histoire. Andrew et toi, vous êtes tous les deux les descendants de la lignée. Mais toi, tu possèdes les Marques. Sur ta colonne. Trois Marques pour être exact. Celle des Mages et celle de l'Honneur. L'Honneur des Will Azor. Tu en connais la signification.

## MARKK

L e sang se figea dans tout son corps, tandis que son cœur palpitait à une cadence indécente. Darius levait le voile sur une partie de sa vie qu'il avait choisie de mettre de côté. Il y a longtemps. De toute façon, il n'avait pas eu le choix. Il ne l'avait jamais eu.

— Markk, reprit le Grand Gouverneur, cet Honneur, c'est ce qui vous caractérise, ce qui vous rend si vertueux, Andrew et toi. C'est dans votre sang. Quant à la troisième Marque, elle est d'une importance capitale. Ton oncle Piers ne…

Le vieil homme ne termina pas sa phrase. Sans doute, la pâleur soudaine de Markk l'interpella bien plus que son silence.

— Je suis navré, Markk. Tu aurais dû savoir. Depuis longtemps. Mais les évènements d'autrefois ont compliqué les choses. Ta mère t'expliquera mieux que je ne saurais le faire. Elle le fera, répéta-t-il. Lorsqu'elle sera prête.

— Lorsqu'elle sera prête ? reprit-il. Vous vous moquez de moi ? Bien sûr que je connais l'histoire de ma famille. Encore heureux ! fit-il entre agacement, tristesse et déchirement. Mes capacités… je n'en connais pas l'étendue réelle.

Il soupira, essayant de remettre de l'ordre tant dans ses pensées que dans toutes ces émotions qui l'envahissaient. Il devait se reprendre. Et comprendre. C'est alors qu'il fut pris d'un doute.

— Vous pensez que je pourrais être l'Homme de la Prophétie ?

— Non.

La réponse était claire, nette et sans appel.

— Comment pouvez-vous en être certain ? Après tout, comme je viens de vous le dire, je ne connais pas l'étendue de mes Pouvoirs.

— Ne pas en connaître l'étendue et ne pas les maîtriser sont deux choses dissemblables. Toi, tu les contrôles parfaitement. Depuis ton enfance. C'est devenu instinctif chez toi. Tu as toujours su les gérer. Plus ou moins.

— Plus ou moins ?

— Lorsque l'on est jeune, c'est plus compliqué. Je ne t'apprends rien. Dans ton cas… disons que tu as gardé cette facilité incroyable à les maintenir à ta portée. Et puis, tes Pouvoirs te viennent de la Lumière, pas de l'Ombre.

— Je vous demande pardon ?

Malgré ses énormes capacités intellectuelles, son cerveau commençait à bouillir par le trop-plein d'informations.

— Markk il faut que tu comprennes : le Pouvoir quel qu'il soit, vient de l'Ombre ou de la Lumière. Du Bien ou du Mal. La Prophétie, elle, vient de l'Ombre.

— Vous voulez dire…

— Oui, Markk. Ces forces existent vraiment. Elles sont enracinées dans nos vies depuis le commencement. Ta famille appartient aux forces de la Lumière. Depuis toujours.

Markk ne parvenait pas à réaliser ce qu'il entendait. Lumière et Ombre. Ombre ? Il repensa à cet évènement du passé, lorsque Andrew avait perdu la maîtrise de ses Pouvoirs.

— Andrew ?

— Il a une part d'Ombre en lui. En manigançant la mort d'Andie, Amos est parvenu à corrompre une partie de lui.

Était-ce réellement une révélation pour lui ? Non, mais, cela expliquait bien des choses. Notamment, cette Ombre, aperçue dans les yeux de son cousin ce jour-là.

— Je te rassure sur un point : cela ne signifie pas qu'Andrew est mauvais. Au contraire. Il a su surmonter cette épreuve.

— Et Amos ?

— C'est un Mage. Mais, il y a longtemps qu'il a basculé dans l'Ombre. Par amour, clarifia Darius.

— Par amour ?

Quelques secondes suffirent pour que tout s'éclaire dans l'esprit du grand brun.

— La mère d'Orianne !

— Oui, CéLyann.

— Mais, Orianne ? Est-ce qu'elle… ?

— Je ne sais pas quelle partie elle porte en elle.

— La partie qu'elle porte en elle ?

Markk accusa le coup en réalisant l'étendue de tout ce bourbier.

— Son enfant ?

— Je ne sais pas non plus, avoua Darius, affligé. Markk, poursuivit-il, hésitant, évite de leur raconter tout ça. Ça ne ferait que compliquer les choses pour eux.

— Évidemment. Ils n'ont pas besoin de ça.

— Protège-les. Je ne pourrai plus le faire encore très longtemps.

Le Gouverneur sembla se tasser sur lui-même, soulignant la lassitude de son visage.

— Ne vous inquiétez pas. Je serai toujours là pour eux.

— Je n'en doute pas un instant. C'est en toi. Après tout, tu es l'Héritier.

## DARIUS

◈

**B**lafard, Markk se mua dans le silence.

— J'étais ami avec tes oncles et proche de la famille. Comme tu t'en doutes depuis le début de notre conversation, je connais toute l'histoire.

Une sueur froide coula le long de sa tempe.

— Sans doute, répliqua-t-il crispé, mais comme vous le savez, ici, l'histoire a été effacée, la famille révoquée, anéantie.

— Je suis navré de ce qu'il s'est produit. Cela a été tragique pour nous tous. Les conséquences dramat…

— Je n'aime pas parler de tout ça, l'interrompit-il. Nous avons tous assez souffert. Et pas seulement la famille. Cela a détruit beaucoup de monde. Cette histoire appartient au passé. Nous nous sommes tous reconstruits. Maintenant, nous devons aller de l'avant.

— Je respecte ton choix. Malgré tout, si un jour, tu veux en discuter, sache que… je ne suis pas ton ennemi.

Le silence s'égrena sur leurs sombres souvenirs avant que le vieil homme ne reprenne :

— Markk, je te demande d'éviter de parler de cet endroit… pas même à Andrew.

— Je ne promets rien, Darius, réfuta-t-il, suspicieux. Andrew et moi, nous ne nous cachons rien.

— Je comprends, mais c'est important.

— Je ferai de mon mieux.

Sur ces mots, le ténébreux Télépathe lui tourna le dos et quitta la salle. Le Grand Gouverneur se retrouva seul face à ses inquiétudes.

Ses prunelles grises fixaient l'escalier menant à la pièce qui devait rester secrète ou, en l'occurrence, connue du minimum de personnes, c'est-à-dire Hans et lui.

— Il était moins une, marmotta-t-il, une main frottant sa barbe.

Markk était intelligent. Son QI dépassait l'entendement, autant que son Pouvoir. Découvrirait-il la vérité ?

# CHAPITRE 12
## AVEUX

❖•❖•❖

*MARKK*

*— Logement de Markk, fin d'après-midi —*

❖

près une journée de dur labeur et des révélations perturbantes, Markk rentrait chez lui. Il sentit la présence de MyriAnn avant même d'actionner la poignée de sa porte. Il entra, passa le vestibule pour parvenir à un grand espace divisé en deux parties. La première tenait lieu de salon-cuisine avec une décoration et un mobilier des plus classiques : armoire, table, chaises, sofa, pupitre multimédia. Le tout dans des camaïeux de marron et de beige.

Il localisa le Chi de sa mère dans la seconde pièce : la chambre qui contenait un ameublement encore plus rudimentaire. Markk traversa l'espace qui les séparait en quelques enjambées à peine. MyriAnn se tenait sur le bord du lit aux draps bleu pâle, se tordant nerveusement les mains.

*MYRIANN*

❖

À la frontière de ses cils épais, quelques larmes pudiques retenaient péniblement son bonheur prodigue. Ses lèvres, gonflées de prières inexaucées, restaient closes de cet espoir

inachevé qui était là, devant elle. Son cœur retenait encore un peu ce cri, ce déchirement d'avoir perdu son enfant. Cette douleur qu'aucun mot, qu'aucune larme ne pouvait apaiser, soulager ou guérir… ce déchirement d'avoir perdu son enfant et le bonheur intense de le retrouver.

◈ • ◈ • ◈

## MARKK

◈

**S**a mère était là, devant lui, à portée de bras, à portée de cœur, ravivant avec une violence inouïe ses meilleurs souvenirs comme les pires. Il pouvait la toucher du bord des yeux, se laisser aller à leur tendre caresse maternelle, se laisser bercer par ce murmure incertain, ces pleurs d'enfant qu'il avait enfouis dans sa forteresse prête à imploser à tout instant. Sa mère se tenait là, devant lui, le dévisageant de ses iris au vert extraordinaire, héritage familial qui l'avait épargné, lui.

— Markk…

Au son de sa voix, son cœur palpita. Les mains moites, la gorge nouée, il ne parvenait ni à bouger, ni à respirer. Sa mère était là, à quelques pas de lui. À portée de vie et pourtant… Tremblant, la mine défaite, il dévisageait cette femme qu'il ne connaissait plus.

— Que fais-tu ici? lui demanda-t-il d'un ton bien plus cassant qu'il ne le souhaitait.

— Markk, commença-t-elle d'une voix mal assurée, je voudrais simplement te parler. Si tu es d'accord.

Il ouvrit la bouche pour la refermer aussitôt, en proie à un dilemme qui lui fendait le cœur. Ses mains plongèrent dans les poches de son pantalon, lui donnant une allure plus confiante qu'il ne l'était en réalité.

— Je veux juste savoir si tu étais de mèche avec Amos.

◈ • ◈ • ◈

## *MYRIANN*

**E**lle se décomposa.

— Non! explosa-t-elle. Évidemment, non!

Comme Markk poussait un soupir de soulagement, elle ajouta :

— Mais tu dois savoir.

— Ce n'est pas la peine de te justifier. Amos t'a trompée, comme beaucoup d'entre nous.

— Markk, écoute-moi, c'est important.

Il la cloua de son regard, attentif à ce qui allait suivre. Le cœur de MyriAnn rata un battement. Avec ce qu'elle avait à lui avouer, elle risquait de le perdre pour de bon. Ses lèvres tremblèrent autant que son être entier. Elle ne devait pas flancher. Il fallait qu'il sache.

— Je suis en partie responsable de ce qui est arrivé à Elfride et Davis ce soir-là.

## *MARKK*

**M**arkk se pétrifia. Un bruit sourd résonnait, à intervalles réguliers, comme un tambour funèbre. Chaque résonance semblait lui comprimer la cage thoracique, rendant sa respiration saccadée, rapide, amère. Il manquait d'air. Chaque inspiration devenait une lutte désespérée.

Lui qui avait toujours eu une maîtrise parfaite de ses dons, de ses émotions, perdait le contrôle, sous le choc de la révélation. Son sang pulsait, ses jambes flageolaient, sa forteresse intérieure s'écroulait.

— Qu'as-tu fait? s'écria-t-il d'une voix où se mêlaient colère et désespoir.

— C'est en partie ma faute, réitéra MyriAnn tremblotante, mais résolue.

Elle portait le poids de sa culpabilité comme un fardeau visible. Ses yeux fuyaient ceux de son fils. Les poings de Markk, toujours dans ses poches, se serrèrent. Ses ongles s'enfoncèrent dans ses paumes. Son Chi dessinait des arcs d'énergie tout autour de lui, crépitant dans l'air.

— Après tout ce qu'on a vécu ?

— Markk, je…

— La famille a été anéantie, maman ! Et toi, tu viens ici pour m'annoncer que tu es responsable de la mort d'Elfride ?

— Markk, tu d…

— Quand nous avons débarqué à la Forteresse, nous n'avions plus rien, maman ! Mais nous étions ensemble ! Et puis, il y a eu tous ces déchirements. Est-ce que tu as pensé à grand-père et à grand-mère ? À oncle Piers ? Ils ont… tu sais à quel point la famille compte pour moi ! Tu sais à quel point j'ai souffert !

## MYRIANN

**S**on regard se voila, perdu dans de terribles souvenirs. Chaque jour, le détail de ces évènements revenait la hanter. La détermination d'Elfride et de Davis, sa convocation par Amos, les enfants menacés et tout ce qu'elle avait subi après ça. Sans parler de la souffrance et des conséquences pour Markk et Andrew.

— Markk, je t'en prie, écoute-moi, l'implora-t-elle, la voix brisée par tout cet émoi.

— Tout s'est enchaîné pour le pire et toi, tu me dis que tu en es en partie responsable ?

MyriAnn sentit son cœur se comprimer. Elle aimait son fils. Plus que tout. Le voir ainsi dévasté lui était insupportable.

— Chacune des décisions que j'ai prises n'aspirait qu'à vous protéger, toi, Andrew et Andie. Je dois te dire ce qu'il s'est vraiment passé.

Blafard, il lui fit un signe approbateur du menton. Ainsi, MyriAnn se lança dans les mêmes explications qu'avec Darius : Amos qui était déjà au courant des plans d'Elfride et Davis l'avait convoquée. La menace qui planait sur lui et ses cousins. La torture de son choix de les protéger. Sa disparition aux yeux de tous. Le poids de cette vérité.

Markk se tenait debout, silencieux. Sa stature olympienne se raidissait davantage au fil de ses explications. Ses mains sortirent de ses poches. Il croisa les bras sur son torse, plus attentif que jamais, peinant à contenir sa colère. Mais alors que MyriAnn arrivait au terme de ces évènements passés, la Télépathe porta ses paumes sur sa bouche pour retenir un sanglot.

— Quoi ? Qu'y a-t-il ? Que s'est-il passé ensuite ?

— À la mort d'Andie, Amos… il a voulu me faire comprendre qu'il était le plus fort, que je ne pourrais rien contre lui, que j'étais sous son emprise.

Elle avait parlé très vite, sans prononcer les mots. Mais Markk avait déjà compris.

— Je vais le tuer ! explosa-t-il.

## *L'INCONNU*

❖

**L**'homme, flanqué de son long manteau à capuche, avait suivi Markk jusque chez lui. Il avait contourné le bâtiment pour se retrouver sous la fenêtre de sa chambre. De là, il avait étendu discrètement ses Pouvoirs et avait pu suivre la conversation entre MyriAnn et son fils. Conversation qui confirmait ce qu'il soupçonnait déjà concernant les fameux évènements.

Amos n'était qu'une enflure qui ne méritait qu'une seule chose : la mort. Lui, serait son bourreau et prendrait son pied à exécuter la sentence. Avant ça, il devait encore dissiper quelques points au sujet de la Prophétie. Pour ce faire, il devait se rendre de toute urgence à la Cité de l'Est et récolter les informations manquantes avant cet Alépos. Ce politicien corrompu n'était pas fiable. Darius ne pouvait pas régler tous les problèmes en même temps. Il s'en chargerait donc et reviendrait à Mirage ensuite.

L'homme tourna les talons quand son regard bleu fut attiré par une lueur, dans une ruelle face à lui. Un orbe brillant flottait à quelques mètres du sol. Le vent souffla et fit glisser la capuche sur ses épaules, dévoilant le tissu semblable au chèche bleu, typique du peuple Touareg, qui le couvrait presque entièrement. Son visage buriné par le soleil esquissa son premier sourire depuis de nombreuses années.

— Veille sur eux, s'adressa-t-il à la mystérieuse sphère, je reviens dès que je peux avec des réponses.

L'orbe et l'homme disparurent en synchronie.

# CHAPITRE 13
## DISPUTE

◙ ■ ◙ ■ ◙

*— 26 ans plus tôt (année 3671) —*
*AMOS*
*— Chambre d'Amos et CéLyann, Forteresse —*

◙

**D**ebout devant sa psyché, CéLyann posait sur ses cheveux noirs un peigne en forme de fleurs roses ornées de dorures qui en soulignaient les pétales délicats. Comme elle faisait tournoyer sa longue robe blanche vaporeuse aux broderies assorties à sa coiffe, le miroir refléta sa silhouette amaigrie par ces années où son esprit tourmenté l'avait cruellement affaiblie. Malgré cela, Amos, derrière elle, ne pouvait s'empêcher de la contempler.

Sentant son regard posé sur elle, la jeune femme pivota vers lui pour lui offrir un sourire. Bouleversé par cette apparition, le Maître Télépathe bascula entre rêve et réalité. Les prunelles de son amante, légèrement bridées, d'un noir profond, bordées de cils épais, semblaient de nouveau animées par cette flamme ardente qui, dès leur première rencontre, l'avait rendu fou amoureux.

La fatigue ne marquait quasiment plus son teint d'opaline, comme imprégné de sa lumière intérieure. Et cette lumière, qui faisait de CéLyann celle qu'elle était vraiment, était devenue son combat, son unique raison de vivre.

Comme Amos demeurait toujours immobile, figé comme un idiot admiratif au beau milieu de leur chambre, CéLyann tendit

les mains vers lui pour l'inviter à la rejoindre. Ce faisant, un éclat blanc métallique attira le regard du Maître.

Au poignet de sa fiancée, le bracelet, fabriqué par Davis plusieurs semaines plus tôt, permettait d'entraver ses dons de prémonition. Ce faisant, son esprit, apaisé, s'ancrait de nouveau dans la réalité. En bref, il retrouvait peu à peu CéLyann, telle qu'elle l'avait toujours été, ou presque.

Amos comptait bien mettre à profit cette période d'accalmie, car Davis l'avait averti : le bracelet étant un spécimen d'essai, il ne pouvait garantir la pérennité de ses effets. C'est pourquoi son ami tentait, à ses heures perdues, de créer un nouvel alliage plus résistant pour mieux brider les capacités spéciales de CéLyann. Ni Davis ni lui ne voulaient la perdre définitivement.

Le Maître Télépathe s'approcha de sa promise. Il caressa sa joue et elle fit de même. Lorsqu'il s'inclina vers son visage et que sa bouche effleura la sienne, il n'y tint plus et l'embrassa. D'abord tendre, leur baiser se fit passionné, douloureux de tout ce temps perdu. Les secondes s'éparpillèrent sur cet intense moment de bonheur avant que, à bout de souffle, leurs lèvres se séparent.

— Comment te sens-tu aujourd'hui ? la questionna-t-il dans un murmure.

— Bien mieux grâce à ce gadget, répondit-elle en remuant le poignet.

Amos attrapa sa main pour déposer de petits baisers sur ses doigts.

— Je ne remercierai jamais assez Davis pour ce qu'il a fait.

— C'est un inventeur de génie.

Amos se troubla.

— Quoi ? Qu'y a-t-il ?

— Rien, je…

Le Télépathe n'osait lui dévoiler la vérité. Leur bonheur était éphémère ou du moins dépendait de la résistance du bracelet face aux Pouvoirs de CéLyann.

— Je suis au courant.

Interdit, Amos ne sut que répondre.

— Cette merveilleuse création inhibe sans doute mes horribles visions, mais ce n'est que temporaire, mais surtout, partiel.

— Comment est-ce que… ?

Elle s'éloigna de quelques pas, fit face à son reflet dans la psyché.

— Je suis enchaînée à cette malédiction depuis ma plus tendre enfance, Amos. La famille Will Azor m'a recueillie et aidée du mieux qu'ils ont pu, cependant mes capacités sont ce qu'elles sont. Personne ne peut les contrôler totalement. Pas même moi.

— Davis trouvera…

— … un autre moyen qui sera, lui aussi, temporaire. Quoi qu'il puisse imaginer et créer, il ne parviendra jamais à les entraver entièrement.

Il traversa l'espace qui les séparait.

— CéLyann, je…

— Je sais ce que tu vas dire, mais je ne serai jamais libre. Ou jamais complètement.

Un silence de plomb s'installa entre eux. Amos se sentait impuissant face à toutes ces conjonctures qui se liguaient contre eux.

— D'ailleurs, reprit-elle soudainement, coupant ainsi le fil de ses pensées, où est Davis ?

— En mission.

La contrariété transfigurait à présent CéLyann.

— Une mission de sabotage ? Pourquoi ? Pourquoi t'acharner contre les Hommes ? Pourquoi les emprisonner ?

Il réalisa ce que voulait dire CéLyann au sujet de son Pouvoir. Mais cette fois, la colère céda à son inquiétude pour elle.

— Le but de cette mission consiste à ralentir la rébellion qui sévit depuis de longs mois. Tu n'en as pas conscience parce que ton esprit n'était plus parmi nous. Sache que tes protégés ont

commis et commettent toujours plusieurs attentats. Des innocents sont morts par leur faute ! Alors plutôt que tous les éliminer, je les garde sous surveillance ! Tu aurais préféré quoi ?

— Le dialogue.

— Le dialogue ?

— Pour savoir ce qu'il s'est passé. Pourquoi ont-ils commis…

— Ça suffit !

Le Chi d'Amos vibrait de contrariété. CéLyann le fixait d'un air accusateur. Il n'aimait pas ça, mais n'avait d'autre choix que de subir ses foudres. Elle ne devait pas apprendre la vérité sur ses motivations, au risque de la perdre à tout jamais.

— Crois-tu sincèrement que je n'ai pas essayé ? Penses-tu que la famille Will Azor m'aurait laissé agir à ma guise si eux aussi n'avaient pas des doutes concernant tes précieux Hommes ? Si tu ne me fais plus confiance, accorde au moins du crédit à la famille de l'Honneur ! Ou encore, à ton cher Davis ! Penses-tu qu'Elfride et lui continueraient à suivre mes ordres s'ils doutaient de moi ? Tu…

Il lui tourna le dos, enfonça ses mains dans ses poches.

— Je pensais que tu me connaissais mieux que personne. Je… j'essaie juste de contrecarrer leurs plans en minimisant le nombre de victimes. Et puis, tu sais… ce n'est que temporaire. Quand j'aurai démantelé le réseau des terroristes rebelles, tout le monde reprendra le cours de son existence. Je n'aime pas plus cette situation que toi.

Les doigts tremblants de CéLyann s'accrochèrent à son bras. Amos pivota encore une fois vers elle et découvrit son visage inondé de larmes.

— Amos, pardonne-moi. Il est vrai que mon Pouvoir m'a déconnectée de tout. Je suis la moins bien placée pour savoir ce qu'il s'est passé. Bien sûr que j'ai confiance en toi. Pardonne-moi.

Elle enfouit sa tête contre son torse.

— Il n'y a rien à pardonner, mon amour. Tu ne pouvais pas savoir.

Amos caressa sa chevelure ébène. Et alors qu'il levait les yeux vers leur reflet dans le miroir, ce ne fut que pour y contempler son sourire satisfait.

*Εν λзανν∫ε 3698, λε 12 δυ τροισι(με μο ισ*
*Παρμι τουσ, υν Ηομμε σз∫λ(œρα,*
*Ετ, λα Τερρε τρεμβλερα.*
*Περσοννε νε σερα ασσεζ φορτ*
*Πουρ βραœρ χεττε Μορτ.*
*Νι λεσ Ηομμεσ ετ λευρ τεχηνολογιε,*
*Νι λεσ Τ∫λ∫πατηεσ ετ λευρ μαγιε.*

*En l'année 3698, le douze du troisième mois,*
*Parmi tous, un Homme s'élèvera*
*Et la Terre tremblera.*
*Personne ne sera assez fort*
*Pour braver cette Mort.*
*Ni les Hommes et leur technologie,*
*Ni les Télépathes et leur magie.*

# CHAPITRE 14
## APRÈS LE CAUCHEMAR

❖•❖•❖

— *Temps présent (année 3697)* —
*MARKK*
— *Logement de Markk, Cité Mirage* —

**C**e que venait de lui divulguer sa mère apportait une nouvelle dimension aux incidents d'antan. Les mots de MyriAnn retentissaient dans l'esprit de Markk. Chaque détail ajoutait sa nuance de douleur et de compréhension. Ce qu'elle avait enduré de la part d'Amos lui était intolérable. Comment le Maître Télépathe avait-il pu lui infliger non seulement cet odieux chantage, mais également les sévices qui avaient suivi ? L'image de sa mère, autrefois forte, inébranlable, brisée par la cruauté d'Amos, le hantait à présent.

Markk se mit à tourner en rond, en proie à une colère vive. Son self-control le lâchait. Amos ! Quelle pourriture ! Jamais, il ne lui pardonnerait. Par sa faute, toute la famille avait tant souffert ! Par sa faute et celle du Régent.

La révélation des souffrances cachées de MyriAnn le bouleversait, ravivant en lui une détermination farouche de justice. Il ne pourrait pas laisser ces crimes impunis.

— Markk…

La voix douce, mais empreinte de tristesse de sa mère, le ramena à lui. Elle le fixait avec toute l'intensité de ce qu'elle

n'osait ajouter : les remords, les peurs, les doutes ou encore ce déchirement qui la tourmentait depuis le jour où Amos lui avait volé ce qu'il lui restait de sa vie.

Markk considéra sa mère, ses yeux brûlant des larmes qu'elle ne versait plus depuis longtemps. Il s'en voulait tellement d'avoir pu croire un seul instant qu'elle ait pu bafouer l'Honneur de la famille ou de son père.

À présent, il ne pensait plus qu'à une chose : la serrer contre lui et lui dire combien elle lui avait manqué. À quel point il l'aimait. Markk s'approcha du lit, s'installa à ses côtés avant de la prendre dans ses bras.

— Oh, Markk… pourrais-je espérer ton pardon un jour ? murmura-t-elle, la gorge nouée par l'émotion.

— Comment pourrais-je t'en vouloir ? Tu n'es pas responsable, répondit-il en se détachant de leur étreinte. Ce qui c'est passé n'est pas de ta volonté. Les véritables coupables paieront en temps et en heure. Je te le promets.

Index collé au majeur, pouce plié vers les deux autres, il porte les premiers sur sa bouche puis sur son cœur, pour sceller sa promesse.

MyriAnn le prit par le cou. Elle tremblait de partout. Markk l'étreignit une nouvelle fois contre lui.

— Je suis si heureuse de vous avoir tous retrouvés.

Markk la gratifia d'un sourire éclatant. Même s'il avait des tas de choses à lui demander, notamment au sujet de ses marques, il désirait, pour une fois, laisser toutes ses inquiétudes de côté afin de profiter du bonheur d'avoir retrouvé sa mère.

— *Maja…*

(Mère…)

— *Anako mìo…*

(Mon fils…)

## *MYRIANN*

**M**arkk s'écarta d'elle en douceur. Elle l'embrassa sur le front, s'assurant que tout cela était bien réel, que son fils se tenait bien ici, près d'elle. Puis, la voix enrouée, elle annonça :

— Je dois parler à Andrew. Il doit savoir. Mais je…

— Il comprendra. Ce ne sera pas facile, mais il comprendra. La famille, c'est important pour lui aussi. Et puis, tu sais, il sera bientôt papa.

— Orianne ne m'a rien dit.

À l'évocation de la jeune femme, les yeux de Markk se troublèrent légèrement.

— Tout le monde a été très occupé aujourd'hui.

— Il est vrai qu'elle s'est bien démenée à l'infirmerie. Elle possède une énergie incroyable !

— C'est peu de le dire ! affirma-t-il, un sourire au coin des lèvres. C'est une personne volontaire et entêtée, mais elle est honnête et franche.

MyriAnn planta son regard dans celui de son fils.

— Ce n'est pas ce que tu crois, se justifia-t-il aussitôt sur la défensive.

— Mais, je ne crois rien.

— Elle est fiancée à Andrew. Elle est comme une sœur pour moi.

— Markk… pourquoi ressens-tu le besoin de te justifier ?

— Je… je n'en sais rien… probablement parce que je m'inquiète pour elle et son bébé.

— Pourquoi ça ?

Markk se crispa. Ses épaules ployèrent sous le poids de lourdes responsabilités.

— Une grossesse maintenant… ça tombe mal.

— Tu veux m'en dire plus ?

— Je ne peux pas.

— Comme tu veux, fit-elle en effleurant sa joue. Prends soin de tout ce petit monde.

— C'est bien mon intention. Je serai toujours là pour eux. Pour toi.

MyriAnn se blottit dans ses bras vigoureux en proie à une émotion violente. Bien sûr, Markk ferait tout pour les siens. C'est ce qu'il avait toujours fait.

— Je suis tellement fière de ce que vous êtes devenus, Andrew et toi.

— Maman ?

— Oui ?

— Je suis heureux de te revoir.

— ***Markk chenani asuris.***

(Tu es mon pilier, Markk.)

— ***Halila chenani asuri.***

(La famille est mon pilier.)

— ***Tiako iano anako.***

(Je t'aime, mon fils.)

— ***Tiako iano maja.***

(Je t'aime, maman.)

Elle avait maintes et maintes fois espéré ces mots. Aujourd'hui, elle se tenait là, avec son fils ! Le calvaire de ces jours sans fin, prisonnière d'Amos, venait de faire place à un bonheur si intense qu'elle ne pouvait le décrire. À présent, plus rien au monde ne les séparerait.

## XÉMEL
*— Forteresse —*

**A**llongé à même le sol, Xémel s'éveilla en sursaut et regarda tout autour de lui. Il était dans une pièce de la Forteresse. Laquelle ? Il n'en savait fichtrement rien. En sueur, tremblant de partout, il respira lentement pour calmer ses pulsations cardiaques. Quel cauchemar ! Il se trouvait à Mirage. Une silhouette dans l'ombre lui parlait de cette voix inhabituelle, lui demandant de le servir. Il se voyait même se battre contre cette Chose.

Il était persuadé que ce mauvais rêve venait de lui montrer l'Homme de la Prophétie et ce qui allait advenir s'il ne lui mettait pas rapidement la main dessus. Autre certitude : cet Homme se cachait à Mirage. Il devait avertir Amos. D'ailleurs, son Maître tentait de téléférer avec lui.

Xémel se redressa aussitôt, disparut de la pièce dans laquelle il se tenait pour réapparaître dans la salle du trône, éclairée par ses multiples vitraux, son long tapis rouge pourpre et Amos confortablement installé sur son siège régalien.

Il considéra le Maître Télépathe, ses yeux de cette couleur inhabituelle, ses cheveux platine, son visage fin, mais aux traits durs, sa carrure athlétique enveloppée dans une longue veste en nucléastane, assortie au reste de sa tenue.

— Où étais-tu passé ? Cela fait des heures que je cherche à te joindre !

— Désolé, je ne t'ai pas entendu.

— C'est bien la première fois !

## AMOS

Amos dévisagea son second. Ses iris clairs étaient plus inexpressifs que jamais, son précieux sourire collé sur ses lèvres demeurait toujours aussi trompeur pour qui ne le connaissait pas.

— Où en es-tu de tes recherches ? demanda le Maître Télépathe en se levant pour le rejoindre.

— Mes investigations avancent. Mais, il est vrai que les données sont plutôt vagues. Cependant, j'ai appris que le laboratoire du Général Vaulthiers a subi un cambriolage.

— Je le savais déjà ! Que contenait-il ?

— Une arme secrète.

— Quelle est-elle ?

— Je ne sais pas.

— Est-ce tout ?

Xémel hésita une seconde. Hésitation qui ne passa pas inaperçue.

— Qu'y a-t-il ?

— Saïd, Maître. Il a aidé les traîtres.

— Je suis au courant.

— Ne crains-tu pas une nouvelle trahison ?

— Tu t'attendais à quoi ? C'est évident que Saïd m'a lâché ! De toute façon, je préfère le savoir auprès de ma fille. Il protègera Orianne.

— En es-tu certain ?

Les commissures de ses lèvres s'étirèrent.

— J'en suis convaincu. Mais plutôt que de jacasser à ce sujet, charge-toi de découvrir quelle arme a été dérobée dans le laboratoire de Vaulthiers et ce qu'elle est. Cela pourrait s'avérer utile.

— Bien.

Xémel s'inclina comme à son habitude pour saluer Amos. Mais, ce dernier, tout à ses préoccupations du moment, ne prêta attention

ni à la petite marque (de la taille d'une micropuce) au bas de la nuque de son plus fidèle complice, ni à son regard étrangement voilé et encore moins à son air satisfait.

# CHAPITRE 15
## LE TEMPS DE LA STRATÉGIE

❖•❖•❖

### *ENKI*
*— Colonie de la Grande Plaine Désertique —*

❖

Il n'y avait pas d'air, mais une lourdeur ainsi qu'une odeur persistante, écœurante de matière pas encore sèche. Les boyaux de sable durci se ressemblaient tous. Ils serpentaient dans les entrailles du Monde Connu, se faufilaient comme un réseau complexe et secret. Les Bâtisseurs terminaient leur besogne dans un nouvel embranchement quand la cuirasse marron de leur Grand Patriarche apparut à quelques mètres. Ils cessèrent leur activité à l'instant même où Enki glissant sur le sol avec une rapidité hors du commun, passa devant eux. Ils le saluèrent puis reprirent leur besogne alors qu'il disparaissait à la bifurcation.

Enki s'engagea dans le nouveau tunnel en fulminant. Il ne digérait pas leur humiliante défaite lors du précédent assaut contre Mirage. Cet insupportable Télépathe était parvenu à vaincre Hôn. Comment était-ce possible ? Lui qui avait tout prévu ! Finalement, il avait sous-estimé ce vermisseau ! Mais, il se rattraperait. La prochaine fois, il serait lui-même de la partie. Il l'égorgerait de ses propres dents, le mâchouillerait morceau par morceau ! Oui ! Il l'aurait personnellement !

Kûni et Hî, ses deux suivants, le regardaient en silence. Le Grand Patriarche carburait à la vengeance. Il était aveuglé. Les

Lombrics devaient avancer. Hî s'essaya à lui demander quel était son nouveau plan. Qu'y avait-il de prévu pour leur Peuplade ?

— *Grand Patriarche, dit-il d'un ton révérencieux. Que veux-tu faire ?*
— *Ce qui est prévu, Hî ? Étriper cet Andrew ! Voilà ce qui est prévu ! Je ne le laisserai pas m'humilier indéfiniment.*
— *Grand Patriarche, il a tué Hôn et...*
— *... et c'est justement la raison de ma colère !*
— *Mais, le peuple est inquiet. Je suis inquiet. Cet Andrew est très puissant. La Meute le craint...*
— *La Meute ferait mieux de me craindre, moi ! Tu ferais mieux de me craindre !*

Enki se dressa. Hî recula. Le Grand Patriarche fixa son second. Puis, sans prévenir, il l'attaqua toutes dents dehors. Il le mordit, arracha des parties de sa cuirasse, le lacéra, encore et encore. Enki l'attrapa par la nuque, point faible des Lombrics, et serra. Ses crocs s'enfoncèrent dans la chair fine. Le sang gicla dans toute la pièce, éclaboussant Kûni surpris par la violence soudaine de son Patriarche. Celui-ci ne desserra pas sa prise. Au contraire, il serra encore plus. Hî émettait des cris de douleur, stridents. Bientôt, la tête massive roula au sol.

Enki se tourna alors vers Kûni, les yeux emplis d'une rage intense, meurtrière. Il baissa la tête en signe d'allégeance, de prudence. Le Grand Patriarche cracha les restes de chair de Hî.

— *Kûni ! Il nous faut un nouveau plan pour attaquer Mirage ! Contrairement à ce que semblait croire ce froussard de Hî les humains ne sont pas parvenus à nous battre.*
— À quoi penses-tu, Grand Patriarche ?
— *On doit rassembler nos troupes. Envoie des émissaires à mes Chasseurs restés au Nord. Nous allons avoir besoin d'eux.*

— *Bien. Mais, cela risque d'être long. Les troupes sont éparpillées un peu partout dans les Vallées.*

— *Peu importe le temps que cela prendra, Kûni. Des semaines, des mois, je m'en fous. Et puis cela me laissera le temps…*

— *Le temps pourquoi ?*

— *Une stratégie…*

# CHAPITRE 16
## UNE ÉPINEUSE ENTREVUE

❖•❖•❖

*MARKK*
*— Cité Mirage —*

❖

Quelques jours, longs, d'un calme fastidieux, venaient de s'écouler sur Mirage. MyriAnn avait parlé à Andrew qui l'avait écoutée sans piper mot. Ses révélations l'avaient secoué, ravivant les blessures endormies, mais il ne l'avait pas blâmée. Tout comme Markk, il trouvait le chantage et les actes d'Amos des plus odieux. Tous s'accordaient à dire qu'il fallait le mettre hors d'état de nuire une bonne fois pour toutes. Surtout avec cette Prophétie qui menaçait l'existence de chacun.

Par ailleurs, MyriAnn passait le maximum de temps en compagnie de son fils. Tous deux souhaitaient rattraper les années perdues. Ces retrouvailles avec sa mère métamorphosaient l'imperturbable Markk. Il souriait plus souvent, plaisantait, s'ouvrait davantage aux autres.

Si Dan trouvait que ce changement faisait le plus grand bien à son meilleur ami, cette faille dans ses sentiments ne durait jamais longtemps. Markk finissait toujours par reprendre son habituel masque insondable. Il voulait rester concentré sur leurs objectifs : arrêter Amos, éviter la Prophétie, maintenir la paix.

Ces buts avaient été mis à rude épreuve tandis que les travaux dirigés par GiullYann et ses nouveaux amis Télépathes

pour construire les beffrois avaient été réduits à néant lors d'un mystérieux sabotage. Maintenant qu'Andrew et Markk savaient, grâce à Saïd, que des hommes de main d'Amos étaient infiltrés à Mirage, personne ne doutait qui en avait été le commanditaire.

Le doute, la suspicion revenaient comme un boomerang dans les esprits et les tensions intestines avec. L'escouade de GiullYann n'avait aucun répit pour essayer d'assurer la sécurité de tous. Darius faisait de son mieux pour tout gérer de front, mais le grand brun reconnaissait qu'il s'agissait là d'une mission presque impossible.

Les jours avaient filé à une cadence indécente et Markk avait du mal à rester concentré sur ses recherches concernant la traduction du texte ancien qui, il en était persuadé, les éclairerait sur la fameuse Prophétie.

Un autre grain de sable venait perturber la joie de ses retrouvailles avec sa mère. S'il voulait protéger les siens et empêcher l'accomplissement de cette prédiction de mauvais augure, il devait être en pleine possession de ses facultés mentales. Pour cela, il devait régler ce qui le tracassait.

Ainsi, en cet après-midi semblable à tous les autres, alors qu'aucun nouvel incident dramatique n'était venu interrompre le quotidien de Mirage, Markk décida de présenter officiellement Dan à sa mère. Depuis son retour, MyriAnn, pour une raison lointaine et compliquée que le beau ténébreux avait l'intention d'effacer pour de bon, évitait Dan comme la peste.

Il les avait convaincus de se rencontrer en terrain neutre : la Grande Place. C'est donc en cette heure peu fréquentée que Markk et son inséparable ami observaient la silhouette élancée de MyriAnn marcher vers eux, ses longs cheveux châtains ondoyant à chacun de ses pas. Parvenue à leur hauteur, elle figea Dan d'un regard glacial.

— Alors, c'est lui ?

◆ • ◆ • ◆

## MYRIANN
### — Cité Mirage, Grande Place —

Crispée, blanche comme un linge, le cœur aussi tremblant que le corps, elle dévisageait le prétendu ami de son fils, ne laissant rien au hasard : sa coiffure en pétard, sa carrure massive, ses yeux bleus qui s'assombrissaient au fur et à mesure que sa gêne marquait ses traits bien trop semblables à ceux de son père, Luc Ber Wig.

— Oui, voici Dan, notre ami à Andrew et moi.

— Tu ne peux pas ! s'écria-t-elle en pointant Markk de l'index.

— Comment ça ?

— Tu ne peux pas être ami avec lui.

— Tu… tu plaisantes ? fit-il en se décomposant.

— Non.

## MARKK

Ses prunelles virèrent à l'orage. À côté de lui, Dan, de plus en plus mal à l'aise, tentait de se faire oublier.

— C'est Dan ! Dan Ber Wig ! s'exclama-t-elle avec brusquerie.

Une œillade vers son ami lui indiqua que le concerné, dos raide, pétrifié, avait compris l'allusion de sa mère. Mais, plutôt que de fuir ses origines, Dan interpella directement MyriAnn :

— Je sais à qui vous pensez lorsque vous posez les yeux sur moi. Mais je ne suis pas comme lui ! Personne, pas même vous, encore moins le fantôme de mon père, ne pourra m'empêcher d'être ami avec Markk !

— Crois-tu ?

— Maman ! Ça suffit maintenant ! Tu ne sais rien sur Dan ! Ou peu de choses ! s'emporta Markk. Tu ne le connais pas comme moi, je le connais !

— Je connais son père ! Luc a été déshonoré !

Dan cilla. Markk posa une main réconfortante sur son bras pour lui transmettre sa force, son soutien.

— Toi, que crois-tu, maman ? Que je ne suis pas au courant ? Dan et moi, nous sommes les mieux placés pour connaître l'histoire de Luc !

— Non ! rétorqua-t-elle dans la foulée. Tu ne sais rien ! Dan non plus d'ailleurs !

— Dans ce cas, raconte-nous !

## MYRIANN

La Télépathe perdit le peu de couleurs qui lui restaient. Son cœur battait à une cadence si rapide qu'elle avait l'impression qu'il allait sortir de sa cage thoracique. Elle ne s'attendait pas à ça. Que Markk puisse être ami avec le fils de Ber Wig.

Une aiguille lui transperça le ventre. Revenir sur ces évènements ? Elle en était bien incapable. De la lâcheté ? Non, de la douleur. Une douleur jamais surmontée. Dans ces conditions, comment Markk et Dan pourraient-ils comprendre qu'ils ne pouvaient se lier d'aucune manière ?

— Que les choses soient claires, maman ! Je suis vraiment heureux de t'avoir retrouvée. Toutefois, je t'interdis de me dire qui je peux fréquenter ou non ! J'ai vingt-neuf ans ! C'est clair ? Vingt-neuf ans ! Je suis adulte et responsable ! Bien que cela ne soit pas ta faute, tu as tout de même été absente pendant une bonne partie de ma vie. Je n'ai pas attendu ni après toi ni après qui que ce soit pour savoir faire la part des choses.

## *DAN*

◈

**M**yriAnn se statufia en même temps que lui. Aucun d'eux ne s'attendait à ce genre de paroles. C'était la première fois depuis qu'il le connaissait que Markk s'emportait de la sorte après un membre de la famille.

Dan considéra son ami de toujours, puis sa mère, mine défaite. Le cœur battant à tout rompre, ses pensées, ses souvenirs s'empilaient les uns sur les autres, l'embrouillant plus qu'ils ne l'aidaient. Une seule chose était claire : il ne voulait pas être à l'origine d'une dispute entre lui et sa mère.

— Je n'y suis pour rien si Amos m'a cloîtrée dans un coin de la Forteresse pendant toutes ces années ! Si je me suis retrouvée dans cette situation, c'était pour vous protéger, toi, Andrew et Andie !

— Comme je te l'ai dit : je le sais. Loin de moi l'idée de te faire le moindre reproche. De la même manière, je sais parfaitement que Dan n'y est pour rien dans le comportement de Luc !

Markk croisa les bras sur son torse avec obstination, se renfermant comme une coquille. Dan serra les dents. Il devait intervenir. Il se planta devant MyriAnn et expliqua d'une voix tremblante :

— Vous connaissez l'histoire de mon père ; c'est bien normal. Votre famille… mais, MyriAnn, vous ne savez rien de moi. Vous ne savez pas ce que…

Se noyant dans d'insupportables souvenances, les yeux bleus de Dan se voilèrent. Il prit une grande inspiration avant de reprendre :

— Markk me répète depuis que je le connais que les enfants ne sont pas responsables des actes de leurs parents. Je ne suis pas responsable des actions de mon père. Je sais que vous voulez protéger Markk, mais, une chose est certaine : vous ne savez pas ce que je…

Il passa une main flageolante dans ses cheveux.

— Vous n'avez aucune idée des liens qui m'unissent à lui ! Je préfèrerais mourir plutôt que de…

Las de cette dispute inutile, il laissa sa phrase en suspens. Il allait tourner les talons, quand Markk le retint par le bras.

— Maman, tu n'as pas le droit de juger Dan à la place de Luc !

## MYRIANN

MyriAnn s'immergea à son tour dans de terribles souvenirs. Les unes après les autres, les images fusèrent dans son esprit, la ramenant à cet instant qu'elle avait gardé muré au plus profond de son être durant toutes ces années. Voir Dan aux côtés de Markk ravivait cette souffrance avec une violence qu'elle ne parvenait pas à dissimuler et la faisait bouillir d'une rage que ni l'un ni l'autre ne pouvait comprendre. Que faire alors ?

Elle croisa les yeux hésitants de Dan, ceux déterminés de Markk. Elle prit une inspiration. Si elle devait rester fidèle à « sa » mémoire, elle devait surtout le demeurer avec l'Honneur. Markk avait raison sur ce point : Dan n'était en rien responsable des actes de Luc.

À son tour, elle se planta devant Dan, le passa en revue, le jaugeant, évaluant s'il était vraiment digne d'intérêt. Finalement, elle lui avait souri… faiblement.

— C'est vrai, reprit-elle en passant Dan en revue de la tête aux pieds. Tu ne ressembles pas tant que ça à ton père.

— Merci bien ! rétorqua-t-il d'un ton sec.

— Tu as un bon regard, Dan, insista-t-elle. Mais ne t'avise jamais de trahir mon fils ou de lui faire du mal, sinon je te tuerai de mes propres mains !

## DAN

**S**i elle pensait que cette réponse lui convenait, elle se foutait le doigt dans l'œil. Dan lorgna Markk, emmuré dans ses pensées qu'il devinait tumultueuses, puis à MyriAnn aussi imperméable que son fils.

— Si vous croyez que je pourrai lui faire du mal un jour, vous vous trompez ! Lourdement. Jamais je ne pourrai ! Apprenez déjà à faire confiance à Markk ! Pensez-vous sérieusement que je puisse le duper, lui, ?

Dan se frotta les tempes, en proie à un grand trouble, puis il laissa échapper un petit rire désabusé.

— Vous ne savez rien de moi ! Rien.

— Au contraire, je viens d'en apprendre énormément !

— Si vous le dites !

Dan donna une tape amicale dans le dos de Markk avant de se téléporter sans un regard pour MyriAnn, clôturant ainsi cette entrevue.

# CHAPITRE 17
## DES JOURNÉES MONOTONES

❖ • ❖ • ❖

*ORIANNE*
*— Cité Mirage —*

❖

Les jours, les semaines avaient filé à une vitesse folle. Son ventre s'arrondissait à vue d'œil, les nausées avaient fait place à des fringales qu'elle peinait à contrôler. Au plus grand regret d'Orianne, Darius l'avait mise en congé de l'armée, l'obligeant à délaisser son précieux stormmerwind. D'un autre côté, avec ses jambes gonflées et tout le reste, elle n'était plus d'aucune utilité. Ce qui la faisait enrager. Elle crevait d'envie de grimper à bord de son avion pour faire une sortie, mais elle s'épuisait si vite qu'elle avait abandonné l'idée. Elle avait demandé à GiullYann s'il n'avait pas besoin de son aide. Sa réponse qui se voulait humoristique, sans doute n'avait fait que blesser son amour-propre :

— Dans ton état, tu ne serais qu'un charmant petit boulet.

Heureusement, C.G. lui avait tapé sur le crâne à sa place. Son ami Paul et elle l'avaient raccompagnée jusqu'à son logement où MyriAnn l'attendait pour la chouchouter. Bon sang qu'elle détestait ça ! Elle qui passait son temps à bastonner ses ennemis, elle se retrouvait au stade de jeune fille en détresse… ou presque. Tout le monde voulait prendre soin d'elle. Elle ne pouvait pas leur en vouloir. Après tout, cela partait d'un bon sentiment. Il ne lui restait

donc plus qu'à s'occuper d'elle et du nourrisson qui grandissait dans son ventre.

MyriAnn versait du lait d'addax dans une tasse pendant qu'elle entretenait la conversation :

— C'est quand même fou, racontait Orianne, j'ai l'impression que le Pouvoir du bébé va crescendo. Hier, je me suis coupé le doigt.

— En faisant quoi ? l'interrompit MyriAnn, soucieuse.

— Je voulais réparer le pupitre multimédia, mais peu importe. Je me suis coupé le doigt et mon petit ange a soigné la plaie !

— Impressionnant !

— Notre bébé n'est pas encore né qu'il maîtrise quasiment la médipathie ! Il ne reste qu'une petite cicatrice.

— Montre-moi.

Orianne, installée face à MyriAnn se leva, se tordit la cheville et glissa. Une aura protectrice, dorée, enveloppa la jeune femme, l'empêchant de se faire mal.

— C'est toi qui as fait ça ?

— Non, le bébé.

— C'est… prodigieux ! hésita MyriAnn. Ses Pouvoirs sont…

— … impressionnants ! C'est certain ! Andrew dit que c'est notre ange gardien.

MyriAnn esquissa un sourire crispé.

— Quoi ? Qu'y a-t-il ?

— Je te trouve un peu pâle. Fais attention de ne pas trop te fatiguer, d'accord ?

— Oui, ne t'en fais pas.

Orianne se sentait si heureuse ! Les malheurs semblaient s'éloigner. Leurs ennemis, en particulier Amos, se faisaient silencieux. Quant à cette Prophétie dont Andrew lui avait parlé, elle lui paraissait plus aussi terrible. Tout était au mieux dans le meilleur des Mondes.

◈ • ◈ • ◈

## DARIUS
### *— Cité Mirage, Laboratoire de Hans —*

**L**a matinée touchait à sa fin. Darius venait de rejoindre Hans dans son laboratoire, remis en état depuis le fameux cambriolage. Perdu dans ses pensées, le Grand Gouverneur passait et repassait la main dans sa barbe grisonnante.

Ces derniers temps, Mirage ne se manifestait plus autant qu'auparavant. Darius savait ce que cela signifiait : le temps lui était compté et elle préservait les forces et l'énergie qui lui restaient. De fait, elle ne pourrait plus lui venir en aide aussi souvent. Elle avait déjà tant fait pour l'aiguillonner ! Il ne pouvait pas lui demander plus. Maintenant, il se retrouvait seul, ou presque, dans cette partie d'échecs.

Hans et lui avaient travaillé à l'élaboration de nouvelles armes qui combineraient Chi et matériaux Humains afin de faire face non seulement aux Lombrics, mais aussi à n'importe quel adversaire. Il les fallait pratiques et peu encombrantes.

— J'ai réussi, Darius ! Je te propose deux types d'armement.

Le Général pianota sur sa montre processeur. L'image holographique d'une épée apparut devant leurs yeux et pivotait en trois dimensions. Hans pianota encore et l'arme se matérialisa. Le Grand Gouverneur s'en saisit. Au hochement de tête de l'officier, il fit quelques moulinets avant de l'abattre sur un tabouret. Légère, affutée, la lame trancha le siège avec une efficacité redoutable.

— Ces épées possèdent des capteurs d'ADN, expliqua Hans. Chaque arme devient par conséquent unique, personnelle.

— Comment procède-t-on ?

— Sur le pommeau, il y a un bouton.

Darius le trouva.

— Actionne-le.

Ceci fait, une petite aiguille lui perça le doigt. La goutte de sang qui perla fut aussitôt absorbée par l'arme.

— Concentre ton Chi maintenant.

Lorsqu'il s'exécuta, la lame rayonna d'Eyneïr.

— Incroyable.

— Tu peux choisir ou non de canaliser ton Chi de la sorte, selon la difficulté du combat.

— Et économiser ainsi l'énergie vitale.

— En effet. Et comme je te l'ai dit, l'épée ayant absorbé ton ADN, personne d'autre que toi ne pourra activer cette fonctionnalité de celle-ci. Cette arme est donc la tienne à présent. Andrew, Markk et les autres pourront activer la leur.

— Tu m'impressionnes.

Hans le remercia d'un signe de tête et matérialisa sa seconde invention : un révolver assez massif de prime abord. Darius fronça les sourcils. Il sentait qu'il était imprégné de Chi. Pourtant, son ami ne possédait aucun Pouvoir. C'est lorsque Hans arma et tira dans une armoire que le Gouverneur comprit. Ce n'était pas le révolver en lui-même qui se trouvait imbibé d'Eyneïr, mais les balles. L'officier sortit le contenu du barillet : des petites sphères qui servaient de réceptacles au Chi.

— C'est du VSR[9], précisa Hans. Ainsi chargés, n'importe qui peut utiliser les R.E.V.Es, même les Hommes.

— Rêves ?

— Révolvers à Eyneïr. La seule contrainte est de faire le plein d'énergie pour les balles. Heureusement pour nous, à la suite de l'attaque des Lombrics, les Télépathes volontaires ne manquent pas. J'ai également affecté un entrepôt pour stocker les armes et les munitions. Et avant que tu ne me poses la question : quelques hommes de la brigade du Capitaine Xanders ainsi que quelques

9. VSR : Verre Supra Résistant

Télépathes de confiance se relaient pour assurer la sécurité du bâtiment.

— C'est parfait. Il ne reste plus qu'à maîtriser le fonctionnement de tout ce matériel.

*ANDREW*
*— Portes de Mirage —*

**L**e vent sec du désert balaya les mèches rebelles du jeune Télépathe, aux portes de Mirage en compagnie de Markk, Saïd et GiullYann. Ils passaient en revue les décombres des beffrois détruits plusieurs semaines auparavant. Accroupi, Saïd posa ses prunelles bleues sur les gravats et monopolisa son Pouvoir. Puis, il se releva, épousseta sa veste avant de se tourner vers les autres. Si Markk semblait intéressé par sa personne, GiullYann, visage fermé, se méfiait franchement de lui. Mais, le Télépathe, visiblement, ne lui en tenait pas rigueur.

— Alors ?

Yeux verts fixés sur Saïd, Andrew attendait une réponse.

— Les Chis sont trop diffus. Mais, je suppose que tu le savais déjà.

— C'est vrai. Mais en as-tu reconnu certains ?

Saïd planta son regard dans le sien.

— Tu crois peut-être que je connais tous les Télépathes à la solde d'Amos ? Toi-même, me connaissais-tu avant notre rencontre ?

— À moins que tu ne couvres les arrières de tes potes ? le tança GiullYann

— Pour ce que j'en ai à faire d'eux !

— T'es trop…

— Trop quoi ?

153

— Arrêtez ! s'interposa Markk. Giull Yann, poursuivit-il en s'adressant au Capitaine, j'ai confiance en Saïd.

— Mouais. On verra bien ce que ça donne. En attendant, ajouta le blond, ça nous fait bien suer. Va falloir la jouer serré. Darius m'a informé de… l'autre problème. Je vous apporterai l'aide dont vous avez besoin.

— Il faudrait renforcer la sécurité, redoubler de vigilance.

— L'autre problème ? questionna Saïd en l'interrompant.

Markk évalua la situation : lui confier ou non une information critique.

— Une Prophétie qui annonce la fin du monde, se décida-t-il de révéler.

— Et beaucoup de bordel en perspective, ajouta le Capitaine.

## *MARKK*

**S**aïd ne laissait transparaître aucune émotion, aucune surprise. Mais, à l'évocation de la Prophétie, les vibrations de son Chi avaient légèrement varié. Que devait-il en conclure ? L'année fatidique, 3698, était maintenant bien entamée. Il devait, coûte que coûte, avancer dans ses investigations.

Deux jours plus tôt, le Grand Gouverneur avait appris que la Prophétie datait, comme l'avait supposé Markk, du Monde Antique. De fait, ses hypothèses se justifiaient. La probabilité que Dan soit l'Homme en question augmentait jour après jour.

Si Dan progressait étonnamment dans la maîtrise de sa puce, cela ne se révélait pas suffisant. Son tigre spectral, qu'il avait nommé Raadja', reconnaissait désormais ses allées. Son SAEP, endommagé lors du combat contre les Lombrics, n'expulsait plus d'épée par les bras. En revanche, son meilleur ami possédait à présent la capacité de générer des flammes. Cependant, Dan

faiblissait très vite. Trop vite. Ses réserves d'énergie se vidaient à vue d'œil, le laissant plusieurs heures, épuisé, sans défense ou presque. Comme aujourd'hui.

— Saïd, comme je l'ai dit, j'ai décidé de t'accorder ma confiance. J'aimerais que tu nous aides.

— Comment ? demanda-t-il sans hésiter.

— Il faudrait…

Un signal sonore interrompit leur conversation. Chacun d'eux, y compris Saïd, venait de recevoir un message crypté de Darius : les inventions de Hans étaient à leur disposition pour un essai. Le Capitaine Xanders lâcha un soupir d'agacement. Il fit craquer ses doigts, lança un nouveau regard méfiant vers Saïd avant de reporter son attention sur Andrew et Markk.

— Je suis navré, mais ce sera sans moi. J'ai d'autres activités tout aussi sympathiques qui m'attendent. Prévenez Darius pour moi, si cela ne vous ennuie pas.

— Bien sûr ! confirma Andrew en lui donnant une accolade. Saïd, tu viens ?

— Ai-je le choix ?

Markk sourcilla. Ce Télépathe se montrait autant sur la réserve que lui. Cette réflexion lui arracha un sourire.

— Dans ce cas, allons-y !

# CHAPITRE 18
## ENTRAÎNEMENT

❖•❖•❖

*ANDREW*
*— Cité Mirage, entrepôt —*

❖

Une chemise claire par-dessus un pantalon sombre, une longue veste assortie, Andrew avançait en tenant dans l'une des mains une grande épée finement ciselée. À côté de lui, son cousin et Saïd, dans des tenues identiques à la sienne, faisaient de même.

Le jeune Télépathe lorgna, discrètement espéra-t-il, leur nouvel ami. Encore plus grognon que Markk, Andrew ne savait que peu de choses sur Saïd. Malgré ce manque d'informations, le grand brun semblait s'en contenter. Fait intrigant, Saïd portait un intérêt certain à Orianne. Sans jamais l'aborder réellement, il restait attentif, peu réactif quand elle lui balançait une des remarques acerbes dont elle avait le secret. Mais, lorsqu'elle lui demandait quoi que ce soit, il s'exécutait toujours sans discuter. Étrange. Fascinant. Pour cette raison, contrairement à Markk, Andrew n'avait qu'une confiance limitée et préférait le garder à l'œil.

— On s'y met ou on rêvasse ?

La voix du concerné, visiblement à cran, le tira de ses pensées. Se dégourdir ne leur ferait pas de mal. De son poignet, Andrew insuffla un mouvement de rotation à son épée. Attentif à ses gestes et à ceux de Markk, Saïd les fixait, puis il se précipita vers lui. Les

lames claquèrent dans un bruit de métal. Attaque. Parade. Riposte. Tous deux étaient agiles, rapides, vifs.

Markk se téléporta derrière Andrew. Un coup de coude dans l'estomac et il recula, le souffle coupé. Pas découragé pour autant, le beau ténébreux se jeta de nouveau dans la mêlée. Son cousin esquiva à droite, à gauche, encore à droite. Le bruit des lames résonna dans le bâtiment. Andrew renversa Saïd d'un mouvement de jambe ; Markk assena à son cousin un coup dans les côtes. Ce dernier dérapa, tint bon, repartit.

Du coin de l'œil, Andrew vit Saïd se relever. De sa main libre, le jeune Télépathe le cribla d'une myriade de Leyneïrs. Comme Saïd tombait, Markk en profita pour saisir son cousin par-derrière, un bras autour de son cou. Sans lui laisser le loisir de pousser plus loin, Andrew l'attrapa à son tour et le fit basculer. Son cousin s'écrasa le dos par terre. Andrew plaça alors sa lame sous sa gorge.

— Perdu, Markk !

— La prochaine fois, vas-y mollo, s'il te plait ! Tu as failli me démolir la colonne, figure-toi !

— Désolé.

— Bon… ce n'est rien.

Andrew aida son cousin à se relever. Une fois sur ses jambes, ils se donnèrent une franche accolade. Markk aida Saïd. Ce dernier baragouina des mots incompréhensibles en direction d'un Andrew stupéfait qui n'aurait su dire s'il s'agissait d'insultes ou de compliments de sa part. Puis, leur nouvel acolyte partit, épée à la main, les plantant là tous les deux. Andrew observa intensément Markk, haussant, comme à son habitude, un sourcil interrogateur.

— Quoi ?

— Pourquoi Markk ?

— Pourquoi quoi ?

— Tu m'as laissé prendre le dessus.

— Absolument pas !

— Menteur !

— N'importe quoi.

— Je me fais des idées ?

— Absolument.

Andrew soupira. Il ne saurait jamais. Ils prirent une serviette chacun, s'essuyèrent le visage, le cou. Markk grimaça.

— Ça ne va pas ?

— Tu aurais pu me briser la nuque…

Le jeune Télépathe plissa des yeux, rieur.

— Ça t'apprendra ! La prochaine fois, bats-toi pour de vrai.

Pour toute réponse, il lui balança sa serviette au visage.

### GWEN
*— Logement de Gwen —*

Tout autour d'elle n'était qu'obscurité. Pourtant, elle voyait la volute brumeuse tournoyer au-dessus de sa tête. Des murmures indistincts se firent entendre comme des échos dans la nuit. Puis ce fut le silence. Un silence oppressant qui semblait l'étouffer, compresser ses poumons, expulser l'air qu'ils pouvaient contenir. Son inquiétude, sourde, lui broyait les entrailles. Son cœur, lui, battait si fort qu'elle en percevait chaque battement en dehors de son corps.

*Padam. Padam. Padam. Padam.*

Soudain, il y eut un cri. Un autre. Puis encore un, encore, encore, encore… des pleurs. Des hurlements de frayeur. Chaque son perçait son esprit telle une aiguille, l'entraînant plus profondément dans ce gouffre d'angoisse. Elle eut un haut le cœur et se mit à trembler. Des frissons glacés parcouraient son épiderme, comme des milliers de griffes microscopiques.

Ses yeux verts s'assombrirent, reflétant la terreur qui s'insinuait en elle. Quelques mèches blondes virevoltèrent autour de son

visage, masquant sa vue, une seconde à peine, amplifiant sa confusion.

Des pas approchèrent à la cadence de son sang pulsant dans ses veines. Elle n'entendit pas son propre cri d'effroi, absorbé par les Ténèbres. L'Ombre se dressa devant elle, puis, brusquement, tout s'estompa.

Gwen ouvrit les yeux, haletante. Elle était chez elle, allongée sur son lit, bien qu'elle ne se souvînt pas de s'être assoupie. Elle s'assit, prit de grandes inspirations pour calmer les battements frénétiques de son cœur. Quel affreux cauchemar ! Elle en avait la chair de poule.

La jeune femme se leva, un maigre sourire sur les lèvres. Elle avait grand besoin de chasser ce mauvais rêve et de se changer les idées. Elle se dirigea vers la fenêtre, espérant que la vue familière de la Grande Rue l'aiderait à se recentrer. Le souffle du vent, plus ou moins tiède, contre son visage apporta un semblant de réconfort.

En observant les ombres jouer sur les murs, elle se rappela que les ténèbres extérieures ne pouvaient égaler celles qu'elle portait en elle : des souvenirs du passé et des peurs non résolues. Mais elle savait qu'elle devait continuer d'avancer, malgré tout. Ce cauchemar n'était qu'une épreuve de plus à surmonter, une autre facette de la lutte constante pour garder la lumière dans sa vie.

# CHAPITRE 19
## RENCONTRE AUX SOMMETS

🔲▪🔲▪🔲

*— 21 ans plus tôt (année 3677) —*
*DAVIS*
*— Quelque part au-dessus de la Grande Plaine Désertique —*

🔲

Six années s'étaient écoulées depuis qu'Amos avait enfermé les civils Humains de la Forteresse dans le quartier des Hommes. Ils y vivaient parqués comme des bêtes, réduits en esclavage par le Maître Télépathe.

Davis ne comprenait plus celui qui avait été autrefois son ami. Sa barbarie n'avait d'égale que sa soif de pouvoir ou son désir de détruire le peuple des Hommes. Que cherchait-il à faire ? Comment le contrer dans ce contexte dans lequel la Forteresse était devenue le siège de sa dictature ?

Ils étaient plusieurs à vouloir arrêter, mais la confiance en autrui pour ce genre de fait demeurait compliquée. Ils avançaient lentement, mais grâce à Piers – l'aîné des Will Azor –, Elfride et lui avaient pu entrer en contact avec la rébellion.

Davis désirait rencontrer les têtes pensantes du mouvement afin de mettre au point une action commune. C'était dangereux. Rien ne garantissait le succès de la mission, encore moins la survie de tout un chacun. C'est pourquoi, Elfride – qui venait juste de devenir papa – tenait à l'accompagner.

Ils survolaient la Grande Plaine Désertique, à bord de leur snakair. L'appareil, aux lignes aérodynamiques, était doté d'un revêtement capable de se fondre dans le paysage. Silencieux, l'avion fendit l'air à pleine vitesse. En dessous d'eux, la mer de sable, parsemée de formations rocheuses érodées par le vent, s'étendait à perte de vue. Là-bas, un tourbillon de poussière s'élevait, créant une colonne mouvante qui dansait sous le soleil brûlant.

— Là ! Regarde !

Il observa dans la direction indiquée par Elfride dans l'oreillette. Un plateau élevé surplombait la plaine. Davis manœuvra avec habileté pour atterrir en douceur. Une décompression généra un écran de vapeur qui se dissipa aussitôt dans l'air sec. Le sol rocailleux crissa sous les pieds qui sortaient du snakair. Ils coupèrent les moteurs avant de descendre. Ils restèrent un moment, immobiles, à l'affût du moindre signe suspect.

S'il n'y avait aucune trace de Chi, cela ne signifiait pas pour autant qu'ils n'aient pas été suivis. La tension était palpable. Chaque ombre, chaque bruit faisait monter l'adrénaline. Il n'était pas question de se faire démasquer par Amos. Après quelques minutes, ils se détendirent légèrement.

— Tu aurais dû rester auprès d'AnnLys et d'Andrew, Elfride. C'est risqué.

— C'est bien pour ça que je ne pouvais pas te laisser venir seul. N'oublie pas que CéLyann a besoin de toi. Tu as prévu de la faire évacuer ce soir, non ?

— Oui, elle ne pourra plus cacher sa grossesse plus longtemps. Les Touaregs nous attendent au point de rendez-vous.

— C'est pour ça que cette rencontre avec les rebelles aujourd'hui n'est peut-être pas une bonne idée. Le timing est vraiment pourri.

— Mais si on veut arrêter Amos, on n'a pas le choix.

Elfride approuva. Les deux amis échangèrent un regard et se téléportèrent. Ils se retrouvèrent au beau milieu d'un djebel escarpé. Des gravats jonchaient le sol pierreux et la poussière chargeait l'air déjà sec. Le souffle du vent s'engouffrait entre les flancs montagneux quand des hommes armés surgirent de derrière les rochers et les mirent en joue. Elfride et lui venaient de trouver la rébellion.

Le silence devenait oppressant. Méfiants, les rebelles les gardaient dans leur ligne de mire. Personne ne bougeait. Personne ne parlait. La tension était au maximum. C'est alors que deux d'entre eux se détachèrent du groupe. Davis devina sans mal de qui il s'agissait : le Général Hans Vaulthiers et son second, le Lieutenant Sky Eudes.

La carrure imposante, Vaulthiers dégageait une prestance militaire certaine. Ses vêtements usés par les différents combats entre rebelles et Télépathes faisaient preuve de sa bravoure autant que la blessure mal soignée à son bras. Élancé, athlétique, Eudes, cheveux courts aussi noirs que ses yeux en amande, tenait son arme avec une assurance à faire pâlir Amos lui-même.

— Vous êtes qui ?

— Davis et Elfride, expliqua-t-il. C'est notre ami commun qui nous envoie. Il vous a averti de notre arrivée.

Sky et Hans firent un signe aux autres qui baissèrent leurs armes.

— Piers a dit que nous pouvions écouter ce que vous avez à dire.

— D'ailleurs, pourquoi n'est-il pas avec vous ?

— Parce que la famille a des problèmes tout aussi graves à gérer, rétorqua Elfride d'un ton abrupt.

— Plus graves qu'Amos ? l'interpella le Général.

— Ça pourrait le devenir. Maintenant, on peut soit passer notre temps à jacasser, soit essayer de combiner nos forces pour arrêter Amos une bonne fois pour toutes.

Vaulthiers pencha la tête.

— Et que peuvent deux Télépathes isolés ?

Davis le tança du regard.

— Peut-être davantage que vous tous réunis.

Aussitôt les armes se braquèrent vers lui.

— Malgré tous vos efforts, la rébellion n'a pas pu faire grand-chose, mis à part quelques sabotages. Des épines dans le pied d'Amos qui l'ont agacé suffisamment pour faire exécuter une dizaine d'innocents.

— Tu crois que je ne le sais pas ! s'agaça le Général. Tu crois qu'ici personne ne culpabilise après chacune de ses vengeances ! Ce n'est qu'un lâche qui s'en prend à plus faible que lui.

— Que proposes-tu ? enchaîna Sky.

— Elfride et moi, on peut rallier d'autres Télépathes à la cause. Nos capacités peuvent vous être utiles. Mais, je vais aussi vous aider à développer votre propre technologie et à rivaliser à armes égales avec les troupes d'Amos.

Il y eut des murmures. Sky et Hans échangèrent un regard.

— Et que voudrais-tu en échange ?

— J'ai ouï-dire que vous auriez découvert un minerai très spécial.

Le Général se raidit.

— J'ai besoin de ce minerai, précisa Davis.

— Pour quoi faire ?

— Un collier.

Vaulthiers éclata de rire et les autres rebelles également, à l'exception d'Eudes qui le fixait avec intensité.

— Explique-toi.

— Ce minerai possède des propriétés exceptionnelles, n'est-ce pas ? Comme masquer les vibrations d'énergie, par exemple.

Hans se pétrifia une seconde avant d'empoigner Davis.

— Comment es-tu au courant ?

— Le hasard. Des traces après un combat contre quelques-uns de vos hommes. On ne les a pas sentis arriver. Cela explique comment la résistance a tenu si longtemps ! Pourquoi on n'arrive jamais à vous localiser ! Il paraît que vous avez une Cité fantôme qu'aucun Télépathe n'a jamais pu trouver.

— Certains la nomment la Cité sans Nom, précisa Elfride.

— Écoutez… j'ai besoin de ce minerai pour aider CéLyann.

— Dame CéLyann ? questionna Sky.

— Oui. C'est compliqué à expliquer, mais ses capacités la détruisent à petit feu. Pour l'instant, je suis parvenu à les contenir grâce à un bracelet, mais cela ne durera pas.

Les têtes de la rébellion gardèrent le silence.

— Écoutez, on perd du temps. Amos gagne en puissance de jour en jour. Vos forces ne tiendront pas *ad vitam æternam*. Vous le savez. Elfride et moi, nous nous proposons de vous rejoindre, pour vous aider à développer votre technologie afin de lui tenir tête et d'accroître vos rangs en échange de ce minerai. C'est équitable, non ?

— Dans combien de temps cette technologie pourra-t-elle être mise en place ? le questionna Hans, suspicieux.

— Je ne vais pas vous mentir : il me faudra du temps et il faudra que la rébellion encaisse et tienne le coup pendant ce temps. Mais, je peux vous garantir que…

— Vous l'aimez à ce point ? l'interrompit soudainement Sky.

— À en mourir.

Εν λɔανν⌐ε 3698, λε 12 δυ τροισι\με μο
ισ
Παρμι τουσ, υν Ηομμε σɔ⌐λ\œρα,
Ετ, λα Τερρε τρεμβλερα.
Περσοννε νε σερα ασσεζ φορτ
Πουρ βραœρ χεττε Μορτ.
Νι λεσ Ηομμεσ ετ λευρ τεχηνολογιε,
Νι λεσ Τ⌐λ\⌐πατηεσ ετ λευρ μαγιε.

En l'année 3698, le douze du troisième
mois,
Parmi tous, un Homme s'élèvera
Et la Terre tremblera.
Personne ne sera assez fort
Pour braver cette Mort.
Ni les Hommes et leur technologie,
Ni les Télépathes et leur magie.

# CHAPITRE 20
## DANS LA TOILE SOMBRE

— *Temps présent (année 3698)* —
*XÉMEL*
— *Cité Mirage, ruelle sombre* —

Grand, svelte, vêtu comme à son habitude, Xémel et son sourire semblaient attendre quelqu'un. Un bruissement. Presque inaudible. Ses yeux, vides d'expression jusqu'à maintenant, s'animèrent d'intérêt. L'Ombre avançait dans la ruelle sombre. Une aura malfaisante autour d'elle, la Mort s'approcha de lui.

*— Xémel...*

— Maître.

Il s'agenouilla.

*— Où en sommes-nous ?*

— Je n'ai rien dit à Amos, comme vous le désiriez.

*— Parfait. Comment se porte le cadeau que je t'ai confié ?*

— Bien, Maître. Je le maîtrise parfaitement.

*— Dans quelques semaines, la Prophétie aura lieu. Je pourrai définitivement apparaître au grand jour. En attendant cela, il me faut constituer une armée digne de ce nom.*

À cet instant, il apparut devant eux. Grand, athlétique, la mine sombre, les yeux marron, les cheveux longs attachés en queue de

cheval, une longue cicatrice sur la joue, il venait de se téléporter et d'atterrir ici. Le reconnaissant aussitôt, Xémel constata avec plaisir qu'il s'était rétabli de ses blessures. Le Mentor de Saïd les considéra, son Maître et lui. Lorsqu'il comprit ce qui se tramait, il leur tourna le dos, prêt à s'éclipser. Pas assez vite.

L'Ombre se précipita vers lui, aussi rapidement qu'un rayon de soleil, bien qu'elle se trouve toujours dans la pénombre. Elle saisit le Télépathe par le cou.

Xémel soupira, déçu. Un long manteau sombre cachait le bras de son Maître pendant que la capuche couvrait son visage. Il ne connaîtrait pas aujourd'hui encore, sa véritable identité. Dommage. Il patienterait. En attendant, ce qui allait suivre promettait d'être très divertissant.

## AODRENN

*I*l ne pouvait plus bouger. Bon sang ! Que se passait-il ici ? Il s'était téléporté à Mirage pour le retrouver. Au lieu de cela, il était tombé sur Xémel et cette Ombre qui l'avait immobilisé d'une seule main. Cette Chose dégageait une aura terrifiante, dangereuse. Il devait avertir quelqu'un, n'importe qui !

— *N'y songe même pas.*

Cette Entité, lisait-elle dans les pensées ? Malgré le doute, il tenta de téléférer avec Saïd, mais sans succès. L'Ombre entravait ses Pouvoirs. Qui était-ce ?

— *Je suis la Mort.*

Alors qu'elle s'adressait à lui pour la seconde fois, il se rendit compte que la Mort, comme elle se faisait appeler, possédait une drôle d'intonation. Une superposition de deux voix. Que cela signifiait-il ?

Un cri rauque s'échappa de sa gorge. La Mort resserrait son étreinte sur son cou. Elle eut un sourire. Plus exactement, le Télépathe devina son sourire, comme Xémel avant lui, plusieurs mois avant. Mais, cela, il ne le savait pas.

Il était glacé d'effroi. S'il ne pouvait pas voir la Mort, il la sentait : son odeur, son aura… au plus profond de ses tripes ! Il était à sa merci et ce sentiment d'impuissance, face à elle, le paniquait encore plus.

– *Écoute bien, insecte ; je vais te laisser une chance et te poser une question. Juste une question.*

Il se crispa. Il allait mourir ! Non ! Pas maintenant ! Pas de cette façon ! C'était impossible ! La Mort eut un autre sourire.

– *Voilà. Je vois que tu as compris les règles du jeu.*

Un jeu ? Et ce sournois de Xémel qui ne faisait rien ! S'il pouvait, il l'égorgerait sur place ! Après ce qu'il avait fait ! Il plissa les yeux. Xémel avait changé de camp ! Ce qui allait lui compliquer les choses.

– *Dis-moi, qui est ton Maître ?*

## XÉMEL

Toujours à genoux, Xémel, releva la tête. La scène était amusante ! Cet idiot allait s'en mordre les doigts ! Il avait survécu à ses coups, mais en serait-il de même avec la Mort ? En tout cas, le Télépathe semblait pétrifié. Il faisait bien ! Ses chances de survie étaient quasiment nulles !

## AODRENN

**S**es doigts s'enfonçaient dans sa nuque, lui arrachant hurlements et coulées de sang le long de sa colonne vertébrale.

– *Réponds !*

Non ! Ça ne devait pas finir de cette façon ! Pas si près du but. De son but ! Mais comment résister à la Mort ? Ses Pouvoirs étant entravés, il essaya de se dégager en donnant un coup de coude dans l'estomac. Cependant, l'Ombre ne broncha pas. La Chose posa une paume sur son torse et envoya une onde. Il hurla, mais redoubla d'effort. Il n'avait pas fait face à tout ça pour finir ainsi. Non, hors de question !

Il attrapa la main qui l'enserrait, fit basculer la Silhouette. Un peu trop facilement. La Mort se remit aussitôt sur ses pieds. Sans lui laisser le temps de réagir, la Chose propulsa un incroyable rayon d'Eyneïr. Dans la foulée, elle fit déflagrer son Chi. N'ayant pas le temps d'esquiver, le Télépathe reçut son assaut de plein fouet et tomba au sol. La Mort approcha, se pencha vers lui, posa ses mains sur son torse et projeta plusieurs ondes maléfiques. Le Télépathe s'époumona. Il ne pouvait pas lutter contre cette Chose.

– *Tu commences à bien comprendre. Qui est ton Maître ?*

Que faire ? Il devait retrouver Saïd. Lui parler. Lui expliquer. Ils devaient reconstruire leur rêve. C'est ce qu'elle avait toujours souhaité. Construire une terre idéale, sans guerre, sans atrocité. S'il faisait ça, ce rêve, que devenait-il ?

– *Des chimères !* se moqua la Mort. *Une illusion perdue depuis très longtemps !* s'exclama-t-elle, dans un rire sadique. *Réponds ou je te brise la nuque !*

À présent, le sang coulait le long de son torse. La Mort, d'une main, passa un doigt le long de la traînée rouge puis le porta à sa bouche. Elle rit. Cet insecte avait un goût suave.

Le Télépathe réalisa à l'instant où son rire étrange explosait. Ils étaient dans une rue de Mirage, où vivaient des centaines et des centaines de personnes. Leur tapage aurait dû rameuter du monde. Will Azor et son cousin Bald Win. Ils auraient dû sentir son Chi. Mais rien. Personne ne venait. Comme si cette partie de la Cité était coupée du reste ! Elle était coupée du reste et l'Ombre buvait son sang. La panique montait dans ses reins. Que devait-il faire ? Que pouvait-il faire ? La Mort… il n'avait plus d'autre choix. Non. Il ne voulait pas mourir. Il voulait *le* retrouver. Il *le* retrouverait… plus tard. Quand les choses se seraient tassées. Le plus important dans l'immédiat était de rester en vie. Coûte que coûte.

— C'est vous.

Il devina le sourire triomphant de la Mort. Elle le releva d'une main, comme si, effectivement, il ne pesait pas plus lourd qu'un insecte. Lui, baissa la tête, pour l'obliger à s'incliner davantage devant elle, exposant encore plus sa nuque à sa folie qu'il savait meurtrière.

– *Comment te nommes-tu ?*

— Aodrenn.

– *Tu as fait le bon choix, Aodrenn. Maintenant, laisse-moi t'offrir un cadeau.*

Le Télépathe ferma les yeux. Il ne pourrait pas retrouver Saïd aujourd'hui. Peut-être même jamais, pensa-t-il avec effroi. Son cœur tambourinait à un rythme effréné dans sa poitrine. Il pria pour que tous les deux, elle et lui, lui pardonnent ce qu'il venait de faire.

# CHAPITRE 21
## LES LIENS FRATERNELS

❖ • ❖ • ❖

*GWEN*

*— Logement de Gwen —*

❖

Encore tremblante de son cauchemar, Gwen, vêtue d'une tunique assortie à ses yeux verts, sur un pantalon fluide, un foulard orné de motifs dorés, ouvrit la porte de son logement. À cet instant, Andrew arriva, échevelé, une serviette sur l'épaule et un objet en bandoulière qu'elle ne put identifier. Comme elle le fixait sans piper mot, il se justifia :

— Je viens de m'entraîner avec Markk et je ne sais pas… je sentais que je devais venir te voir, petite sœur.

Une larme s'évada sur sa joue. Était-il connecté à son esprit pour débarquer au moment où elle se sentait mal ?

— Gwen ? Que se passe-t-il ? Tu veux m'en parler ?

Le cœur battant, elle fondit en larmes. Devant son désarroi, Andrew la prit dans ses bras.

— Viens, ne restons pas dehors.

Un bras autour de ses épaules, son frère la conduisit à son salon où ils s'installèrent. Elle se tordait les doigts, hésitant à se confier à lui. Que penserait-il d'elle ? La détesterait-il ?

— Tu peux tout me raconter, insista-t-il d'une voix douce.

Leurs regards se lièrent et elle put lire dans le sien tout l'amour, tout le soutien fraternel qu'il éprouvait à son égard et dont elle avait besoin. Rassérénée, elle lui dévoila ce qui la tourmentait :

— J'ai fait un cauchemar, je… s'interrompit-elle, submergée par l'angoisse des images qui imprimaient encore son esprit. Eh bien, il y avait des cris perçants, des pleurs.

— Tu sais qui pleurait ?

— Des gens ainsi qu'un bébé… et… des mèches blondes, comme un voile éparpillé.

Andrew plissa le front.

— Ce n'est pas tout, n'est-ce pas ?

Elle fit non de la tête et se mordit les lèvres.

— Gwen ?

— Il y avait cette ombre menaçante qui voulait m'engloutir avec tous les autres… Je crois que j'ai vu ou revécu la mort de notre mère. Andrew… c'est ma faute ! sanglota-t-elle sous le poids de la culpabilité. Si je n'étais pas née, maman serait toujours en vie.

### ANDREW

❖

Andrew se figea une seconde devant la détresse de sa sœur, puis il la serra contre lui, à la recherche des mots de réconfort les plus justes possibles.

— Je t'interdis de penser un seul instant que tu ne mérites pas de vivre, commença-t-il en se détachant d'elle pour mieux plonger dans son regard. Bien que je n'aie pas beaucoup de souvenirs d'elle, je sais que notre mère t'aimait avant même ta venue au monde. Elle n'aurait pas voulu t'entendre dire de tels propos. Moi non plus. Ce qui s'est passé à ta naissance n'est en rien ta faute. De ce que je sais, sa santé était déjà fragile bien avant. Elle avait

décidé de mener sa grossesse à son terme. Elle t'a choisie, toi, Gwen ou Andie, peu importe ton nom.

— Mais je…

— Moi aussi, je te choisis, sœurette, enchérit-il avec affection. Et, je te choisirai toujours parce que je t'aime de la même manière que nos parents t'aimaient également. Souviens-toi de ce que je t'ai dit la dernière fois : je ne laisserai plus jamais personne te faire du mal. Je te protègerai quoi qu'il m'en coûte. Quant à ce cauchemar… Eh bien, je pense qu'il ne s'agit que de résurgences de ta mémoire.

— Tu crois ?

— Oui, et tu sais quoi ?

Elle fit « non » de la tête.

— Si tu parlais de tout ça à MyriAnn ? Après tout, il s'agit de la sœur de notre mère. Elles étaient très proches. Elle serait la mieux placée pour te parler de maman. De cette manière, je suis persuadé que tes cauchemars disparaîtront.

### *GWEN*

L a gorge nouée par tant d'émois, la jeune femme resta muette, mais approuva d'un maigre sourire. La présence de son aîné, son soutien inébranlable, lui apportait le réconfort dont elle avait besoin, même si elle devait bien l'avouer, cela ne réglerait pas tout le chamboulement dans sa tête.

— Merci Andrew, murmura-t-elle. Je vais suivre ton conseil et parler à MyriAnn.

— On forme une famille, Gwen. Que ce soit moi, MyriAnn ou Markk, on sera toujours là les uns pour les autres.

Gwen sentit une douce chaleur se répandre en elle et chasser, le temps de cette discussion, l'angoisse qui la tenaillait. Elle savait

qu'elle pouvait compter sur Andrew. Et leur lien fraternel, unique, devenait, jour après jour, une ancre solide à laquelle se raccrocher.

— Merci pour tout, Andrew.

Ils s'étreignirent tendrement. Cet instant de partage se prolongea jusqu'à ce qu'ils se détachent l'un de l'autre. Gwen essuya les larmes qui dévalaient son visage, puis lui accorda enfin un vrai sourire.

— Tu devrais rejoindre Orianne. Elle a besoin de toi. Surtout dans son état.

— Tu as raison, acquiesça-t-il. Mais, je veux être certain que tout va bien pour toi.

— Ça va.

— Très bien. N'hésite pas à me dire si tu as besoin de quoi que ce soit.

— D'accord.

Reconnaissante, elle regarda son frère se lever, quitter le salon. Le bruit de ses pas qui s'éloignaient résonna dans le couloir. Le silence qui s'ensuivit lui indiqua ensuite qu'elle était seule à présent.

Elle prit une profonde inspiration puis se dirigea vers son armoire. Ses doigts tremblants effleurèrent la porte qui s'ouvrit d'elle-même. Elle fouilla et en sortit le fameux coffret[10] qui avait, selon Markk, appartenu à sa mère. Ancien, construit dans un alliage inconnu, il était buriné d'un feuillage ainsi que d'un curieux symbole. Elle plissa les yeux. À bien observer, et selon l'angle de vue, cela ressemblait à un « B » en position horizontale inversée dont la barre verticale serait détachée du reste. Gwen serra l'objet contre elle, décidée de le montrer à MyriAnn dans l'espoir qu'elle l'aiderait à comprendre et à apaiser non seulement son cauchemar, mais aussi à affronter la peur qui en découlait.

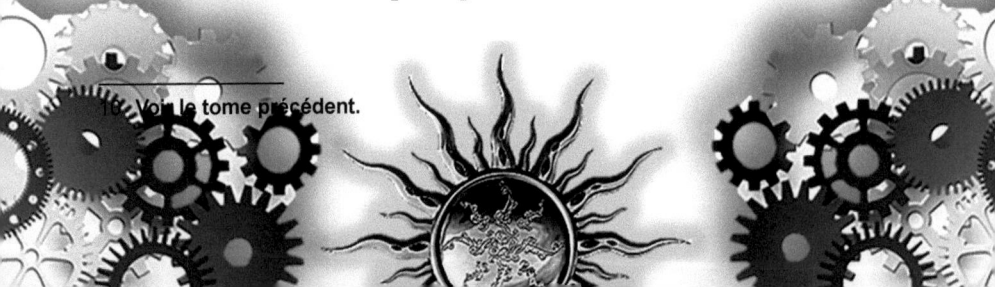

10. Voir le tome précédent.

# CHAPITRE 22
## VISITES INATTENDUES

❖ • ❖ • ❖

*MYRIANN*

*— Cité Mirage —*

❖

L a chaleur marquait le ciel encore clair de cette fin de journée. Confiant à ses pas le soin de décider de son chemin, MyriAnn marchait lentement, laissant son cœur s'évader sur les sentiers du temps. Elle était ici et pourtant ailleurs, avec eux.

La mélancolie des instants fugaces de bonheur accabla ses épaules, chargèrent ses yeux verts d'une marrée saline, prisonnière de ses cils épais, gardiens intimes de ses regrets. Alors que les flots clandestins allaient déborder cette digue incertaine, son cœur manqua un battement en la voyant arriver, son coffret dans la main. Rêvait-elle ? Ou bien était-elle réellement retournée dans le passé ? Autre chose ? Toujours était-il qu'elle se tenait là, devant elle, son doux sourire sur les lèvres, ses iris plantés dans les siens, ses cheveux blonds… coupés courts ? Elle avait changé, mais c'était bien elle ! Elle en était persuadée !

— Justement, c'était toi que je cherchais !

Celle-ci s'étonna. Sa voix n'était pas exactement comme dans son souvenir…

— AnnLys ?

— Non, ma tante, c'est moi, Gwen…

La larme roula sur sa joue, vite rejointe par d'autres. Comment avait-elle pu se tromper ? Une seconde, elle avait tout oublié.

— MyriAnn ?

— Je…

Le vent souffla une bise tiède qui emporta avec elle l'image éphémère, suspendue à sa mémoire.

— MyriAnn ? Est-ce que… est-ce que tout va bien ?

Elle essuya ses pleurs et tenta un sourire.

— MyriAnn, je suis désolée, je…

— Tu n'y es pour rien, Gwen. C'est moi qui suis désolée.

Elle se tut une seconde puis reprit :

— Tu voulais me voir ?

— Oui. Il y a quelque temps, j'ai trouvé ceci dans mon armoire, dit-elle en lui montrant l'objet découvert plusieurs semaines plus tôt.

— La boîte d'AnnLys, chuchota MyriAnn, la voix tremblante.

Elle effleura à peine le dessus, porta ses doigts sur sa bouche pour retenir un sanglot.

— Je te demande pardon, MyriAnn, j'aurais dû te le montrer avant, mais… c'est idiot… je voulais en profiter. Markk et Darius m'ont dit qu'il appartenait à maman.

— Elfride a offert ce coffret à AnnLys alors il te revient de droit. Tu n'as pas à t'excuser.

— Merci, c'est juste que… Markk semblait bouleversé. Il a dit que la boite contenait des souvenirs de maman.

— Markk a vu le coffret ? la coupa-t-elle.

— Oui, mais, il n'y avait rien d'autre que mon pendentif, répondit-elle en lui montrant la broche accrochée à la tunique qu'elle portait.

La Cité lui parut soudainement bruyante, étouffante, insupportable. Tout ce gâchis. Tous ces morts. MyriAnn chancela. Gwen la retint par le bras.

— MyriAnn ?

— Ce n'est rien, Gwen, murmura-t-elle, le souffle coupé. C'est… ce coffret me rappelle tellement…

— AnnLys ?

MyriAnn leva ses yeux vers le visage de sa nièce qui la considérait avec inquiétude. Elle était tellement innocente, ignorait tellement de choses.

— Pas seulement, Gwen, pas seulement…

Un silence gêné s'installa entre elles. Ni l'une ni l'autre ne savait comment le rompre, comment relancer leur discussion, leur relation. Finalement, Gwen se décida :

— Tante MyriAnn, si je voulais te voir, c'est aussi parce que je tenais à me rapprocher de toi, de maman. On n'a presque pas discuté toutes les deux, fit-elle en se mordant nerveusement les lèvres, et je voulais te parler de maman.

MyriAnn s'étonna, mais n'osa rien dire, préférant la laisser se confier.

— J'ai fait un cauchemar.

— Oui ?

— J'ai rêvé de maman. Je crois que c'était elle. MyriAnn… Andrew dit que ce n'est pas ma faute, mais tu sais… maman est morte en me donnant la vie et je…

Sa nièce éclata en sanglots. MyriAnn la prit dans ses bras, essaya de la consoler comme AnnLys l'aurait fait.

— Viens, Gwen, murmura-t-elle tout en lui caressant les cheveux. Ne restons pas plantées là. Marchons un peu, tu veux bien ?

Gwen opina d'un signe de tête. Elles firent quelques pas dans une rue comme une autre qui déboucha sur la Grande Place, envahie à cette heure par une jeunesse ivre de liberté, d'insouciance. Elles avisèrent un banc blanc à l'abri du soleil par une longue aubette [11]

---

11  **Aubette** : de sa troisième signification : mobilier urbain : abribus, abri public.

dont le verre protecteur s'assombrissait en fonction de l'exposition au soleil, prodiguant aux usagers un espace ombragé. Elles s'installèrent, Gwen tenant toujours la boîte entre ses mains.

— Gwen, ma chérie… Andrew a raison, tu n'es pas responsable du décès de ta maman. Elle était déjà malade. Elle se savait condamnée et n'a survécu jusqu'au moment de te donner le jour que parce qu'elle t'aimait d'un amour inconditionnel et qu'elle n'aspirait qu'à une seule chose : te donner la vie. Ce désir de vie était si intense ! Tu ne peux pas te sentir coupable, au contraire. Rends-lui hommage en chérissant la vie plus que toute autre chose au monde.

*GWEN*

◈

**L**a jeune Télépathe baissa le menton pour masquer l'émotion vive qui montait dans la moindre parcelle de son corps. Cette mère qu'elle n'avait pas connue, qui lui manquait, dont elle mourrait d'envie d'entendre la voix, de sentir son parfum, ses caresses. Elle voulait tout connaitre, combler ce vide ; c'est aussi pour cela qu'elle voulait se rapprocher de MyriAnn, pour trouver en elle ce qu'elle n'aurait jamais.

— Parle-moi d'elle.

— Bien sûr… d'abord, elle avait les cheveux blonds, comme toi. Elle était douce, généreuse, pétillante, pleine de vie ! En vérité, tu lui ressembles énormément !

Gwen renifla. Puis, écrasant la larme perlant sur sa joue, elle tendit le coffret à MyriAnn.

— Je te l'offre, en souvenir de ta sœur.

— Mais…

— S'il te plait…

Malgré son incertitude passagère, elle accepta, le cœur battant à tout rompre.

— Merci.

Gwen étreignit sa tante qui lui passa une main dans le dos puis l'embrassa sur le front.

— Au sujet de Markk, vous avez l'air proches tous les deux ?

— En effet, confessa-t-elle, rougissante. J'avais l'intention de lui rendre visite juste après.

— Dans ce cas, file le voir, ce sera plus intéressant que de rester avec moi.

Elles rirent de bon cœur et partagèrent une dernière étreinte chaleureuse avant de se quitter.

## MARKK
### — Logement de Markk —

**Q**uelques nuages teintés de pastels lilas s'étiraient jusqu'à l'éventrement, sur le crépuscule naissant. Après l'entraînement, Markk avait filé directement chez lui pour travailler sur la traduction qui le taraudait. Attablé dans son salon, il relisait les symboles qu'il avait retranscrits sur une feuille. Il butait toujours sur les mêmes mots.

*Λ϶εσποιρ σε χαχηερα σουσ λεσ τραιτσ δ϶υν αμουρ περδυ,*
*L'espoir se cachera sous les traits d'un amour perdu,*
*Λε Μιραγε δε σα τενδρεσσε⎾βλουιρα λε Μαγε Δ⎾χηυ,*
*Le Mirage de sa tendresse éblouira le… Μαγε Δ⎾χηυ…*

— Qu'est-ce que ça veut dire ?

Il fut interrompu dans ses réflexions par le système de reconnaissance qu'il avait installé à sa porte d'entrée. La voix en off annonça :

*« Bonsoir Gwen Vaulthiers. Veuillez patienter dans le corridor. »*

Lorsqu'il entendit la porte s'ouvrir, il se leva pour rejoindre la jeune femme. Gwen se jeta littéralement à son cou.

— Tout va bien ? lui demanda-t-il en lui prenant la main tout en l'entraînant à sa suite dans le salon.

— Oui, très bien. Mais toi ? le questionna-t-elle en louchant sur les papiers étalés sur la table. Tu travailles trop ; tu devrais faire une pause. C'est quoi d'ailleurs tout ça ?

— Une traduction.

— Pourquoi ne pas utiliser un microprocesseur au lieu de t'embêter avec ça ! ajouta-t-elle en désignant les feuilles. Ce serait plus rapide.

Lui qui pensait que Gwen le connaissait mieux que personne. Les ordinateurs, ce n'était pas son truc. Il préférait de loin des supports plus papables. Ça l'aidait à mieux se canaliser, à mieux réfléchir. Concernant les PC, il ne s'agissait pas du moyen le plus discret lorsque vous vouliez éviter de laisser des traces sur vos recherches.

Markk était persuadé qu'Orianne aurait su. Il contracta la mâchoire, contrarié et se sermonna intérieurement. Trop de pression. Trop d'incertitudes. Gwen lui suggérait simplement une autre façon de travailler. Mais, il n'eut pas le temps de placer la moindre parole. Gwen changeait déjà de sujet.

— Hier, j'ai vu Orianne. Son ventre est énorme !

Markk observa la jeune femme, interdit. Son flot de paroles indiquait une certaine nervosité. Avait-elle des ennuis ? Pourtant, elle semblait si pétillante ! Il essaya de l'imaginer, un ventre aussi rond que celui de sa meilleure amie. Comme son esprit dérivait, Gwen posa les mains sur son torse.

— Markk ? Est-ce que tout va bien ? Tu me parais soucieux.

— C'est cette traduction, mentit-il pour éviter de trop en dire.

Les doigts de Gwen remontèrent jusqu'à sa mâchoire qu'ils longèrent avant de stopper.

— Tu as besoin de te changer les idées, je crois.

Alors qu'elle lui adressait un sourire charmeur et s'inclinait vers lui, elle posa ses lèvres sur les siennes puis l'embrassa.

### MYRIANN
### — Logement de MyriAnn —

De retour dans son logement, MyriAnn posa le coffret devant elle, sur la table. Elle soupira, songea à Saïd qu'elle n'avait pas revu depuis le jour de son retour à Mirage. Il avait suivi ses conseils, ce qui la rassurait. Il était sur la bonne voie. Pour le reste le concernant, il devait prendre son temps. Tout finirait par s'arranger pour lui. Il n'avait que trop souffert. Quant à elle…

Elle lorgna sur la boîte, la saisit. Elle décrivit le symbole « B », buriné de feuillages et de fleurs ouvertes, appuya dessus. Le haut de la boîte bascula. Une lueur. Des images holographiques défilèrent au rythme du doigt de la femme.

Une forêt dense d'où s'échappait une musique entraînante, une prairie verdoyante où paissaient des animaux, des montagnes majestueuses survolées par de somptueux volatiles et le palais…

# CHAPITRE 23
## PARTENAIRES PARTICULIERS

◈ • ◈ • ◈

*KÛNI*

— *Colonie de la Grande Plaine Désertique* —

◈

**D**ans une des nombreuses salles souterraines de la Colonie de la Grande Plaine, Kûni, le second d'Enki glissait de long en large, en proie à une colère intense. Si, quelques instants plus tôt, sur ordre du Grand Patriarche, il avait envoyé deux émissaires dans les Vallées Nordiques pour faire rapatrier les Chasseurs, sa rage allait crescendo.

Comment Enki avait-il osé? Il avait abattu un des leurs froidement, sauvagement, comme s'il ne s'était agi que d'un simple humain! Il avait tué son frère et cela, il ne pouvait pas le supporter.

— *Et tu as absolument raison, Kûni. Cela est insupportable!*

Le Lombric se retourna, surpris. Il la découvrit. Une Ombre. Elle se tenait devant lui. Il ne pouvait voir ni son visage ni la moindre parcelle de son corps. Pourtant, il devinait qu'il s'agissait d'un humain. Que faisait-il là? De quel droit se présentait-il ici, dans les tunnels interdits de la Peuplade des Lombrics?

— *Parce que j'ai un accord à te proposer, Kûni.*

— *Je ne passe aucun accord avec les humains! Je dévore leur chair avec une délectation insoupçonnable.*

185

— *Je ne suis pas un humain. Et je me délecte autant que toi de leur mort.*

— Vraiment ? fit-il dans un grognement qui n'avait rien d'engageant.

— *Absolument, Kûni. Tu sais aussi bien que moi qu'Enki mène progressivement ta Peuplade à sa perte.*

— Non ! C'est le Grand Patriarche ! Il sait ce qu'il fait !

— *Oui, comme de couper la tête de ton frère de ses propres dents ?*

Le ver grogna plus fort.

— *Ne t'emballe pas Kûni, écoute ce que j'ai à te dire : ton maître actuel va mener une bataille perdue d'avance !*

— Quoi ?

— *Au fond de toi, tu le sais, n'est-ce pas ?*

En guise de réponse, il ouvrit la gueule, prêt à mettre cette Ombre en charpie.

— *Garde ton sourire ravageur pour d'autres, veux-tu ? Je te le répète : le combat d'Enki est perdu d'avance ! Il va bientôt mourir !*

— Comment le sais-tu, misérable ?

— *N'as-tu pas deviné qui je suis ?*

Le Lombric se dressa, renifla l'air, plissa les yeux. Cette odeur, il la connaissait mieux que quiconque pour l'avoir donné tant de fois à ces misérables vermisseaux d'humains. Cette odeur était celle de…

— *La Mort, en effet.*

Il esquissa l'ombre d'un sourire.

— *Maintenant que j'ai retenu ton attention, je veux que tu fasses ce que je te dirai de faire.*

— Parle.

— *Laisse Enki mener sa pitoyable vengeance à Mirage. Laisse-le y mourir.*

— Quoi ?

– *Ne te l'ai-je pas dit ? Il mourra là-bas, des mains du Protecteur.*

— *Andrew !*

L'Ombre esquissa un sourire.

– *Enki mourra. Tu plieras en retraite et je te ferai une proposition... pour le moins... alléchante.*

— *Quelle proposition ?*

– *Je te le révélerai après la mort d'Enki.*

— *Je ne suis pas convaincu. Je flaire le piège ; je n'aime pas les pièges.*

– *Au pire, Enki vaincra et vous aurez pris votre revanche. Au mieux, il sera mort et tu prendras le pouvoir. Dans le meilleur des cas, nous conclurons un pacte.*

— *Hum... pourquoi pas ?*

– *Qu'as-tu à perdre ?*

— *Plus grand-chose, en effet...*

Satisfaite, la Mort disparut. Kûni explosa d'un grand rire triomphant. Il fallait qu'il rassemble ses fidèles.

*MIRAGE*
— *Cité Mirage, Salle secrète* —

L a silhouette éthérée éclairait par intermittence la salle à laquelle elle était rattachée. Mirage avait un sombre pressentiment. Tout se mettait en place pour que s'accomplisse cette horrible Prophétie. Cette fois, le destin semblait se liguer contre les forces de la Lumière. Il poursuivait sa funeste marche. À moins d'un miracle, rien ne l'empêcherait de se réaliser. Que pouvait-elle tenter qu'elle n'ait déjà fait ? La réponse ne vint pas, la plongeant pour la première fois depuis de nombreuses années dans un doute effrayant.

La pièce s'illumina avec force. Il lui restait peut-être un atout, mais elle ne pourrait s'en servir qu'une seule fois. Elle devrait donc patienter jusqu'au moment opportun. La Mort viendrait le douze du troisième mois à venir, signant la fin de tout.

# CHAPITRE 24
## RÉUNION DE FAMILLE

🔲■🔲■🔲

*— 20 ans plus tôt (année 3678) —*
*ELFRIDE*
*— Forteresse, Demeure des Bald Win —*

🔲

Située dans les quartiers nobles de la Forteresse, la demeure d'Elfride reflétait parfaitement son statut de Haut Dignitaire : majestueuse, des murs en pierres polies, gravées de motifs complexes, de grandes fenêtres aux vitres filtrant la chaleur écrasante extérieure.

Une table basse en verre s'imposait dans le vaste salon, encadrée par trois sofas d'un bleu profond. La bibliothèque contre le mur du fond, remplie de volumes rares et anciens, témoignait d'un passé qui poursuivait toujours leur famille. Le plafond haut donnait l'espace nécessaire aux sphères de Chi pour leur prodiguer tout l'éclairage indispensable en fin de journée. Il s'agissait là du lieu idéal pour les discussions d'importance comme celle qu'elle accueillait en ce jour.

Davis et Elfride, côte à côte, observaient les membres de la famille présents avec une vigilance teintée d'appréhension. Assise dans le sofa central aux côtés de l'aîné de la fratrie, MyriAnn, sa belle-sœur, se distinguait (comme tous les Will Azor ou presque) par la teinte particulière de ses iris émeraude, piqués d'or. Une longue chevelure châtaine encadrait les traits fins de son visage. L'élégance de sa toilette soulignait sa grâce naturelle.

Piers arborait une expression déterminée, renforcée par sa barbe de trois jours. Sa carrure athlétique, plantée dans une tenue en nucléastane, découpait l'espace autant que sa prestance charismatique. Leur père (et beau-père d'Elfride), Kévin, installé dans le fauteuil de droite, avait les traits tirés par le poids des responsabilités, plus que n'importe lequel d'entre eux.

La conversation, entamée quelques minutes auparavant, s'était éteinte sur un constat accablant : alitée en raison d'une grossesse compliquée, AnnLys, épouse d'Elfride et cadette des Will Azor, se mourait. Aussi blonde que sa mère, Dorynne, la jeune femme se savait condamnée. Malgré cela, elle désirait, plus que tout, mener sa grossesse à terme et ouvrir les portes de l'avenir à leur fille, comme le seul et dernier cadeau qu'elle pourrait lui faire. La médipathie ne servait qu'à retarder l'inévitable et lui permettre d'aller au bout de sa démarche. Elfride, comme tous les autres, se sentait dévasté, déchiré par la volonté farouche de son épouse ainsi que par la peur, écrasante, de la perdre à tout jamais.

Sa santé ne cesse de décliner depuis notre arrivée à la Forteresse, constata MyriAnn, la voix tremblante. Elle a toujours été la plus fragile.

Piers serra les poings, les yeux rivés sur son père.

— Il n'y a vraiment rien que nous puissions faire ? Nous pourrions demander de l'aide… tu sais…, suggéra-t-il, incertain.

— C'est impossible, Piers. Tous les accès aux… « là-bas » sont condamnés. Nous ne pouvons ni y retourner ni entrer en communication avec qui que ce soit de l'autre côté.

— Je refuse de la perdre, Kévin ! s'écria soudain Elfride. On ne peut pas se résigner sans réagir.

Kévin se leva, le rejoignit. Tous deux transfigurés par la même douleur, se considérèrent un long moment. Puis, Kévin posa une main paternelle sur les épaules de son gendre.

— Mon cœur souffre autant que le tien, avoua-t-il, la gorge nouée. Plus que tout, je voudrais sauver ma fille.

Sa voix s'éteignit sous l'émotion. Accompagnée du silence, la fatalité les accablait. Ils allaient devoir se montrer forts, unis dans l'épreuve qui les attendait.

— Nous devons accepter son choix, Elfride, afin qu'elle puisse partir en paix.

Si le ton se faisait ferme, les larmes qui coulaient sur leur visage trahissaient leur désespoir, leur impuissance.

— Et la situation à travers le Monde Connu ne nous laissera aucun répit, ajouta Davis, tête basse.

À ces mots, la tension les affligea davantage. Le Maître Télépathe, dans sa folie destructrice grandissante d'année en année, dévastait les Cités Humaines les unes après les autres avec une minutie effrayante. Ses troupes ne laissaient derrière elles que cendres, larmes et désolation. Davis et Elfride ne reconnaissaient plus celui qui avait été autrefois leur ami. C'est pourquoi, depuis un an, ils avaient rejoint la rébellion et menaient un double jeu extrêmement dangereux. Aucun d'eux ne doutait de ce qu'il adviendrait s'ils se faisaient prendre. Mais il fallait le stopper. À tout prix.

— La cruauté d'Amos s'est révélée quand CéLyann a disparu, relata MyriAnn. Depuis, il devient chaque jour encore plus impitoyable.

— Il est persuadé que les Hommes l'ont enlevée, expliqua Elfride. Pour faire pression sur lui. Ses représailles ont été brutales et sanglantes.

— Personne ne sait ce qu'il s'est passé ? interrogea MyriAnn. Davis ? Tu es son Protecteur, comment…

— Je n'en sais pas plus que vous, l'interrompit celui-ci d'un ton sec.

◫ ∎ ◫ ∎ ◫

### *DAVIS*

◫

**L**e Télépathe sentait peser le regard des autres sur lui. Évidemment, tout le monde s'était tourné vers lui le jour

où CéLyann était partie. Il s'y était préparé avec minutie et avait barricadé son esprit pour ne rien laisser filtrer. Personne ne devait savoir.

La vérité, seulement connue d'Elfride, lui et les chefs de la rébellion avaient aidé CéLyann à quitter la Forteresse et donc Amos. Pendant des mois, elle était parvenue à dissimuler sa grossesse à son amant. Ne désirant pas que son bébé grandisse auprès de ce tyran, CéLyann avait rejoint le campement des Touaregs dirigé par Ahmed, un ami commun à Elfride, Sky et lui. Elle avait accouché là-bas, en toute sécurité. Depuis, elle vivait parmi les nomades avec sa fille. Mais l'ignorance d'Amos à ce sujet l'incitait à la destruction.

— Elle ne veut pas qu'on la retrouve, énonça Piers sans lâcher Davis des yeux. Ou plutôt, elle ne veut pas qu'Amos la retrouve. C'est la raison pour laquelle, elle te laisse dans l'ignorance, Davis. Elle ne veut pas te mettre en danger. Ni aucun de nous, d'ailleurs. Quant à Amos… il a basculé. Nous allons devoir agir, nous aussi, déclara-t-il, une tension dans la voix. La famille ne peut tolérer cela plus longtemps.

— Nous ne pouvons pas nous battre sur tous les plans, s'opposa Kévin. Amos. Les émissaires du Régent. AnnLys.

— Davis et moi, nous allons nous occuper d'Amos, avec l'aide des rebelles. Pour le reste…

Elfride fut interrompu lorsque Markk, âgé de dix ans, se téléporta au beau milieu du salon avec son jeune cousin de deux ans. Andrew babilla avant de lâcher la main de Markk qui vacilla. MyriAnn se précipita pour la rattraper et étouffa un cri en découvrant son visage tuméfié. Piers fut aussitôt sur ses jambes. Il rejoignit sa sœur et son neveu.

— Markk ! Qui t'a fait ça ?

— Deux hommes, chez nous…

Tous se dévisagèrent, inquiets. Ils n'avaient pas besoin de mots pour comprendre ce qui se tramait.

— Piers, viens avec moi.

À cet instant précis, Davis et Elfride se massèrent les tempes en grimaçant.

— Quoi encore ? tonna Piers.

— C'est Amos, l'éclaira Davis. Il vient de téléférer avec nous. Il nous convoque dans la Salle du Trône.

La pièce se figea sur la réalité brutale de leur situation. Une sueur froide glaça l'échine de Davis. L'étau se resserrait sur chacun d'eux.

*Εν λϑανν√ε 3698, λε 12 δυ τροισι(με μο ισ*
*Παρμι τουσ, υν Ηομμε σϑ⌈λ(ωερα,*
*Ετ, λα Τερρε τρεμβλερα.*
*Περσοννε νε σερα ασσεζ φορτ*
*Πουρ βραωερ χεττε Μορτ.*
*Νι λεσ Ηομμεσ ετ λευρ τεχηνολογιε,*
*Νι λεσ Τ⌈λ⌈πατηεσ ετ λευρ μαγιε.*

*En l'année 3698, le douze du troisième mois,*
*Parmi tous, un Homme s'élèvera*
*Et la Terre tremblera.*
*Personne ne sera assez fort*
*Pour braver cette Mort.*
*Ni les Hommes et leur technologie,*
*Ni les Télépathes et leur magie.*

# CHAPITRE 25
## UNE BONNE NOUVELLE

*— Temps présent (22 février 3698) —*
*ANDREW*
*— Cité Mirage, Salle de Conférences, 7 :00 —*

uelques jours avaient passé avec cette même monotonie accablante, mais surtout anormale. Les recherches stagnaient. Le temps filait. L'espoir s'échappait. Que se passait-il ? Ou plutôt, que ne se passait-il pas ?

Cette attente intenable agaçait les uns, endormait les autres. Si les avis convergeaient pour affirmer qu'il fallait que les choses bougent, les contraindre, justement, n'était-ce pas un risque pour la survie de l'humanité ?

Ce calme plat avait tout de même permis à GiullYann et ses équipes de construire deux beffrois aux portes Nord et Nord-Ouest de Mirage. Le Capitaine avait renforcé son escadron de quelques amis Télépathes et, de fait, la sécurité de la ville. Darius n'avait eu de nouvelles ni du Conseil ni de son Président. Personne ne savait qu'en penser et personne n'avait le temps de s'en préoccuper.

MyriAnn et Gwen passaient le plus clair de leur temps avec une Orianne plus posée qu'elle ne l'avait jamais été. Toutes trois préparaient l'arrivée du bébé qui pointerait le bout de son nez d'ici à quelques semaines… si tout le monde survivait à la Prophétie.

C'est dans ce contexte latent, par un bel après-midi ensoleillé que le Général Vaulthiers convoqua l'Assemblée de Mirage : quelques Hauts Dignitaires – dont Jôn également membre du Conseil –, Darius, Andrew, Markk, Dan, mais aussi Saïd qui s'était fait remarquer en œuvrant activement pour le bien de la Cité. Dans la Salle de Conférences, Hans, debout, se tenait devant tous les membres attablés et attentifs lorsqu'il exposa les raisons de leur rassemblement :

— J'ai conçu un nouvel appareil qui permet de détecter les ondes encore radioactives dans l'atmosphère. Le résultat est stupéfiant.

— Pouvez-vous apporter quelques précisions ? l'interrogea Andrew.

— Je préfère vous faire une démonstration. Allons sur le toit.

De plus en plus perplexe, chaque personne le suivit jusqu'à l'ascenseur dans lequel tout le monde s'engouffra. Parvenus là-haut, ils avancèrent jusqu'au centre où Hans démarra son D.R.A. [12] Une petite antenne sortit de l'appareil, tournoya sur elle-même pendant quelques secondes en émettant des BIPS réguliers. Puis, une petite voix électronique s'éleva :

*« Ondes radioactives négatives. Atmosphère normale. »*

— Quoi ? s'exclama aussitôt Markk.

— Tu as bien compris.

— Mais, qu… ?

Stupéfaction, regards d'incompréhension, tous les membres de l'Assemblée étaient sous le choc de cette incroyable nouvelle. Nuque raide, regard hautain, Jôn le questionna :

— Depuis combien de temps Hans ?

— Aucune idée ! Cependant, j'ai observé depuis quelque temps des changements dans le comportement des addax. Je ne peux pas vous dire quoi exactement… j'en suis incapable. Et puis,

12 **D.R.A.** : détecteur d'ondes radioactives

j'ai également remarqué que les vautours volent de plus en plus longtemps à la recherche de nourriture.

— Pourquoi ne pas avoir créé cet appareil bien avant, Hans ? On aurait pu…

— Vous auriez pu quoi, Jôn ? l'interrompit Andrew. Vous ne croyez pas que nous avions tous autre chose à penser ?

— Ouais, marmonna Dan, Amos, les Lombrics, éviter de mourir : la routine.

— Vous vous moquez de moi ? s'insurgea le noble. Ça fait des semaines qu'il ne se passe rien !

— Et alors ? s'agaça Andrew. Vous croyez peut-être qu'on se tourne les pouces ?

— Non, vous tournez en rond ! Et, pendant ce temps, notre Général s'amuse à créer des jouets. Des jouets inutiles par ailleurs ! Vous nous faites perdre notre temps, Vaulthiers !

— Nous devons le dire à la population. Je veux dire, énonça l'officier, que l'Assemblée doit prendre la décision de le dire à la population.

— Vous voulez créer l'hystérie ou quoi ? désapprouva Jôn.

Les autres membres de l'Assemblée échangèrent des œillades gênées qui dévoilaient davantage leur soutien aux propos du Dignitaire que l'importance de cette nouvelle.

— Les gens doivent savoir !

Saïd considérait les nobles avec un air de dégoût. Plutôt que de se sentir accablés, ces derniers le fustigeaient.

— Saïd a raison, intervint Markk. Il est nécessaire de le leur dire. Vous n'avez pas le droit de leur cacher cette information.

— Pas le droit ? s'offusqua Jôn. Les Dignitaires de l'Assemblée ont tous les droits ! Je vous rappelle que c'est nous qui régissons Mirage ! Nous, qui prenons toutes les dispositions, même les plus difficiles pour la survie de chacun ! Et, eux, qui sont-ils ?

Furieux, Andrew s'approcha du Dignitaire, une lueur menaçante dans ses prunelles vertes.

— Qui ils sont ? Des hommes et des femmes qui ont toute confiance en des bureaucrates sans cervelle qui prennent des décisions qui influencent leurs vies !

— Je ne te permets pas de me parler sur ce ton, Andrew !

— Et moi, je ne vous permets pas de parler de ces gens de cette façon ! Ce ne sont pas de simples pions sur l'échiquier du pouvoir de cette Assemblée ! Ce sont des personnes ! Et, je le répète : chaque décision que vous prenez influe sur leur existence ! Ils ont donc le droit de savoir !

Les lèvres de Jôn se retroussèrent dans un rictus dédaigneux.

— Tu n'es qu'un pathétique Télépathe qui n'a pas la moindre idée de l'importance d'être un bon gestionnaire !

## *DARIUS*

Il vit le coup partir. Markk, ivre de colère, venait d'envoyer un uppercut bien senti au visage de Jôn qui saignait du nez.

— Et vous, vous n'êtes qu'un aristocrate insignifiant, bien planqué dans votre minable petit bureau pendant que de « pathétiques Télépathes » risquent leur peau pour protéger votre « pathétique » petite vie !

Sa voix était froide, sèche, cassante. Tous observaient en silence le grand brun qui emplissait l'espace de sa prestance, imposant à tous un respect intimidant. Il considéra le conseiller avec un dédain qui aurait glacé le dos à n'importe qui.

— Tous vos beaux habits ne servent à rien ! Ni à masquer votre arrogance, ni à masquer votre peur ! Vous vous croyez important parce que vous êtes un Dignitaire ? Pensez-vous que cela suffise à vous sentir au-dessus des autres ? Votre rang exige de vous le meilleur ! Vous n'avez aucun droit sur ces gens ! Seulement des devoirs !

Markk, transcendant, le clouait sur place. Après quelques secondes de silence, il reprit :

— Vous n'avez rien d'un Dignitaire ! Vous n'êtes qu'un vulgaire pantin bien habillé !

Il secoua la tête en signe de dissentiment et tourna les talons. Il se téléporta hors de leur vue, les plantant tous sur place. Darius était admiratif, impressionné – tout autant que les autres, à n'en pas douter – par ce Télépathe aussi ténébreux que magnanime et d'une probité à toute épreuve.

— Non, mais pour qui il se prend ? fulmina Jôn en se tenant le nez.

Les yeux du Grand Gouverneur prirent une teinte orageuse.

— Sache, mon cher ami, le railla-t-il, que les Bald Win, et, plus particulièrement les Will Azor, sont deux très anciennes familles Télépathes. Ils ont cent fois plus de noblesse que ta propre famille. Tu as de la chance de n'avoir que le nez cassé ! Hans, tu as raison, poursuivit-il pour changer de sujet, nous devons le dire à la population. Une bonne nouvelle fera du bien à tout le monde. Andrew, Dan, Saïd : suivez-moi. Nous allons réfléchir à la façon d'annoncer cette nouvelle. Car quoi qu'on en dise, il ne faut effectivement pas créer l'hystérie.

# CHAPITRE 26
## COMPLICATION

◈ • ◈ • ◈

*— 22 février 3698 —*

*MARKK*

*— Cité Mirage, Grande Rue, 8:00 —*

**M**arkk avançait à pas vif dans la rue. Ce Jôn était tellement insupportable ! Comment pouvait-il mépriser tous ces gens et s'adresser à Andrew de la sorte ? Pour qui se prenait-il ? Il n'était pas digne de son rang ! Il n'était pas digne de l'autorité qui lui avait été confiée ! C'était ce genre de Dignitaires qui… Markk s'arrêta, le cœur battant à tout rompre.

Il serra les poings. Il devait oublier le passé, ne pas le laisser peser sur sa vie, le laisser derrière lui. Il régula sa respiration afin de retrouver un semblant de calme. Peut-être qu'en se changeant les idées… La Prophétie ? Non, il n'était pas d'humeur.

Tout à coup, il entendit un bruit sourd. Quelque chose qui tombait. Il fronça les sourcils, regarda autour de lui. Il avait marché au hasard sans trop faire attention pour se retrouver devant le petit appartement que Darius avait octroyé à sa mère. Coïncidence ou non ? Alors qu'il se posait cette question, il entendit comme un gémissement de douleur. Soudain inquiet, il approcha de la porte déjà entrebâillée, l'ouvrit en grand et entra.

La plainte lui parvenait depuis la chambre. MyriAnn aurait dû être là, cependant, il ne reconnaissait pas ce Chi. Soucieux, il

allongea le pas jusqu'à la pièce pour y découvrir Orianne, sur le sol, en pleurs.

— Markk ? s'étonna-t-elle en levant son visage vers lui.

Il se précipita et s'agenouilla à ses côtés.

— Orianne ! Que s'est-il passé ?

— C'est idiot, je rendais visite à ta mère… J'ai glissé. J'ai mal à la cheville, je n'arrive pas…

— Laisse-moi regarder, dit-il de sa voix chaude et profonde.

Il palpa sa cheville, lui arrachant un petit cri de douleur.

— Tu n'arrives pas à te soigner ?

— Non. C'est le bébé, elle ne me laisse pas faire, expliqua-t-elle en se mordillant la lèvre inférieure.

Quelque peu troublé, Markk passa la main au-dessus du membre blessé, mais l'aura du bébé le refoula. Markk arqua un sourcil. Son regard allait et venait entre la cheville et les yeux débordants de larmes d'Orianne.

Sa chevelure ébène retombait en cascade sur ses hanches. Elle portait une robe, plus pratique dans son état, nouée à la taille par un nœud de soie. Même blessée, elle restait sublime. Sans la quitter des yeux, un sourire rassurant sur les lèvres, le Télépathe lui prit délicatement le poignet pour vérifier son pouls. Soudainement, crépitant tout autour de leurs mains, de petites étincelles dorées apparurent.

— Qu'est-ce que c'est ? s'inquiéta Orianne.

— Je pense qu'il s'agit du Chi de ton bébé, répondit-il après réflexion.

Puis, il se concentra de nouveau sur les pulsations de la jeune femme. Markk ne releva rien d'anormal, si ce n'était qu'un grand stress. Il fallait également que le petit nourrisson dans son ventre le laisse lui prodiguer des soins.

— Elle n'arrête pas de me donner des coups. Je crois qu'elle a eu peur et je n'arrive pas à la calmer. Elle me fait mal, ajouta-t-elle dans une mimique douloureuse.

— Écoute, Orianne. Voilà ce qu'on va faire : tu vas passer tes bras autour de mon cou et je vais t'allonger sur le lit. Ce sera plus confortable pour vous deux, d'accord ?

— Entendu.

Sans la quitter du regard, Markk la souleva avec une délicatesse et une tendresse infinies. Il la posa avec attention sur le lit, puis lui plaça deux gros oreillers dans son dos. Les traits figés dans une grimace qu'elle ne parvenait pas à dissimuler, Orianne semblait énormément souffrir. Markk s'agenouilla tout près d'elle.

— Orianne, tu es trop tendue. Le bébé le sent. Il s'agite, c'est pour ça que je n'arrive pas à te guérir. Il faut que tu essaies de te détendre.

— Je voudrais t'y voir avec cette petite furie dans le ventre.

— C'est une fille ? la sollicita-t-il dans un sourire.

— Oui.

— Alors, je ne suis pas étonné, elle a le même caractère que sa mère, plaisanta-t-il pour détendre l'atmosphère.

Tandis qu'elle le fixait intensément, les yeux sombres du Télépathe se voilèrent. Il chassa rapidement son trouble et reprit :

— Bon. Voilà ce que je te propose. Nous allons nous servir d'une ancienne technique utilisée par certaines mamans, dans le Monde Antique, pour apaiser leurs bébés. Pose ta main sur mon cœur et concentre-toi sur les battements. Ça va t'aider à te détendre. Pendant ce temps, je tenterai de calmer ta « petite furie ».

— Que ?

Prenant sa main, les étincelles dorées refirent leur apparition, puis, il la posa contre son cœur, plongea ses yeux dans les siens.

— Dans l'Antiquité, quand certains nourrissons étaient stressés, les mamans les posaient contre leur poitrine, peau contre peau. De cette façon, les bébés pouvaient entendre les battements du cœur de leurs mères, comme lorsqu'ils se trouvaient dans leur ventre. Maintenant, Orianne, ferme les yeux et essaie de faire le vide.

❖ • ❖ • ❖

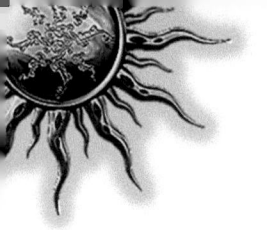

## *ORIANNE*

**O**rianne obéit sans discuter. Elle sentait les pulsations régulières dans la poitrine du Télépathe. C'était étrange, mais elle se sentait bien. La main de Markk contre la sienne était chaude, rassurante. Il posa délicatement son autre main sur son ventre rond. La petite donnait des coups à tout-va, tentait de le repousser. Cependant, il restait là, sans se départir de son calme légendaire, une main près de son cœur, l'autre sur le ventre de la future maman. Commençant à se sentir mieux, Orianne poussa un soupir.

Au fil des minutes, les coups s'estompèrent puis cessèrent. La « petite furie » s'était endormie. Markk, reposa en douceur la main d'Orianne sur le bord du lit. Il mit alors la sienne sur la cheville blessée et se concentra.

— Comment sais-tu toutes ces choses, Markk ?

## *MARKK*

**L**e grand brun ne répondit pas tout de suite. Il se focalisait sur ce qu'il avait à faire : soigner Orianne. Une brève lueur orangée enveloppa entièrement la cheville. L'instant suivant, c'était terminé. Revenant à la hauteur de la jeune femme, il lui dit enfin :

— C'est ma mère. Elle voulait que j'apprenne. J'aime apprendre et j'ai quelques facilités pour…

Il avait dit cela sans vouloir se vanter, mais cela était vrai. Il avait toujours eu ces dispositions ainsi qu'un QI plutôt élevé. En général, il n'aimait pas parler de cela.

La future maman s'immergea dans les iris marron du beau Télépathe. Lui-même la fixait d'une manière impénétrable.

— Je te trouve vraiment passionnant, Markk.

Il la considéra, les yeux pétillants de malice.

— Et n'oublions pas : « hyper sexy », glissa-t-il en souvenir du jour où Darius lui avait fait des points de suture.

Ils partirent tous les deux d'un grand rire complice.

— Est-ce que tu te sens mieux, maintenant ?

— Oui, merci Markk, je…

Tout à coup, ne parvenant pas à retenir un nouveau cri de souffrance, elle se cramponna à son bras.

— Orianne ?

Elle le regarda, s'agrippa encore à lui, criant de douleur.

— Orianne !

— Des… contractions… la chute… sans doute.

— Merd… !

Le grand ténébreux souleva sa robe en s'excusant du regard et fronça les sourcils. Une tache sanguinolente auréolait les draps. Orianne essayait de se contrôler, mais elle ne parvenait pas à retenir ses gémissements. Pour la deuxième fois, Markk posa sa main sur le ventre de la jeune femme. Il sentait les crispations utérines aller et venir, le désespoir d'Orianne, son angoisse, sa douleur. Il fallait qu'il arrête ceci rapidement. Le bébé n'était prévu qu'au quatrième mois de l'année. C'était trop tôt pour qu'il vienne maintenant.

La médipathie lui faciliterait certainement la tâche, même si les cris de la jeune Télépathe ne l'aidaient pas à être parfaitement focalisé sur ce qu'il faisait. Mais elle n'y était pour rien. Il fallait que ça marche. Du pouce, il dessina des cercles invisibles sur son ventre. Pour la soulager. Pour réduire les spasmes. Les cercles protégeaient. C'était un truc de Télépathe que sa mère lui avait appris. Il faisait la même chose sur le front d'Andrew lorsque les nuits, ses cauchemars l'empêchaient de dormir. Enfant, cela l'apaisait toujours.

Il essayait donc de propager des ondes positives grâce à ces cercles, et, simultanément, en apposant sa deuxième main, d'

arrêter les contractions. Il ne fallait pas qu'elle perde les eaux. Par conséquent, il avait besoin de l'apaiser. D'autant plus que l'inquiétude commençait à le gagner lui aussi. Peu à peu, la chaleur rassurante de ses mains se propagea. Il sentit les muscles utérins se détendre, les spasmes s'éloigner. Orianne se détendit. Lui également.

Toutefois, la jeune femme avait perdu du sang et cela n'était pas normal. Sans doute le placenta. Il devait la conduire rapidement à l'infirmerie. Orianne semblait littéralement épuisée. Son front dégoulinait de sueur ; elle grelottait, ses yeux perdus le cherchaient. Il passa une main rassurante sur sa joue.

— Alors, on s'amuse à me donner des frayeurs ?

### *ORIANNE*

**C**omme seule réponse, Orianne adressa à Markk une horrible grimace.

— Je vais t'emmener à l'infirmerie. Il faut te faire ausculter.

Il passa ses bras sous sa taille et sous ses jambes.

— Markk, attends, s'il te plait.

Il l'écouta, attentif.

— J'ai… j'ai peur. Je suis même terrifiée ! L'accouchement... j'ai peur qu'il arrive malheur.

Il la contempla, les yeux remplis de tendresse.

— C'est normal, entreprit-il de la réconforter. Un accouchement, ce n'est pas rien, tu sais. Mais les infirmières seront là pour t'aider. Darius et Andrew seront à tes côtés, eux aussi. Tout ira bien, tu verras.

Du revers de la main, il lui effleura son front moite. Elle ferma les yeux. Cette caresse était si douce, si apaisante. Elle se sentait si

bien. Quand elle rouvrit les yeux, elle croisa le regard troublé du Télépathe.

— Tu es une femme courageuse, Orianne. Je suis persuadé que tout se passera bien.

Soudés par leur regard, il la souleva, le plus doucement possible. Il se téléporta, Orianne dans les bras.

# CHAPITRE 27
## AU CAMPEMENT TOUAREG

❖•❖•❖

*L'INCONNU*
— *Quelque part dans la Grande Plaine Désertique* —
— *Campement Touareg* —

**L**'homme ouvrit lentement les yeux, sa vision encore floue distinguant avec difficulté les alentours. Il se frotta le front puis tenta de rassembler ses souvenirs. Il s'était rendu sur les ruines de la Cité de l'Est, à la recherche d'informations concernant cette maudite Prophétie. Il avait surpris Alépos, en difficulté avec des inconnus.

Alors qu'il allait intervenir pour le sortir de ce mauvais pas, quelqu'un l'avait entravé et frappé. Il y avait deux hommes : un blond de taille moyenne et un grand brun aux yeux rougeoyants. Un nom avait été prononcé : Edward. Duquel des deux s'agissait-il ? Il n'en savait rien. Mais après ça, le blond lui avait injecté un produit. À la suite de quoi, il était tombé dans les vapes.

À présent, il se trouvait sous une tente de toile épaisse. La lumière tamisée filtrait à travers les ouvertures, projetant des motifs mouvants sur le tissu. Il sentait l'odeur de sable chaud, des épices, mêlées à celle du cuir. Ses membres semblaient peser des tonnes et le sang pulsait dans ses veines. L'homme se redressa avec difficulté et tituba jusqu'à la sortie. À l'extérieur de la tente,

des silhouettes bleues et blanches se déplaçaient sans lui accorder la moindre attention. Des Touaregs.

Leur camp était établi dans une oasis, havre de verdure perdu au milieu des dunes. Des palmiers élancés procuraient une ombre bienvenue aux Maghatirs qui se reposaient, attachés à des piquets. Un groupe d'enfants jouait près de la source claire qui alimentait le petit étang autour duquel les Touaregs avaient installé leurs tentes.

Ces petits coins de paradis étaient devenus si rares aujourd'hui que les nomades se transmettaient leur emplacement de façon orale uniquement afin qu'aucune faction, Homme ou Télépathe, ne puisse jamais les trouver. Les Touaregs gardaient mieux que personne les secrets. L'homme reconnut alors Khalid, son visage buriné par le soleil et ses yeux perçants. Il portait le traditionnel turban bleu ainsi qu'une tunique brodée. Il s'approcha de lui.

— Tu es enfin réveillé, s'exclama Khalid, dont la préoccupation se lisait sur ses traits. Comment te sens-tu, mon ami ?

— Comme si j'avais été piétiné par un troupeau de dromadaires. Que s'est-il passé, nom d'un fennec ?

Bien que Khalid détournât le regard, il eut le temps d'y apercevoir une immense tristesse.

— Beaucoup de choses ont changé depuis ta dernière visite. Mon père n'est plus de ce monde.

— Comment ?

— Une embuscade lors d'une mission pour le Président du Conseil. Des Lombrics et des Dévoreuses. Aucun n'a survécu. J'ai dû remplacer mon père au pied levé à la tête de notre communauté.

L'homme sentit une vague de colère et de tristesse grimper en lui. Il avait bien connu Ahmed, un homme sage et respecté des siens, au courage qui n'était plus à prouver.

— Je suis navré pour ton père, Khalid. Lui avez-vous rendu les derniers hommages ? Puis-je me joindre à vous ?

— Hélas, aucun corps n'a été retrouvé.

— Les Dévoreuses les auront probablement…

Il laissa sa phrase en suspens. Tout le monde savait ce qu'il advenait des victimes de ces sales bestioles. Désireux de changer de sujet, l'homme reprit :

— Et moi ? Comment suis-je parvenu jusqu'à votre campement ?

— On t'a retrouvé dans les ruines de la Cité de l'Est. Tu étais drogué et en piteux état. On a retrouvé des baies de belladone. Tu aurais pu y rester. La belladone est mortelle si elle n'est pas correctement dosée.

— De la belladone ? Ici ? Dans le Monde Connu ?

— Les oasis comme celles-ci regorgent de plantes de diverses espèces.

Le silence s'étira sur les interrogations de l'homme. Est-ce que Khalid sous-entendait que c'était un Touareg qui l'avait drogué ? Ou bien quelqu'un connaissait-il l'emplacement des oasis encore sauvages [13] ?

— Nous avons également secouru Alépos, reprit Khalid en le désignant d'un geste de la main.

Le Président du Conseil se présenta alors devant eux. Les cheveux blancs et les traits ridés de celui-ci laissaient deviner son âge avancé. Fichu d'une tenue typique du peuple nomade, il imposait sa présence par une prestance mystérieuse se reflétant dans ses yeux noirs. Alépos le dévisagea de la tête aux pieds avec une intensité peu commune.

— Je constate que vous êtes enfin réveillé ! déclama-t-il d'un ton autoritaire. J'ai bien cru que vous étiez mort !

— Visiblement, non.

Alépos hocha d'un signe de tête positif.

---

13 Comme expliqué dans l'Épisode 1 : « La dernière Cité », les Cités Humaines se sont développées autour des oasis existantes. Mais certaines sont restées à l'état « sauvage », c'est-à-dire « non exploitées ». Les Touaregs, dans la saga Mirage's Memories, en sont les gardiens et conservent leur localisation secrète. Ces oasis leur servent de points de repères et de ressources dans lesquelles ils s'approvisionnent pour leurs périples qui, en réalité, suivent ces points d'eau.

— Je dois partir. C'est dommage, j'avais de nombreuses questions à vous poser. Mais le Conseil doit s'inquiéter de ne plus avoir de mes nouvelles depuis tout ce temps.

— Dans ce cas, je vous souhaite un bon voyage.

Alépos le salua avant de rejoindre plusieurs hommes de Khalid. Il grimpa sur le dos d'un Maghatir et les autres l'imitèrent. Le Président du Conseil et son escorte s'éloignèrent au galop. Lorsqu'ils ne furent plus qu'un point à l'horizon, Khalid lui tendit un parchemin. L'homme le déplia, le consulta avant de se pétrifier.

— Un problème ?

— Je dois partir.

## ENKI
*— Colonie de la Grande Plaine Désertique —*

**P**assant la Meute en revue, Enki sifflait de contentement. Il disposait d'environ une trentaine de Chasseurs, toutes Colonies confondues, ou du moins entre celles du Nord et de la Grande Plaine. Ah ! Si Faraj' le voyait ainsi, il serait vert de jalousie à coup sûr ! Mais, il l'avait banni. Il était loin avec la perfide Mhé. Dommage qu'elle ne puisse assister à son triomphe. Car, le grand jour était enfin arrivé !

Aujourd'hui, il mettrait enfin un terme à la pitoyable existence de ce pourfendeur de Lombrics : Andrew. Il allait se délecter de sa carcasse putride. Les siens se nourriraient de la chair de ces humains qui vivaient là-bas. Ce qu'ils avaient appris des Lombrics n'était rien face à ce qu'ils subiraient.

Il claqua des dents. Oui ! Aujourd'hui, le sang coulerait, la chair frémirait de terreur sous les morsures. Tout ne serait plus que souffrance, tourment et supplice. Ils allaient endurer le plus grand châtiment qu'aucun parmi eux n'ait jamais supporté. D'eux,

il ne resterait rien ! Il fit un signe à Kûni et ils se mirent en chemin, lentement, afin de jouir pleinement du mal viscéral qu'ils leur préparaient.

# CHAPITRE 28
## PLUS DE PEUR QUE DE MAL.

❖ • ❖ • ❖

*— 22 février 3698 —*

*MARKK*

*— Cité Mirage, Infirmerie, 8 :30 —*

◆

Quel avait été l'étonnement des soignantes lorsque Markk avait débarqué, Orianne dans les bras ! Passé l'instant de surprise, elles se précipitèrent vers eux, désignèrent un lit où allonger la jeune femme. Orianne était faible, frissonnait de partout. Ses traits pâles ne disaient rien de bon. Markk la déposa le plus prudemment possible. Elle geint doucement, regarda le jeune homme, un peu perdue après tous ces évènements. Elle le retint par le bras, alors qu'il se relevait.

— Ne me laisse pas.

— Je préviens Andrew et je reviens tout de suite, c'est promis.

Il s'éloigna de quelques pas, le temps de téléférer avec son cousin.

*— Andrew ?*

*— Markk ?*

*— Où es-tu ?*

*— Dans la Salle de Conférences, avec Darius et les autres, pourquoi ?*

*— Rejoins-moi à l'infirmerie. C'est Orianne.*

— *Orianne ?*
— *Viens, je t'expliquerai. Dis à Darius de venir aussi*
— *On arrive dans cinq minutes.*
— *Très bien.*

Markk retourna auprès de la jeune femme. Les infirmières s'affairaient auprès d'elle, avec échographe, monitoring, et autres appareils médicaux. Joëlle lui demanda alors :

— Que s'est-il passé ?

— Elle a fait une chute, puis elle a eu des contractions. Elle a perdu du sang, ajouta Markk en parlant à voix basse pour ne pas stresser la patiente.

L'infirmière en cheffe fronça les sourcils.

— Mademoiselle Orianne, avez-vous encore des douleurs ?

Elle fit « non » de la tête pendant qu'une des soignantes lui faisait passer une échographie.

— J'ai stoppé les contractions, fit Markk, un peu troublé. Par thérapathie, précisa-t-il.

— Et vous avez bien réagi, Monsieur Markk, faute de quoi…

— Qu'y a-t-il ? s'inquiéta Orianne en fixant le Télépathe.

Le regard du ténébreux Télépathe allait des soignantes à Orianne, d'Orianne aux appareils médicaux pour se poser de nouveau sur Orianne. Son cœur battait à tout rompre. Il mourait d'envie de la prendre dans ses bras et de lui dire que tout irait bien.

Le monitoring renvoyait le bruit des battements de cœur du bébé. L'échographie donnait une image incompréhensible, même pour lui. Il entendait les sons des différents appareils et branchements. Était-ce bon signe ? Il n'aspirait qu'à la soigner à grand renfort de thérapathie cependant il prenait le risque de se faire refouler encore une fois et de les mettre en danger toutes les deux.

Il n'avait rien d'autre à faire que d'attendre et d'espérer. Il s'agenouilla à ses côtés, lui caressa les cheveux autant pour la rassurer elle que lui. Il n'arrêtait pas de penser à Andrew. Il fallait

que tout se passe bien. Son cousin n'avait que trop souffert. Mais cacher la vérité à Orianne ne servirait pas à grand-chose. Le plus calmement possible, il lui annonça dans un chuchotement :

— Tu as perdu du sang, Orianne. Je pense que tu as un décollement du placenta, mais je crois qu'il est léger.

### ORIANNE

◈

Une fois de plus, son univers s'effondrait sous ses pieds, aspiré par un destin cruel qui semblait s'acharner sur elle. N'en aurait-elle donc jamais fini avec les souffrances qui s'amusaient à gangréner sa vie ? Les larmes qu'Orianne tentait de contenir affluèrent au bord de ses paupières lasses et débordèrent le long de ses joues. Elle dévisageait Markk, s'accrochant à la lumière de ses iris.

— Non… murmura-t-elle.

— Orianne, ne t'inquiète pas. Je suis persuadé que ça va aller.

Elle fixait toujours le grand brun, perdue, au bord du gouffre.

— Le bébé…

### MARKK

◈

Markk ne détachait pas ses yeux de la jeune femme, espérant lui donner un peu de sa force par cet échange presque intime. Il voulait la prendre dans ses bras, chasser son désespoir qui le transperçait de part en part. Il voulait devenir son pilier, la protéger de tout : les malheurs qui l'accablaient les uns après les autres, mais sans doute devrait-il la protéger de cette culpabilité grandissante en lui ?

Joëlle et les autres infirmières passaient et repassaient l'échographe sur le ventre rebondi. Il fallait qu'elle tienne. Il fallait que la petite furie dans son ventre tienne également. Markk saisit la main d'Orianne. Tandis qu'elle la serrait fort, les petites étincelles dorées refirent surface.

« *C'est encourageant, songea-t-il.* »

À cet instant, une petite bosse sous le ventre tendu fit sursauter Orianne.

— Il semblerait que votre petit ange se décide à se réveiller, annonça Joëlle avec soulagement. Apparemment, le décollement placentaire n'est que très léger. Il n'y a pas de risques majeurs. Le bébé va bien. Heureusement que Monsieur Markk se trouvait avec vous. Il a très bien réagi. Il a calmé vos contractions et a soigné vos blessures. Sans ses soins, les conséquences auraient été plus graves.

Markk fixait Orianne, les yeux encore remplis de larmes, dont les lèvres s'étiraient dans un sourire de gratitude. Il l'embrassa sur le front et se releva. Mais que faisait Andrew ?

— Il va falloir beaucoup de repos, Mademoiselle Orianne. Monsieur Markk, pourriez-vous quitter la pièce le temps pour nous de changer les vêtements de notre patiente et de procéder à quelques soins supplémentaires ?

— Bien sûr.

Il échangea un dernier regard complice avec la jeune femme et se rendit dans la salle d'attente. Il se retrouva nez à nez avec MyriAnn. Ils haussèrent simultanément un sourcil, aussi surpris l'un que l'autre.

— *Maja ?*

(Mère ?)

— Markk !

— Que fais-tu là ?

— J'ai senti ton Chi dans mon appartement et j'ai vu le sang. J'ai filé à l'infirmerie.

— Je vois.

— Markk, que se passe-t-il ?

Il la mit alors au courant de la situation. Très anxieux pour Orianne et le bébé, il lui apprit que tous les deux étaient hors de danger. Il avait contacté Andrew et l'attendait. Plusieurs minutes plus tard, son cousin débarqua enfin en compagnie de Darius. Markk se précipita vers eux.

— Que faisais-tu, bon sang ? Je t'attends depuis plus d'un quart d'heure !

Andrew le dévisagea, stupéfait de sa réaction.

— Je suis désolé, Markk, on devait régler les derniers détails pour l'annonce de tout à l'heure.

Markk enfonça ses mains dans les poches de son pantalon pour se donner contenance. Quel idiot ! Pourquoi s'énervait-il ainsi ? Son inquiétude pour la fiancée de son cousin ne justifiait pas sa façon de lui parler. Il devait se reprendre. Andrew n'était pas encore au courant pour Orianne. Ce n'était pas sa faute.

— Non… c'est moi qui m'excuse, Andrew. Je suis un peu… perturbé par les derniers évènements.

— Tu m'as parlé d'Orianne tout à l'heure. Tout va bien ?

— Non.

### ANDREW

❖

**A**ndrew plissa les yeux. Il considérait Markk en proie à une vive inquiétude qui s'infiltrait à présent jusque dans ses veines. Il voulait savoir ce qu'il se passait et où se trouvait Orianne. Il jeta des coups d'œil répétés entre son cousin et la porte derrière lui.

— Si tu me racontais ? Que se passe-t-il avec Orianne ?

— J'étais devant l'appartement de ma mère, j'ai entendu du bruit, je suis rentré, j'ai découvert Orianne. Elle avait fait une chute. En résumé, elle a eu de fortes contractions et elle a perdu du sang.

Darius n'attendit pas la fin des explications de Markk. Il se précipitait déjà à l'intérieur de la chambre commune. Andrew allait le rejoindre quand Markk le retint par le bras.

— Andrew, elle a un léger décollement du placenta. D'après Joëlle, elle ne risque rien, le bébé non plus. Mais, il faut absolument qu'elle reste allongée, tu comprends ?

— Oui, ne t'en fais pas, je veillerai sur elle.

— Andrew, il est fort probable que votre bébé arrive avant terme.

— Tu crois ?

— J'en suis persuadé. Cependant, Darius t'en dira probablement plus.

— Merci, Markk.

— Andrew, Orianne ne te le dira certainement pas, mais elle est effrayée.

Andrew le dévisagea sans comprendre.

— Tu sais, l'accouchement… tout ça.

— D'accord, je ferai attention à «tout ça», déclara-t-il en saisissant où son cousin voulait en venir. Markk… je ne te remercierai jamais assez pour ce que tu as fait.

Le ténébreux Télépathe lui donna une accolade en guise de réponse, puis, c'est ensemble qu'ils pénétrèrent dans la salle, suivis de près par MyriAnn qui avait assisté à leur échange en silence. Andrew se précipita auprès de sa fiancée, l'embrassa timidement, de peur de la toucher et de lui faire mal. Il prit le siège le plus proche du lit pour s'y installer.

Il ne put que constater la pâleur alarmante d'Orianne, ses grands cernes bleutés lui creusant son visage. Elle semblait à bout

de force. Que se serait-il passé si Markk ne s'était pas trouvé au bon endroit au bon moment ?

Andrew se tourna vers son cousin qui fixait Orianne intensément. Une profonde barre d'anxiété lui marquait le front. Il répondait toujours présent pour sa famille, comme une force rassurante sur laquelle on pouvait toujours compter. Andrew le remercia d'un signe de tête.

## MARKK

*L*e grand brun se rapprocha du couple, posa une main bienveillante sur l'épaule d'Andrew. En l'apercevant, Orianne lui fit ce qui aurait dû ressembler à un sourire. Markk se pencha vers son cousin, murmura quelques mots à son oreille, puis, après un dernier regard affectueux vers la convalescente, il tourna les talons. Surpris, il constata que MyriAnn ne se trouvait plus là. Sans doute avait-elle ses raisons ? Il allait quitter la pièce quand il entendit Darius l'appeler.

## GWEN
*— Logement de Gwen, au même moment —*

*G*wen s'éveilla en sursaut. Désorientée, grelotante, elle passa une main tremblante sur son front moite. Elle inspira et expira plusieurs fois pour calmer les battements furieux de son cœur. Une angoisse irrationnelle lui tenaillait les entrailles. Ce cauchemar se répétait sans cesse.

Elle voyait une Ombre qui s'effaçait aussitôt pour laisser place à cette terreur. Quelque chose de sombre, de malsain se préparait ;

elle en était persuadée. Elle pouvait presque sentir l'odeur de la Mort.

Une larme coula sur sa joue. Gwen ne pouvait pas continuer ainsi. Elle devait en parler. Mais à qui ? Markk était bien trop occupé en ce moment. Andrew aussi. Orianne ? Ce n'était pas une bonne idée, elle était enceinte. Elle ne devait pas la stresser avec ses problèmes. MyriAnn ? En y réfléchissant bien, elle était sa tante. Et puis, elles avaient de bons rapports, elle saurait la conseiller !

Elle tira les draps encore tièdes, se leva, les jambes flageolantes de cette inquiétude qui ne la quittait pas. Sans un regard pour la décoration raffinée de sa chambre, elle fila directement dans la petite salle d'eau attenante. Elle en ressortit quelques instants plus tard, aussi rafraichie que ses idées. Elle s'habilla à la hâte, ouvrit la porte et sortit.

# CHAPITRE 29
## EXPIER LA CULPABILITÉ

❖ • ❖ • ❖

*— 22 février 3698 —*

*DARIUS*

*— Cité Mirage, Infirmerie —*

❖

**L**e Grand Gouverneur conversait avec les infirmières. Les rides de son visage s'accentuaient au fur et à mesure que les soignantes lui faisaient leur rapport détaillé sur l'état de santé de sa fille et de sa future petite-fille. Sourcils froncés, mains tremblantes, il regardait alternativement Orianne, Andrew et Markk.

Les résultats médicaux montraient un léger décollement placentaire. Ce qui pouvait être traité plutôt facilement avec des soins spécifiques et beaucoup de repos. Mais, le bébé et les contractions avaient aspiré une quantité impressionnante d'énergie vitale à Orianne. Elle s'épuisait à vue d'œil. Sans l'intervention de Markk, Orianne et le bébé n'auraient pas survécu. Cherchant leur bienfaiteur du regard, Darius vit qu'il était sur le point de sortir.

— Markk ! Attends !

Le ténébreux Télépathe suspendit son geste pour faire volte-face. Darius accourut dans sa direction, les yeux gris orageux, troublés par ces évènements. Sans un mot, les deux hommes s'esquivèrent dans la salle d'attente. Le Grand Gouverneur referma la porte communicante précautionneusement et lança une

œillade circulaire afin de s'assurer qu'ils étaient bien seuls. Le vieil homme, aussi usé que sa tenue, ignorait comment aborder le sujet. Il se racla la gorge pour éclaircir ses idées.

— Markk, merci pour tout ce que tu as fait.

— Ce n'est rien, voyons.

— Si tu n'avais pas été là, nous aurions pu les perdre toutes les deux.

En guise de réponse, le beau ténébreux lui offrit son sourire le plus énigmatique et indiqua :

— Ce n'est rien d'exceptionnel. À ma place, vous auriez agi de la même façon.

— Bien sûr, mais, tu étais là et je me réjouis de connaître celui que tu es devenu. Pas seulement à cause de ce que tu as fait pour Orianne, mais, comment dire ? Tu es quelqu'un d'admirable.

— C'est moi qui vous remercie. Je suis touché, s'exprima-t-il, embarrassé.

— Je regrette que tu ne sois pas à ta véritable place.

— Vous savez ce qu'on dit, marmonna Markk, tendu. Le passé appartient au passé.

— Somme toute, notre monde manque de personnes comme toi. Qui de mieux pourrait porter ton nom avec autant de fierté ? Je…

Darius se tut, l'esprit tourné vers ce lointain passé, vers une histoire qui ne reviendrait jamais, un avenir qui ne pourrait plus se présenter. Ils le savaient tous les deux et ne ressentaient pas le besoin d'en dire davantage. Un respect mutuel marqua ce silence presque solennel, puis, désirant changer de sujet, Darius reprit :

— Avant que je n'oublie ! Je ferai la grande annonce, à quatorze heures. Sur la Grande Place.

Markk opina du chef. Le Grand Gouverneur lui donna une tape amicale dans le dos, puis s'en retourna vers la chambre commune.

◈ • ◈ • ◈

224

## *MARKK*

**M**arkk sortit de l'infirmerie, le cœur tourmenté, l'esprit bouillonnant. Orianne et son bébé étaient hors de danger. Andrew s'occupait d'elle. Il aurait dû se réjouir de cela au lieu de se sentir frustré. À ceci, il devait ajouter ses pensées effervescentes liées à sa discussion avec Darius. Le passé le poursuivait inlassablement, prenant un malin plaisir à le torturer, à le ramener vers ce jour maudit où il avait tout perdu.

Étaient-ils vivants ? Les retrouveraient-ils un jour ? Les – le – reverrait-il ? L'espoir de cette promesse s'étiolait de jour en jour, d'année en année. Il ferma les poings, les rouvrit. Il fallait qu'il se calme, qu'il se concentre.

Chassant les idées noires d'une respiration lente et contrôlée, il repensa soudainement à sa mère. Elle avait quitté l'infirmerie en toute discrétion. Il devait lui parler, lui demander, savoir et peut-être expier sa culpabilité.

Il s'engagea dans la rue, délaissant celles et ceux qui ignoraient tout de sa véritable souffrance. Celle qui le conduisait bien au-delà des portes de cette Cité, bien au-delà des dunes de sable, bien au-delà des Infranchissables, gardiennes insaisissables de ses secrets perdus.

Il traversa les rues, les unes à la suite des autres, envahi malgré lui par une tristesse accablante qu'il ne parvenait pas à chasser. À quelques mètres de lui, sillonnait difficilement l'oued dont le long et famélique bras, traînant la désespérance d'une humanité en survie, se mourait plus loin, dans la gueule démesurée de l'erg continuellement assoiffé. Il n'avait pas plu depuis plusieurs semaines. Le fin réseau d'irrigation des maigres cultures était presque asséché. Si la petite rivière résistait du mieux possible, les réserves minutieusement réparties, elles, espéraient un miracle. L'heure n'était pas au gaspillage.

Il fallait se consacrer à l'essentiel. Dans l'immédiat, il voulait surtout parler à sa mère ainsi qu'à Gwen. Il ne l'avait pas encore vue aujourd'hui, songea-t-il alors. Il devait la tenir informée pour sa meilleure amie ; Orianne aurait besoin de son soutien.

Était-ce parce qu'il venait de penser à elles ? Toujours est-il, qu'il aperçut son amante en compagnie de MyriAnn, au coin d'une rue proche de sa position. Les deux femmes étaient en pleine conversation. Gwen, le front plissé, écoutait sa tante avec la plus grande attention. Markk fit demi-tour, délaissant l'Oued et ses cultures pour revenir vers la ville où ses aéro-routes suspendues la faisaient ressembler à une toile prise au piège de son propre destin.

Il allongea le pas pour rejoindre en quelques enjambées à peine sa mère et son amante. Dès qu'elle le vit, la jeune femme se jeta dans ses bras ; elle l'embrassa à en perdre haleine. Il se détacha d'elle avec douceur et la questionna :

— Que me vaut l'honneur de ce baiser ?

— Tu plaisantes ? demanda-t-elle en plantant ses yeux verts dans les siens. MyriAnn vient de me dire ! Tu es un héros, Markk ! Mon héros !

Il considéra sa mère, puis Gwen, en admiration devant lui.

— Je n'ai rien fait d'extraordinaire.

— Rien d'extraordinaire ? Tu as juste sauvé Orianne et son bébé !

— Arrête… n'importe qui aurait agi comme moi.

— Mais, tu n'es pas n'importe qui.

Malgré elle, ses propos ravivèrent la fêlure endormie. Un échange de regard avec sa mère les transporta tous deux vers ce passé aux agonies égarées sur le fil du temps. Markk prit sur lui de sourire à Gwen, de la serrer dans ses bras. Il déposa de petits baisers sur ses lèvres, pour autant de promesses que d'oubli.

— Tu devrais peut-être rendre visite à Orianne, finit-il par dire. Elle va avoir besoin de toi. Elle est vraiment faible, tu sais.

— Tu as raison, j'y vais de ce pas.

Après une dernière étreinte, Gwen tourna les talons. Alors qu'elle s'éloignait, Markk la contempla, le cœur à la dérive. La main de sa mère sur son bras le tira alors de ses pensées.

— Markk, tu sais, un jour, tu n'y arriveras plus. Ton cœur a déjà choisi.

— Qu'est-ce que tu… ?

— Un jour, tu comprendras. Promets-moi de toujours rester fidèle à toi-même et de tous les protéger.

— *Maja…*

(Maman…)

— Promets-le, Markk !

Quel message voulait-elle lui transmettre, s'interrogea-t-il en soudant ses prunelles aux siennes. Sans réponse, il colla son index au majeur, plia le pouce vers les deux autres et porta les premiers sur sa bouche puis sur son cœur, scellant son serment.

— *Maja ?*

(Maman ?)

— Oui ?

— Où étais-tu lorsque j'ai trouvé Orianne chez toi ?

MYRIANN

**E**lle dévisagea son fils d'un air ennuyé. Elle ne pouvait pas lui expliquer ses visites à Saïd. Markk n'avait pas connaissance de leurs liens, tout aussi amicaux fussent-ils. Elle avait promis au Télépathe de ne pas mettre en péril son secret et elle comptait bien tenir cette promesse, même si cela signifiait faire des cachotteries à Markk. Saïd ne représentait un danger pour personne et elle ferait tout pour l'aider à s'intégrer. Après tout, n'était-ce pas sur ses propres conseils qu'il était revenu à Mirage ?

— Pourquoi tiens-tu à savoir où je me trouvais ? éluda-t-elle.

— Orianne était seule, chez toi.

— J'étais sortie. Je ne m'attendais pas à ce qu'elle arrive si tôt. Sinon, je l'aurais attendue.

— Que faisais-tu?

MyriAnn n'en revenait pas. Markk la suspectait-il de quelque malversation que ce soit?

— Tu me soupçonnes de quoi, au juste? D'être à la solde d'Amos? Après toutes ces horreurs que j'ai vécues?

## MARKK

**M**arkk considérait sa mère, furieuse. Pour sa défense, il fallait préciser que MyriAnn disparaissait souvent ces derniers temps. Cela l'inquiétait. Se pourrait-il qu'elle soit…

— Je ne faisais rien de malhonnête, si cela peut te rassurer!

Submergé par la suspicion, le grand brun lança ses pensées, comme une onde invisible, à la recherche de celles de sa mère. Prise au dépourvu, MyriAnn ne chercha pas à lui faire barrage. Il sonda son esprit un court instant. Elle ne mentait pas. Mais, alors qu'il rappelait à lui son Pouvoir, il se consternait par son comportement. Comment pouvait-il faire subir ça à sa mère?

— Maman, je…

— Mon propre fils n'a pas confiance en moi! fulmina-t-elle.

— **Maja**… je suis désolé. J'ai tendance à vouloir trop protéger ceux qui comptent pour moi et parfois… excuse-moi.

— Parce que je ne compte pas, moi?

— Ce n'est pas ce que je voulais dire, je…

Les yeux verts de sa mère ne le quittaient pas. Il se sentit encore plus embarrassé, rougissant comme un enfant ayant fait une énorme bêtise. Les mains soudainement moites, ne sachant plus

quoi en faire, il les planta dans ses poches, tâchant de reprendre le contrôle de son cœur qui venait de s'emballer.

— Bien sûr, j'ai confiance en toi, *Maja*.

# CHAPITRE 30
## LA CHEVALIÈRE

❖•❖•❖

— *22 février 3698* —

*MYRIANN*

— *Cité Mirage, Grande Rue* —

❖

L'animation matinale de Mirage interrompit un instant leur dispute. En attendant de rejoindre leurs I.S.A[14] respectives, un groupe d'adolescents s'essayait à une nouvelle technique, le «rock fakie[15]», avec leurs rollers aérodynamiques. Pendant ce temps, les adolescentes pouffaient, s'extasiaient en testant de nouvelles coiffures grâce à leurs projections holographiques. Au-dessus de leurs têtes, les slider-cars, thermybus et autres véhicules sillonnaient déjà les routes aériennes, filant dans les tubes en suspension sous l'impulsion de leurs thermoglisseurs.

Revenant à leur échange houleux, MyriAnn dévisagea son fils avec la même intensité que lui venait de le faire. Ses yeux sombres qui tenaient de son défunt père étaient troublés, pour de nombreuses raisons. Markk était quelqu'un d'intègre, loyal, comme Piers.

---

14  I.S.A : Institution Scolaire d'Apprentissage (voir tome 1)

15  Rock fakie : figure typique du skateboard, adaptée à la saga. Le «rock fakie» consiste à rouler en marche arrière sur la courbe d'une rampe, puis à se balancer légèrement en arrière (comme si on allait tomber) avant de revenir en marche avant. C'est une figure de transition qui demande de l'équilibre ainsi que de la maîtrise de la vitesse.

Au souvenir de son frère, MyriAnn poussa un long soupir. Markk lui ressemblait tellement ! Un second soupir chassa le ressentiment d'avoir été soupçonnée de faits qu'elle ne comprenait pas. Après toutes ces années de séparation, elle voulait profiter de son fils, pas qu'il doute d'elle.

— À cause de ma captivité, j'ai été longtemps absente ; il faut que l'on réapprenne à se connaître, reprit-elle en déposant alors ses lèvres sur sa joue. Mais, je t'assure d'une chose, mon fils : tu n'as rien à craindre venant de moi.

Comme il approuvait en silence, MyriAnn comprit qu'elle n'était pas la seule source de son désarroi.

— Markk ? Qu'est-ce qui te préoccupe ?

— Il faut que je te demande…

— Quoi ?

— À propos de mes marques.

Sans répondre immédiatement, MyriAnn effleura ses épaules solides. Elle ne l'avait pas vu grandir, n'avait pas eu le temps de le préparer. Le temps avait filé, leur échappant à tous les deux comme du sable entre les doigts, comme si leur destin ne leur avait jamais appartenu. Pourtant, aujourd'hui, il se tenait, là, devant elle. Il était devenu un bel homme, fort et puissant : il n'avait plus besoin d'elle ou si peu.

— Darius a mentionné certaines choses.

— Qu'a-t-il dit ?

— Il a évoqué le fait que j'étais un Mage. Le seul connu de ma génération.

— À ma connaissance, c'est exact.

— Il m'a aussi parlé d'Ombre et de Lumière. Un combat entre le Bien et le Mal ? *Maja ?* (Maman ?)

— *Yah, anako ?*

(Oui, mon fils ?)

— Est-ce que tout cela est réel ?

Elle marqua une pause pour se donner le temps de chercher les mots les plus justes, sans savoir s'il en existait vraiment.

— En effet. Ta première marque est celle du Mage. Ce qui t'octroie un Pouvoir exceptionnel. La dernière marque est celle des Will Azor : la marque de l'Honneur.

— C'est ce que j'ai cru comprendre, en effet. Mais la deuxième ?

MyriAnn le fixait toujours avec la même intensité. Encore une fois, elle prit le temps avant de lui répondre.

— Pour la deuxième, le temps n'est pas encore venu. Il manque encore…

Elle s'interrompit, comme si elle en avait déjà trop dit.

— Il manque quoi ?

— Ce que je peux te dire, Markk, c'est de faire confiance à ton cœur. Le temps viendra où tu sauras.

Elle détacha une chaîne cachée sous le chemisier vert pâle qu'elle portait. Elle en retira un objet, le tendit à Markk. Il s'en saisit. Il s'agissait d'une chevalière en onyx, marquée des armoiries de la famille : deux lettres en or : un W et un A entrelacés. Markk la reconnut avant même que sa mère n'explique :

— Elle appartenait à ton arrière-grand-père, Keï, qui l'a transmise à mon père, Kévin, qui me l'a donnée avant… tu sais… leur départ. Aujourd'hui, elle te revient de droit.

## *MARKK*

**M**arkk la tenait dans sa main. Il la fixait, la voyait, la sentait. Son cœur se déchira. Ces secondes absentes le ramenaient en ce jour perdu, vers une histoire emportée par le vent brûlant, vive de détours, de mots, de silences qui avaient été les premières pierres de sa forteresse. Blafard, la voix tremblante, il balbutia :

— Mais, oncle Piers ?

— Je sais ce que tu penses, Markk, mais, cette chevalière revient au dernier Héritier. Et tu le sais, Piers a disparu. Il n'avait pas d'enfant. Du moins, pas officiellement. Toi, moi et le reste de la famille, nous savons que Piers et toi…

Oncle Piers. La tête lui tournait. Un bruit sourd, entêtant, lui martelait les oreilles, le crâne. Son cœur battait à tout rompre.

— Markk, tu es le dernier des Will Azor.

— Andrew ?

— Il ne peut pas. À cause de…

— La mort d'Andie ?

— Exact.

— Le côté « Ombre » ?

— Encore exact.

— Mais, moi, je veux dire mon père ? Mon vrai père…

— …est mort avant ta naissance, le coupa-t-elle. De toute façon, cela ne change absolument rien, Markk. Tu es de lignée directe. Tu es mon fils ! Tu portes notre nom avec le même Honneur que tes aïeux. Qui pourrait me contredire ? Tu possèdes aussi les marques ! Si tu n'en étais pas digne, tu ne les aurais pas ! Alors, cesse de t'inquiéter. Garde toujours ceci à l'esprit : tu es un Will Azor. Le dernier. Conserve cette chevalière, Markk. Porte la avec fierté, avec Honneur. Plus tard, tu la transmettras à ton héritier.

— Mon héritier ?

— J'espère bien !

Elle l'embrassa sur la joue.

— ***Tiako iano anako.***

(Je t'aime, mon fils.)

— ***Tiako iano maja.***

(Je t'aime, maman.)

Elle se réfugia entre ses bras, respira l'odeur de sa peau tiède, rassurante, enivrée de se sentir enfin là où elle aurait toujours dû être : avec son fils, sa vie.

— Je vais moi aussi aller rendre visite à Orianne, dit-elle en s'écartant. Je ferai tout pour que sa grossesse se passe bien. Après tout, elle porte le petit-fils ou la petite-fille d'AnnLys.

— C'est une fille, *Maja*.

Les yeux de sa mère s'éclairèrent d'une larme qui s'éparpilla lorsque MyriAnn se téléporta à l'infirmerie. Il se retrouva seul face à ses tumultueuses pensées. Il tenait le bijou dans sa main, attendant une réponse muette de sa part. Cependant, cette réponse, il la connaissait déjà. Elle était en lui depuis le jour de sa naissance : il était l'Héritier des Will Azor ; ils l'avaient tous préparé à cela.

Dans cette guerre, il avait perdu presque toute sa famille. Son père était mort avant sa naissance. Sa mère avait disparu bien mystérieusement. Quant à ses grands-parents et à son oncle Piers… leur histoire était celle qui le faisait le plus souffrir encore aujourd'hui. Pour honorer leur mémoire, sa mémoire, il n'avait qu'un chemin à suivre. Il serra la chevalière dans sa main, prit une profonde inspiration et la passa à son doigt.

# CHAPITRE 31
## UNE FUNESTE NOUVELLE

*— 19 ans plus tôt (fin de l'année 3679) —*
*CELYANN*
*— Monde Connu, Campement Touareg —*

**L**e campement était installé depuis plusieurs jours dans la même oasis où Orianne avait vu le jour. Cela faisait un peu plus d'un an maintenant, mais ce havre de paix au milieu du désert aride n'avait pas changé. La végétation, luxuriante, s'était développée autour de la source d'eau et offrait aux caravanes de passage un abri ombragé ainsi que le ravitaillement dont les nomades avaient besoin.

La silhouette de CéLyann se détacha du décor tandis qu'elle avançait vers un palmier et prenait appui contre le tronc. Sa robe d'un blanc éclatant contrastait avec la couleur de la végétation et le bleu des tenues de ses hôtes. Ses cheveux ébène dansèrent avec la brise passagère, plus fraîche ici que dans la plaine aride. D'un noir profond, ses yeux reflétaient l'inquiétude qui ne la quittait plus à l'issue de son départ de la Forteresse, deux ans plus tôt.

Un éclat de soleil se miroita sur le bracelet d'un blanc métallique, lui rappelant qui le lui avait fabriqué : Davis. Si, quelques années auparavant, ce bijou l'avait sauvée en entravant ses visions, aujourd'hui, il perdait en efficacité, avec, pour elle,

le risque de sombrer pour de bon dans la folie que ses Pouvoirs impliquaient.

Elle restait persuadée que Davis pouvait arranger ça mais une dizaine de jours s'étaient écoulés depuis leur dernière conversation via le processeur intégré dans ledit bracelet. Ce qui la préoccupait énormément. Davis lui avait confié qu'Elfride et lui avaient prévu, avec l'appui de la rébellion, de renverser Amos et de mettre fin à ses exactions. Elle devait avoir confiance. La mise en place d'un nouveau gouvernement devait lui prendre du temps.

Des babillages joyeux la tirèrent de ses réflexions. Son regard se tourna vers la fillette jouant près de la source. Avec ses cheveux ébène, ses yeux bleus pétillants, elle était l'incarnation parfaite de tout l'amour qu'elle avait autrefois porté à Amos. Elle était son rayon de soleil.

— Orianne, fais attention, ma chérie !

Dans sa tunique en coton, la petite pivota lentement.

— Ma-ma !

Dans le mouvement pour la rejoindre, elle chancela et se cogna contre un homme imposant, à la barbe fournie et aux yeux perçants. Son visage buriné par les nombreuses années de vie nomade s'éclaira d'un sourire paternel. Ahmed, chef des Touaregs, bien planté dans sa tenue traditionnelle, aida Orianne à se relever. Aussitôt sur ses pieds, l'enfant suivit un oiseau au plumage bleu et mauve. Ahmed rejoignit alors CéLyann qui le dévisageait avec anxiété.

— CéLyann, commença-t-il d'un ton grave, j'ai des nouvelles de la rébellion. Davis et Elfride… il y a eu une embuscade.

Son cœur rata un battement. Son monde, qu'elle peinait tant à reconstruire, s'écroulait une nouvelle fois. Un poids lourd pesait dans son ventre. Elle ne pouvait y croire.

— C… comment ? Ce…

— CéLyann, écoute bien : on lève le camp. Amos est sur nos traces.

— Non ! Je veux savoir ! Que s'est-il passé ?

— Nous n'avons que peu de temps, hésita-t-il. Mais, voici ce que je sais.

## AMOS
### — Forteresse —

**L**a poursuite des rebelles survivants avait duré plusieurs jours jusqu'à ce que Xémel et Rogan ne perdent leurs traces dans la Grande Plaine Désertique. Amos, debout devant les vitraux de la Salle du Trône ragea.

— Bordel !

Il était furieux. La trahison d'Elfride et de Davis le faisait bouillir, perdu entre ressentiment et cette mélancolie le rattachant à leur amitié passée. Ses narines palpitèrent. Il y avait longtemps qu'il avait rangé ces sentiments inutiles pour ne se concentrer que sur un seul et même objectif : trouver l'Homme qui lui apporterait le Pouvoir nécessaire.

Ses amis l'avaient trahi ? Ils en avaient payé le prix fort. Les Hommes seraient à l'origine de son malheur ? Le sang serait leur tribut. Seul le pouvoir, la domination sur tout et tout le monde lui apporterait ce dont il avait besoin. Le reste…

— Je le balaierai sur mon passage !

Il laissa éclater sa colère dans une déflagration Chiique retentissante. L'instant suivant, sa montre processeur bipa. Étonné, il accepta la communication. La silhouette holographique de CéLyann apparut devant lui. Sous le choc, il l'observa en silence, ne parvenant pas à réaliser.

— CéLyann ?

Menton levé, elle le fixait avec une intensité qui le mit mal à l'aise.

— Tu vas bien? demanda-t-il, incertain. Dis-moi où tu es, je viens te chercher.

— Me chercher? Tu plaisantes? Amos, qu'as-tu fait?

— Comment ça? riposta-t-il, sur la défensive.

— Elfride et Davis sont morts! hurla-t-elle en laissant libre cours à sa rage et à ses larmes. Ils étaient tes amis! Davis était…

— … ton amant? C'est pour ça que tu es partie?

— Comment oses-tu?! s'offusqua-t-elle.

— Comment j'ose? s'emporta-t-il à son tour. Ça fait trois ans que je te cherche! Que je ratisse chaque Cité de tes précieux Hommes, juste pour te trouver et te dire combien je t'aime!

— Tu m'aimes? Comment peux-tu prétendre m'aimer en commettant toutes ces horreurs sous mon nez? Tu crois que je ne sais rien? Je sais ce que tu es devenu! Je le sais depuis longtemps! Pourquoi penses-tu que j'ai perdu pied dans la folie de mes visions? Parce que je sais. J'ai toujours su! Je me suis rattachée à l'espoir de te ramener dans la Lumière mais aujourd'hui, c'est fini! Tout est fini!

L'hologramme de CéLyann s'effaça, laissant Amos seul dans cette immense salle vide de son amour. Ses aveux, son rejet le dévastaient. Tout autant que son désir de la retrouver et de la prendre dans ses bras ou sa propre faiblesse.

CéLyann n'avait pas nié sa relation avec Davis, pas ouvertement. Il serra les poings. Tous s'acharnaient à vouloir lui prendre celle qu'il aimait plus que tout. Davis. Ce traître était mort. Les Hommes, eux, allaient subir les affres de sa vengeance. Amos se téléporta au beau milieu du quartier des Hommes. À cette heure, nombre d'entre eux se rassemblaient pour recevoir leur pitance quotidienne.

— Parfait!

La haine au fond de ses yeux diaphanes, il déchaîna son Pouvoir sur la foule.

Mirage's Memories – Arc 1 : Rébellion –
La Prophétie de l'Ombre.

*Εν λɜανν√ε 3698, λε 12 δυ τροισι\με μο*
*ισ*
*Παρμι τουσ, υν Ηομμε σɜ√λ(ɯɛρα,*
*Ετ, λα Τερρε τρεμβλερα.*
*Περσοννε νε σερα ασσεζ φορτ*
*Πουρ βραɯερ χεττε Μορτ.*
*Νι λεσ Ηομμεσ ετ λευρ τεχηνολογιε,*
*Νι λεσ Τ√λ√πατηεσ ετ λευρ μαγιε.*

*En l'année 3698, le douze du troisième*
*mois,*
*Parmi tous, un Homme s'élèvera*
*Et la Terre tremblera.*
*Personne ne sera assez fort*
*Pour braver cette Mort.*
*Ni les Hommes et leur technologie,*
*Ni les Télépathes et leur magie.*

# CHAPITRE 32
## ILS SONT DE RETOUR...

❖ • ❖ • ❖

*— Temps présent (22 février 3698) —*
*DAN*
*— Cité Mirage, Grande Rue, 14:00 —*

❖

ne heure plus tôt, dans les haut-parleurs et sur les panneaux d'affichage digitaux, une annonce avait été faite aux citoyens. Tout le monde devait se rassembler à quatorze heures sur la Grande Place. C'est pourquoi, à l'heure dite, tous, hommes, femmes, enfants, affluaient pour écouter, ils en étaient persuadés, la bonne nouvelle. Inséparables, Andrew, Markk et lui progressaient vers le point de rendez-vous.

— Comment se sent Orianne? le questionna Markk, mains dans les poches.

— Son état est stationnaire. Je l'ai laissé en compagnie de Gwen.

Markk hocha de la tête, rassuré en partie, puis se tourna vers lui.

— Et toi, Dan?

— Pour être honnête avec vous, les gars, je ne suis pas mécontent que cette fichue puce soit défectueuse. Plus aucune épée ne me sort du bras et c'est tant mieux. C'était assez terrible.

— Le tigre? le sollicita-t-il encore.

— Je parviens à faire surgir Raadja' de ma propre volonté et à me faire comprendre de lui sans trop de difficultés. Il gagne en

243

puissance et moi, je maîtrise de mieux en mieux mes nouvelles capacités avec le feu ! s'enthousiasma Dan.

Markk lui adressa un sourire chaleureux qui lui donna un boost au moral. Dan reprenait confiance en lui et avait de nouveau envie de tout bastonner.

Silencieux, Andrew gardait un œil sur la foule qui convergeait vers le point de rendez-vous. À bien y regarder, il surveillait Saïd qui, comme eux, marchait, épée en bandoulière. Dan avait toujours cru que Markk était le seul à se montrer énigmatique, mais il se fourvoyait. Saïd le concurrençait aisément dans ce domaine.

Cet indéchiffrable Télépathe ne se liait pas vraiment avec eux mais acceptait toujours une bonne séance d'entraînement en leur compagnie. En revanche, Dan trouvait qu'il s'intéressait d'un peu trop près à Orianne, sans jamais avoir de gestes déplacés vis-à-vis d'elle.

Andrew ne semblait pas jaloux mais à voir le pli à son front, lui aussi s'interrogeait à son sujet. Quant aux œillades appuyées de Markk, elles fixaient sur Saïd tous leurs questionnements à son égard. Saïd ou le mystère qu'il leur fallait résoudre.

Les trois amis parvinrent devant l'estrade installée pour le discours du Grand Gouverneur. Dans ses vêtements d'apparat, Darius se tenait en compagnie des membres de l'Assemblée de Mirage. Jôn qui se trouvait à sa droite, lançait des regards assassins à un Markk totalement indifférent. Darius s'approcha du microphone devant lui et réclama le silence. La foule se tut aussitôt.

— Chers concitoyens, commença-t-il, je vous ai demandé de vous réunir aujourd'hui, ici même, car les Hauts Dignitaires et moi-même avons une très bonne nouvelle à vous annoncer.

Des murmures d'excitation se firent entendre dans l'auditoire.

— Notre Général des armées, Hans, que vous connaissez tous très bien, a fait une découverte de la plus haute importance. Une découverte spectaculaire. Nous avons le grand plaisir de vous informer que l'atmosphère est aujourd'hui complètement saine.

Des « quoi ? », « non ! », « pas possible ! » se firent entendre.

## GIULLYANN

**D**ans sa livrée militaire, rangers aux pieds, oreillettes et microphone embarqués pour communiquer avec son escouade, le Capitaine Xanders venait d'assister au discours du Gouverneur quand un Lombric d'une dizaine de mètres de haut surgit du sol. Il se dressa, chargea et engloutit plusieurs personnes. La foule se mit à crier.

— Putain ! Ils sont sérieux ! Ces monstres s'y prennent toujours de la même manière ! Allez-y les gars, enjoignit-il ses hommes, sortez l'artillerie et mettez les civils à l'abri !

À ses côtés, C.G. le fixait d'un drôle d'air.

— Dans quel ordre Cap'taine ?

— J'ai besoin de faire un dessin ? Exécution !

GiullYann repéra les membres de son équipe, postés à différents points stratégiques de la Grande Place. Certains faisaient signe aux citoyens afin de les évacuer par petits groupes pendant que d'autres, par salves de tirs de PPA, assuraient leurs arrières.

— Très bien ! C.G. ! On y va aussi !

Excitée, la soldate fit craquer sa nuque.

— Enfin ! On va pouvoir castagner du Lombric !

L'ascaride devant eux leur montra les crocs dans un sourire ironique. L'instant suivant, d'autres vers débarquaient en masse, forçant tous les gens restants à se rassembler. Ils étaient encerclés. C'est à ce moment-là qu'Andrew, Markk, Dan et Saïd se détachèrent de la foule, au grand soulagement de GiullYann.

## ENKI

**E**nki était satisfait de son petit effet. Ces misérables s'étaient tous rassemblés au même endroit. Cela allait leur faciliter la tâche ! L'autre minable tentait bien de les faire sortir en douce, et s'il croyait l'empêcher de déjeuner, il se trompait ! Il lui servirait de repas ! Lui comme les autres !

Soudain, il aperçut Andrew. Il crispa la mâchoire jusqu'à se faire saigner. Du venin tomba par terre, la faisant bouillonner. Il grogna, s'enfonça illico presto dans le sol. Des dizaines d'autres Lombrics en firent autant. Plusieurs ressurgirent d'un coup, devant quelques personnes encore présentes.

❖ ● ❖ ● ❖

## GIULLYANN

❖

**T**andis que C.G et lui avaient trouvé une issue pour les civils, ils se retrouvèrent acculés par plusieurs ascarides. Par chance, Lesey et Swan se trouvaient dans le coin et les rejoignirent. Les autres membres de l'escouade convergèrent vers eux également. Plus loin, le Capitaine aperçut son ami Paul se battre avec des potes à lui. L'ascaris qu'ils combattaient semblait coriace.

Un jet de venin devant ses pieds le ramena aux menaces qui les dévoraient de leurs yeux globuleux. La commissure de ses lèvres s'ourla en même temps qu'il sortit son R.E.V.E[16] de son holster en cuir, attaché à sa taille. Il l'arma, visa un des Lombrics puis tira. Le ver n'eut pas le temps de comprendre ce qu'il se passait. Le globe d'énergie explosa sur son poitrail. La cuirasse éclata. Le ver, furieux, le chargea. GiullYann esquiva la mâchoire, tira une nouvelle fois. Le globe le toucha et fendilla encore la cuirasse.

Sur son ordre, le reste de sa troupe l'imita. Swan fit mouche avec deux sphères envoyées simultanément. La bête hurla de

---

16 R.E.V.E. : ReVolver à Eyneïr (pour rappel)

douleur. C.G. rata sa cible et explosa une vitre. Les éclats volèrent. Les soldats se protégèrent avec leur bouclier temporaire.

Un fragment de verre aiguisé percuta l'œil d'une des créatures et s'enfonça profondément dans son orbite. Son venin, noir, acide, gicla et se répandit autour d'elle tandis que sous l'effet de la souffrance, elle se secoua en tous sens. Ivres de colère, les autres ascaris grincèrent des dents avant de plonger dans le sol. L'un d'entre eux refit surface et avala un militaire.

— Restez groupés ! ordonna GiullYann qui déchargea plusieurs balles spéciales.

Un des vers se tortilla de douleur. Un rugissement terrible. Plusieurs jets de venin. Le Capitaine enchaîna plusieurs bonds spectaculaires pour les éviter.

— Dispersez-vous et préparez-vous !

D'un même corps, les militaires se mirent en mouvement dans des directions opposées tout en s'assurant de maintenir une ligne de sécurité pour les civils. Les queues Lombriciennes fouettèrent l'air. Les mâchoires aux crocs acérés claquèrent. GiullYann allait faire volte-face quand il trébucha. La dépouille lacérée aux vêtements militaires en lambeaux ne laissait place à aucun doute : Lesey venait de périr.

Sous l'effet de surprise, le Capitaine resta pétrifié. Temps suffisant pour un des Lombrics pour l'envoyer valser contre les restes indigestes d'un mur éboulé. Sonné, GiullYann ne bougeait plus. Le ver se précipita vers lui, gueule ouverte.

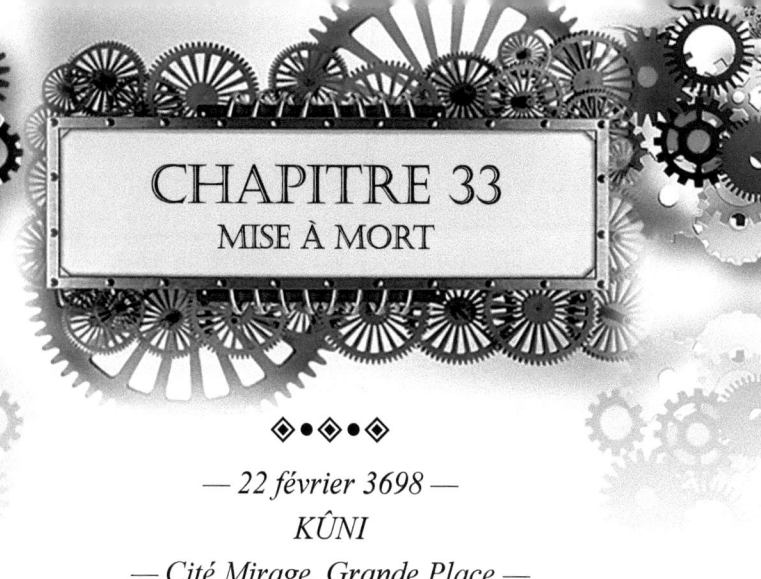

# CHAPITRE 33
## MISE À MORT

◈ • ◈ • ◈

*— 22 février 3698 —*
*KÛNI*
*— Cité Mirage, Grande Place —*

**E**nki et lui réapparurent devant Andrew et Markk en les toisant avec une hargne peu commune. Le Grand Patriarche montra les dents. Les cousins saisirent leurs épées. Kûni chargea. Markk esquiva. Le Télépathe prit appui sur ses jambes, s'élança, frappa le ver immense. La lame lui transperça la cuirasse. Markk retomba sur ses pieds. Le Lombric grogna de stupéfaction. D'un mouvement rapide, il fouetta Markk de sa queue. Celui-ci tomba. L'ascaride l'attaqua, gueule béante. Markk évita de justesse un jet de poison. Il roula sur lui-même, se releva, assaillit le ver, arme en main. Kûni échappa à la lame, et rentra sous terre.

◈ • ◈ • ◈

*ENKI*

**I**l passa à l'action en même temps que son second s'occupait de l'autre Télépathe. Andrew sauta sur le côté. Le Grand Patriarche opéra un demi-tour en s'enroulant sur lui-même. Il le chargea, dents en avant. Andrew évita au dernier moment. La mâchoire du Lombric frappa le sol avec une puissance phénoménale. Le

Télépathe fronça les sourcils. Le Grand Patriarche était remonté comme jamais.

Andrew bondit, frappa l'ascaris dans le dos. Un bruit de ferraille retentit alors que la lame transperçait sa cuirasse. D'un geste vif, le Télépathe asséna un nouveau coup d'épée. Le sang d'Enki gicla. Andrew bondit, atterrit sur ses jambes. Le Grand Patriarche poussa un hurlement de douleur. Ses petits yeux noirs remplis d'une haine inexprimable, le Lombric heurta Andrew de plein fouet, qui croula sous son poids.

## GIULLYANN

◈

**U**n voile rouge brouillait sa vue. Il porta la main sur son front où une douleur lancinante pulsait et sentit le liquide chaud, poisseux. L'entaille serait moche.

— Cap'taine ! Attention !

Il n'eut pas le temps de réagir que plusieurs tirs percutèrent l'espace. Comme au ralenti, le militaire vit les sphères d'Eyneïr fuser et s'engouffrer dans le gosier grand ouvert du Lombric. Elles explosèrent, le venin jaillit. GiullYann sentit plus qu'il ne vit deux silhouettes faire barrage devant lui. Des boucliers temporaires s'activèrent pour les protéger tous les trois. Une poignée de secondes plus tard, C.G. et Swan, inséparables, se penchèrent vers lui.

— Tout va bien, Capitaine ?

## SAÏD & DAN

◈

**S**aïd et Dan se tenaient dos à dos, encerclés par cinq de ces monstres. Saïd s'élança. Il frappa la première bête, évita ses dents acérées et lui donna un grand coup de coude en pleine mâchoire.

Il porta un coup d'épée sur le côté, fit sauter un morceau de sa défense. Il en profita, enfonça sa lame dans le corps du monstrueux ver qui s'écroula raide mort en quelques secondes à peine.

Un second Lombric attaqua. Saïd actionna un bouton sur le pommeau. Une fine et minuscule aiguille en sortit, lui perça la peau. Une goutte de sang coula, suivit un chemin le long de la poignée avant de disparaître, comme aspirée à l'intérieur de l'arme. Et, tandis qu'il la serrait plus fermement, l'épée irradia d'une étrange lueur verte. Saïd sourit : il allait enfin pouvoir réellement tester ce bijou.

Dan se concentra. Comme son corps irradiait d'une étrange lueur, celle-ci s'étira pour prendre forme. L'instant suivant, Raadja' poussait un puissant rugissement. Deux ascarides fondirent sur lui. Le tigre aurique sauta, donna de puissants coups de griffes sur le premier monstre, mordit le second. Les deux bêtes, de chaque côté de l'animal, tentèrent de le lacérer en l'attaquant simultanément. Crocs en avant, ils s'élancèrent. Raadja', d'un bond souple, les évita tous les deux. Les vers se fracassèrent le crâne l'un contre l'autre.

## GIULLYANN

**A**près s'être relevé, le Capitaine fit signe à C.G. et Swan. Les civils se tassaient derrière eux et la troupe, disposée à présent en demi-cercle. Les monstres arrivaient de partout à la fois. Les choses n'allaient pas tarder à dégénérer. Toute retraite semblait quasiment impossible.

— Bon, les filles, on sort la grosse artillerie !

Swan passa un pouce sur sa bouche.

— OK, Capitaine !

Les soldates et lui empoignèrent un appareil qui se déplia lorsque C.G. en actionna le mécanisme : une MSE[17]. La soldate envoya une rafale de globes d'Eyneïr qui percutèrent les cuirasses Lombriciennes. Ça tonnait dans un bruit étourdissant, soulevant un épais nuage de poussière. Lorsque la nuée se dissipa, les vers gisaient au sol dans une mare de poison noir. Les créatures venaient de rejoindre les pays des R.E.V.Es.

## DAN & SAÏD

◈

**D**an observait Raadja' percer les carapaces des deux vers qui l'avaient pris en grippe. Il se concentra et deux flammes rougeoyantes apparurent dans ses mains. Il sourit. Bien ! Le temps était venu d'allumer un feu de joie.

Il s'élança à son tour dans la bataille. Il envoya un uppercut enflammé dans le ventre de l'un, un autre dans la mâchoire du suivant, pris d'une furieuse envie de le mordre. Dan, survolté comme jamais, lança sa jambe à droite, roula et se retrouva pris entre les deux.

Les Lombrics se précipitèrent sur lui. Il tendit ses bras dans leur direction respective, attendit. Encore un peu. Un brasier les embrasa à l'instant où ils croyaient pouvoir lui planter leurs crocs empoisonnés dans le corps et passer enfin à table. Ils chutèrent, carbonisés. Dan flageola. Raadja' rugit une dernière fois et disparut.

Saïd, épée activée en main, se projeta dans les airs, transperça la gueule d'un ver. Créant une boule d'énergie dans sa main libre, il s'appuya dessus. Décrivant une spirale, il tournoya sur lui-même et découpa le dernier avec une facilité déconcertante. Avec souplesse, il retomba sur ses jambes puis aida Dan à se redresser.

---

17  **Mitraillette MSE** : mitraillette à sphères Eyneïr, fonctionne sur le même principe des R.E.V.Es

## L'INCONNU

Le visage couvert sous la capuche de son long manteau, l'homme avait débarqué à Mirage au beau milieu des multiples combats et n'en perdait pas une miette. Ses protégés se débrouillaient vraiment très bien. Vraisemblablement, ils n'avaient pas besoin de lui. Leurs progrès étaient fulgurants. Pour autant, seraient-ils prêts le moment venu ?

## MARKK

Markk aperçut Saïd faire son petit numéro et tiqua. Cette technique…

Soudain, un grondement terrible se fit entendre sous ses pieds. Il sourcilla, sauta sur le côté. De justesse. Kûni réapparut à quelques centimètres de son visage. Le Télépathe pouvait même sentir son haleine fétide. Markk pivota, lui assena un coup sous la gueule puis se téléporta hors d'atteinte. Mais, rapide, Kûni le rattrapa, se tenant dans son dos.

Markk donna un coup d'épée par-dessus son épaule. Le second du Patriarche esquiva avec ses crocs, s'en servant comme des lames. Le ténébreux Télépathe sourit.

— Intéressant.

Il se propulsa au-dessus du colossal Lombric et le frappa. La carapace se fissura Markk en profita pour porter un nouveau coup. La bête s'ébroua en tous sens, malmenant le grand brun qui finit par lâcher prise. Il dévala plus qu'il ne glissa sur les flancs durs de la créature avant de se réceptionner tant bien que mal à quelques mètres de l'ascaris.

## KÛNI

**K**ûni entendit la voix téléférer avec lui.
– *Le moment est venu.*

Il tourna la tête, aperçut la silhouette encapuchonnée dans une ruelle sombre. Aussitôt, il s'immergea dans la terre et disparut.

◈ • ◈ • ◈

## MARKK

◈

**M**arkk lévita, pensant éviter de se faire avaler mais le Lombric demeura enfoui. Stratégie ? Que préparait-il ? Les secondes passèrent, le grand brun resta à l'affût, étirant son Pouvoir pour détecter la présence ennemie. Rien. Le Lombric avait bel et bien disparu.

Étonné par cette fuite, Markk ne s'attarda pas sur le sujet, préoccupé par son cousin qu'il repéra, étendu sur le sol. Fort heureusement, Andrew se relevait déjà. Il se transporta devant Enki et lui administra un violent coup d'épée dans la mâchoire. Une dent tomba. Grognant de colère, le Grand Patriarche passa à l'assaut, gueule ouverte. Andrew, bras croisés devant lui, généra un Bôkneïr. Le ver le percuta brutalement. De sa main libre, le jeune Télépathe produisit un Leyneïr. Dans le ventre ! Il se laissa glisser sous son poitrail pour se retrouver de l'autre côté du Lombric.

## ENKI & KÛNI

**E**nki se dressa, le dominant de toute sa hauteur. Un petit choc avec le bas de son corps et Andrew alla valser plus loin. Un

autre et l'épée finit sa course de l'autre côté. Enfin ! Le grand jour était arrivé ! Il allait prendre son temps ! Il le percuta de sa queue en plein visage. Andrew perdit connaissance.

Kûni ressortit plusieurs centaines de mètres en dehors de la Cité. Dressé, il émit un son strident. Les Lombrics encore présents à Mirage se redressèrent à leur tour puis s'enfoncèrent dans le sol. Tous. Sauf Enki qui fixa son second d'un air enragé.

Comment osait-il le trahir si près du but ? Il le paierait lui aussi ! Mais d'abord, ce vermisseau de Télépathe allait payer ! Sa vengeance, il l'aurait, coûte que coûte, avec l'aide, ou pas, des siens !

## MARKK

❖

**A**ndrew ne s'était toujours pas relevé. Un petit filet de sang coulait le long de sa tempe. Une boule d'angoisse se forma dans l'estomac de Markk. Il avait déjà perdu trop de proches ! La seule idée de perdre Andrew le terrifiait. Il ne permettrait jamais.

Sans quitter du regard le corps inerte de son cousin, le ténébreux Télépathe activa sa propre épée. Un sourire carnassier sur sa gueule, Enki s'enfonça dans le sol. Markk pesta intérieurement devant l'urgence de la situation. Chaque seconde comptait.

Le danger atteint son apogée lorsque Enki émergea, toutes dents dehors, devant un Andrew toujours inconscient. Au même moment, Markk se téléporta. En un éclair, il transperça Enki de sa lame. L'ex-Grand Patriarche s'écroula, l'épée du Télépathe enfoncée jusqu'à la garde.

Au sol, Andrew ne se relevait toujours pas, galvanisant son inquiétude pour lui. Mais, toute menace n'était pour autant pas écartée. Un spasme musculaire de son adversaire alerta ses sens. Sans attendre, Markk tendit les mains en avant, balançant un

Leyneïr phénoménal. Une intense lumière enveloppa toute la Cité. Peu à peu, elle s'estompa, laissant apparaitre le lourd corps sans vie d'Enki. Mais, Markk ne voyait qu'une chose : Andrew, toujours immobile.

# CHAPITRE 34
## IDENTITÉ SECRÈTE.

❖ • ❖ • ❖

— *22 février 3698* —

*MARKK*

— *Cité Mirage, Grande Place* —

❖

**L**es Lombrics avaient battu en retraite. Markk s'agenouilla devant son cousin. Une vilaine ecchymose colorait sa tempe. Il positionna ses mains au-dessus de lui, se concentra. Une seconde plus tard, sous l'effet de la thérapathie, Andrew ouvrit ses yeux verts. La vision encore un peu floue, il saisit la main que son cousin lui tendait afin de l'aider à se relever. Saïd et Dan les rejoignirent. Cheveux en pétards, dégoulinant de sueur, son meilleur ami, vidé, avait l'air d'avoir passé le meilleur moment de sa vie.

— Je suis complétement naze ! annonça-t-il, plein d'entrain.

— Tu veux que je m'occupe de toi ? proposa Markk. Un peu de médipathie te ferait du bien.

— Dans tes rêves, oui ! Je sais que tu m'adores, mais du repos suffira.

À cet instant, GiullYann débarqua, arme à l'épaule, accompagné de C.G. et Swan, visage fermé.

— GiullYann ?

— Un de mes gars y est resté, expliqua-t-il.

— Je suis navré, compatit Andrew.

257

— Merci. Heureusement pour nous, il y a plus de créatures mortes que de pertes collatérales.

— On en a dégommé un paquet, déclama C.G., satisfaite.

— Ouais, confirma Swan, on leur a mis la misère à ces faces puantes !

— C'est certain ! Ça fait du bien d'en dégommer quelques-uns, s'exclama gaiement Saïd.

Poussiéreux du combat mené, les vêtements déchirés en plusieurs endroits, les cheveux bruns collés par la sueur contre sa nuque, le Télépathe, bien qu'aussi harassé qu'eux tous ici, portait encore dans ses yeux bleus l'excitation de la victoire. Markk tiqua encore une fois.

La technique de combat de Saïd interpellait Markk, lui rappelant une personne à laquelle il préférait ne pas penser. Mais si sa théorie se révélait exacte, le Télépathe les mettait peut-être tous en danger. Front plissé, déterminé à faire éclater la vérité, le grand brun s'approcha de Saïd. Son Chi grimpa en flèche.

— Qui es-tu vraiment, Saïd ?

La question soudaine de Markk prit tout le monde au dépourvu, y compris l'intéressé :

— Je ne comprends pas.

— Je crois que si, au contraire, objecta-t-il en augmentant encore son Chi. Je t'ai observé tout à l'heure et j'ai trouvé ta façon de te battre réellement très intéressante.

*SAÏD*

◈

**B**ordel ! Markk l'avait-il déjà grillé ? Le connaissant, c'était probable. Le voyant emmagasiner l'Eyneïr dans le creux de ses mains, Saïd comprit que Markk allait lui faire passer un sale quart d'heure. Saïd se prépara aussitôt au nouveau combat.

Il ouvrit les paumes, fit apparaître deux sphères lumineuses. Vifs comme l'éclair, ils envoyèrent leurs attaques en même temps.

Markk se télétransporta, atterrit devant Saïd, le frappa à l'estomac. Souffle coupé, ce dernier s'affala. Le grand brun en profita pour lui envoyer sa jambe au visage. Saïd évita, en se téléportant à son tour derrière Markk et, poings fermés, lui donna un coup dans le dos.

Déstabilisé, celui-ci dérapa mais se retourna dans le même mouvement. Saïd le mitrailla d'une multitude de rayons d'énergie. Markk croisa les bras, se protégeant avec un Bôkneïr. Il libéra tout, d'un coup, puis sauta sur le côté. Les autres Leyneïrs se fracassèrent contre une façade dans un bruit assourdissant. Les deux Télépathes se jaugèrent un instant avant de repartir à l'assaut.

## ANDREW

Andrew ne comprenait pas ce qui se déroulait sous leurs yeux. Cependant, ayant une confiance aveugle en son cousin, il le laisserait débattre avec Saïd. De toute façon, il ne lui viendrait jamais à l'esprit d'aller discuter maintenant. Markk ne s'énervait que rarement, aussi lorsque cela arrivait, ce n'était jamais pour rien. Et, vu la puissance qu'il dégageait, il n'avait pas vraiment envie d'aller le chatouiller sous les pieds.

En revanche, il repéra quelques civils terrifiés qu'il fallait mettre à l'abri d'éventuels éboulements des structures fragilisées par l'attaque Lombricienne. L'échauffourée entre son cousin et Saïd ne ferait qu'empirer les choses. Il prit GiullYann et les soldates à part :

— Trouvez-leur un abri sûr ; il faudrait aussi sécuriser la zone.

Le Capitaine approuva bien que le corps des deux armées n'ait pas attendu pour agir. Le Général et ses hommes, déjà présents sur le terrain, œuvraient en ce sens.

— Tenez-moi au courant du dénouement de…

— Attention !

C.G. beuglait comme une folle à l'intention d'un couple qui se trouvait près d'un immeuble. Un craquement sonore se fit entendre. Au même moment, un dôme de feu protégea les malheureux. Dan venait de créer un bouclier de protection.

— Allez les aider !

GiullYann et les soldates accoururent vers eux et les prirent en charge. Une fois qu'ils furent à l'abri, Dan rappela son Pouvoir.

— Markk est en rogne, énonça-t-il comme une évidence à Andrew. T'y comprends quelque chose ?

— Non, mais il est plus sage d'attendre qu'il règle le problème.

— Si tu veux mon avis, Saïd ferait mieux de lâcher l'affaire.

## *MARKK*

**M**arkk se téléporta à bonne distance pour désengager le combat l'espace d'un instant. Il fulminait en son for intérieur. Pris dans son échauffourée avec Saïd, il n'avait pas vu les civils. Son Leyneïr avait fait s'ébouler un mur qui, sans l'intervention de Dan, aurait pu les écraser. Saïd s'en était rendu compte lui aussi, car il se stoppa à son tour.

— Je te le redemande, Saïd : qui es-tu vraiment ?

— Personne ! s'entêta-t-il

— Tant pis, tu l'auras voulu.

Sans lui laisser le temps de réagir, le grand ténébreux généra un puissant rayon d'énergie qui toucha Saïd de plein fouet. Le Télépathe s'écroula. Épée en main, le regard féroce, Markk,

s'approcha. Il posa son pied sur sa gorge et le menaça de sa lame, l'empêchant du moindre mouvement.

— Maintenant, écoute-moi attentivement. Tu peux tenter de t'enfuir, de te téléporter ou ce que tu veux, je te retrouverai et je te battrai ! Je suis plus fort que toi, et tu le sais ! Si tu tiens à rester en vie, tu as intérêt à me dire qui tu es réellement.

### *SAÏD*

Il observait Markk qui le fixait avec, au fond de ses prunelles sombres, une lueur à faire froid dans le dos. Transcendant, le grand brun dégageait une force incomparable. Il sut alors qu'il mettrait ses menaces à exécution.

### *MARKK*

À quelques mètres de leur position, Andrew et Dan échangeaient une œillade d'incompréhension. Si ses amis n'avaient pas deviné la véritable identité de Saïd, ce n'était pas son cas. Durant le combat face aux Lombrics, le Télépathe s'était laissé prendre au jeu du «*je massacre des Lombrics et c'est trop bien*». Cette erreur lui avait permis de faire le rapprochement.

— J'admire ta façon de te battre, Saïd. Mais, cette manière de faire me rappelle trop «quelqu'un» pour que cela ne soit qu'une simple coïncidence. Malgré cela, je pense que tu n'es pas foncièrement mauvais.

Ledit Télépathe remua un peu sous les pieds de Markk.

— N'essaie même pas d'esquisser le moindre geste, sinon je t'enfonce cette lame dans la gorge. Crois-moi, ça ne sera agréable

ni pour toi, ni pour moi. Maintenant, dis-moi la vérité avant que je ne perde patience.

— J'avais bien saisi le message, Markk.

— Allez! Crache le morceau.

— Je suis le fils d'Amos.

# CHAPITRE 35
## L'HISTOIRE DE SAÏD

❖•❖•❖

*— 22 février 3698 —*

*MIRAGE*

*— Salle secrète —*

❖

**M**irage se trouvait dans son sanctuaire, au cœur de la Cité. Sous sa forme éthérée, elle surveillait son écran sur lequel plusieurs images défilaient. Elle avait vu l'attaque des Lombrics et la fin d'Enki, puis, venait d'assister à l'affrontement entre Markk et Saïd.

Les aveux de ce dernier la prenaient au dépourvu. Elle qui connaissait tant de secrets ne s'attendait pas à cette révélation. Malgré tout, Mirage ne pouvait s'empêcher de penser que le jeune Télépathe n'avait rien en commun avec son père.

Elle avait observé chacune de ses actions, de ses choix, perçu ses tourments. Le sang ne définissait pas l'âme. Sinon, pourquoi Saïd aurait-il choisi un autre chemin, loin de l'ombre de son père?

❖•❖•❖

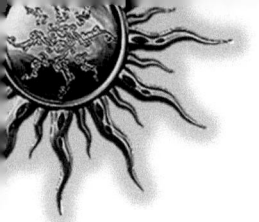

## SAÏD
### — Grande Rue —

**S**on cœur battait à tout rompre, résonnant dans sa poitrine comme un tambour de guerre. Moites, ses mains glissaient sur le sol poussiéreux alors qu'il tentait de se redresser. Markk ne le lâchait pas du regard. Ses yeux perçants semblaient lire au plus profond de lui. Saïd se sentait ridiculement petit face à ce monumental Télépathe.

Les muscles tendus, Saïd se préparait à encaisser le coup fatal. Il ferma les yeux un instant, décidé à accepter son sort. Mais, alors qu'il attendait sa fin, il sentit un changement dans l'air. La tension du combat venait de s'évaporer au profit de… de quoi au juste ?

Saïd souleva les paupières. Un grand sourire éclairait à présent le visage de Markk. Ce sourire, inattendu, désarmant, le fit basculer dans des sentiments confus. Markk rangea son épée dans son fourreau et retira le pied qui menaçait, quelques secondes auparavant, de lui écrabouiller la trachée. Saïd resta figé d'incompréhension. Mais, quand Markk lui tendit une main secourable, il l'accepta de bonne grâce et se redressa.

## ANDREW & DAN

**A**ndrew et Dan se fixaient un regard, estomaqués. Saïd, le fils d'Amos ? Markk, l'aidant à se relever ? La confusion et l'inquiétude se lisaient sur leurs visages. Le stress lui nouant les entrailles, Andrew approcha de son cousin et posa une main sur son épaule. Markk ne broncha pas. Il continuait de dévisager Saïd d'un air satisfait. La tension grimpa en flèche dans ses veines. Pourquoi Markk semblait tenir à aider Saïd ? Ne devrait-il pas utiliser cet aveu contre Amos ?

— Markk ? Que se passe-t-il ?

Le brun se tourna vers lui pour tenter de le rassurer.

— Ne t'inquiète pas Andrew. Tout va bien.

Celui-ci échangea un énième regard avec Dan, aussi perplexe que lui.

— Vieux, intervint-il à son tour, comprends-nous. Ses liens avec Amos, précisa-t-il en désignant Saïd, ne font qu'attiser…

— Votre méfiance ?

Dan acquiesça.

— Si Saïd avait voulu nous nuire, il l'aurait fait depuis longtemps. Il a eu plusieurs opportunités pour passer à l'action et pourtant, il n'a rien fait. Au contraire. Et puis, il y a son comportement vis-à-vis d'Orianne. Ne me dis pas, Andrew, que tu n'as rien remarqué. Bref… je sais que nous pouvons lui accorder notre confiance. Mais avant ça… Saïd, raconte-nous ton histoire.

## *SAÏD*

**B**ien qu'il ne s'agisse pas d'un ordre, le ton impérial du grand brun ne lui laissait pas le choix.

— Mon père a violé de nombreuses personnes. Des hommes comme des femmes.

Ces mots arrachèrent un tic nerveux à Markk qui repensa à l'histoire de sa mère.

— Disons, reprit-il, qu'Amos « appréciait » beaucoup ma mère. Sans doute à cause de sa ressemblance avec la mère d'Orianne. Il en a donc fait sa favorite pendant un temps. Même si elle n'était pas consentante. Puis, elle est tombée enceinte. Tout le monde sait ce qu'Amos réserve à celles qu'il engrosse.

Le Télépathe fit une pause, tiraillé par une souffrance qu'il ne parvint pas à dissimuler. Les autres le fixaient, atterrés par ce qu'ils ne pouvaient même pas imaginer.

— Amos, sa cruauté n'est plus à prouver. Mais, d'une certaine façon, je m'en suis bien tiré puisque je me tiens devant vous.

— Tu trouves ? s'offusqua Andrew, peiné pour lui.

— Oui, on peut dire que j'ai eu de la chance. J'aurais dû mourir comme tous ses bâtards, mais ta mère, Markk, s'est interposée. Elle a passé un accord. Pour me sauver.

Dan pressa l'épaule de son ami qui venait de pâlir dangereusement.

— Je dois la vie à MyriAnn. En contrepartie, Amos l'a battue, puis violée... bien sûr, elle ne m'a rien dit directement. Elle ne m'a jamais rien reproché non plus. Non. Ce que je sais, c'est Amos lui-même qui m'en a fait grand étalage dès que j'ai été en âge de comprendre. Et, crois-moi, Markk, j'ai été en âge de comprendre très jeune, ça valait mieux pour ma survie !

Les trois amis le fixaient avec tout le discernement de l'horreur qu'avait été son enfance et des traumatismes qu'il avait subis. Mais, personne ne pouvait l'imaginer. C'était bien pire encore.

— Mon autre chance a été de dégager un certain Pouvoir, dès ma naissance. Cela a piqué l'immense intérêt de mon père, railla-t-il, désœuvré. Il m'a gardé près de lui. Le plus discrètement possible. J'ai... j'ai simplement essayé de survivre. Mon Mentor m'a aidé. Un type bien. Mais, il a disparu. Amos a tout fait pour me pourrir la vie et m'arracher ceux à qui j'aurais pu m'attacher.

— Saïd, je suis navré, intervint Markk avec sincérité.

— Moi aussi, je suis navré. Mais, j'en ai eu marre. Je suis parti. Surtout que je venais d'apprendre que j'avais une sœur. Vous n'êtes pas obligés de me faire confiance, ajouta-t-il en rivant ses yeux aux leurs. Mais, sachez que je ne suis pas votre ennemi. De toute façon, même si je voulais nuire, tu m'aurais à l'œil, Markk. Comme l'a prouvé notre combat, je ne fais pas le poids face à toi.

Ce dernier le dévisagea avec une intensité peu commune avant d'énoncer :

— Il y a beaucoup de blessés. On a besoin d'aide. Es-tu des nôtres, Saïd ?

Il opina de la tête en signe d'assentiment.

— Dans ce cas, sois le bienvenu parmi nous.

## MIRAGE
### — Salle secrète —

Le froid, soudain, fit frissonner son enveloppe éthérée. Mirage n'eut pas besoin de se tourner pour savoir qu'il, ou elles, l'avait rejointe.

— Jared. Que veux-tu ?

— *As-tu aimé ?*

Elle pivota vers l'homme qui aurait dû se trouver dans la force de l'âge s'il n'avait pas été ce pyjama de chair pour les Ténèbres.

— *Il est fort, résistant. Mais surtout, il nous permet d'aborder qui nous souhaitons quand nous le souhaitons. Alors ? As-tu apprécié le spectacle ?*

— Enki est mort.

— *Amusant, non ?*

— Tu trouves ?

Il plissa les yeux.

— *Ce qui suivra le sera encore plus.*

Mirage savait ce qu'il essayait de faire. Rentrer dans son jeu ne servirait qu'à lui faire son temps.

— *Et du temps, tu n'en as plus beaucoup, n'est-ce pas ? la nargua-t-il comme il avait lu dans ses pensées.*

— J'en ai suffisamment.

Les lèvres de Jared s'étirent en un sourire ironique.

— *Nous verrons bien.*

Il avança d'un pas vers elle.

— *Alors, dis-moi... qu'en penses-tu ?*

— À quel sujet ?

— *Saïd ne leur a pas tout dit. Comment crois-tu qu'ils réagiront lorsqu'ils découvriront la vérité ? Quant à Kûni, il a de grands projets ! Tout comme la Mort.*

Mirage tiqua au moment où Jared disparut, ne laissant dans son sillage que son rire de mauvais augure.

# CHAPITRE 36
## LE PACTE

❖•❖•❖

*— 22 février 3698 —*

*KÛNI*

*— Grande Plaine Désertique —*

❖

L a Meute bourlinguait à toute vitesse à travers la mer de sable. Le soleil brûlant se reflétait sur la vaste étendue de dunes ondulantes, sculptées par le vent, de taille plus ou moins importante. Quelques formations rocheuses, aux contours déchiquetés par l'érosion, émergeaient du sable. L'air, lourd, immobile, chargé de cette chaleur oppressante, ne dérangeait pas les Chasseurs dont le métabolisme s'était adapté aux conditions climatiques du Monde Connu.

L'exaltation ressortait de chaque cuirasse qui recouvrait et protégeait leurs corps massifs. Les Lombrics sifflaient avec hargne. Enki était mort. Et, c'était tant mieux ! Ses mauvaises décisions avaient failli les mener à leur perte. Ces Humains possédaient de nouvelles armes, dangereuses. Enki avait sous-estimé ce Télépathe et ses alliés : ils auraient pu tous mourir. La Peuplade était passée à deux dents de la catastrophe.

La Meute s'arrêta. Kûni glissa sur le sol, se dressa et souffla, dévoilant l'entrée de la Colonie. D'un seul mouvement, ils s'engouffrèrent tous dans le passage qui se referma de lui-même lorsque le dernier Chasseur l'emprunta.

Heureusement pour tous, songea Kûni tandis qu'ils progressaient à travers le réseau de galeries, il avait pris le relais. Il était, dès à présent, le nouveau Grand Patriarche des Colonies du Nord et de la Grande Plaine Désertique.

Son arrivée dans la Salle Principale se fit sous les acclamations de chacun. Les Chasseurs s'alignèrent en courbant leurs monstrueuses têtes. Bâtisseurs, femelles, progénitures, tous convergeaient pour apercevoir celui qui apparaissait comme le sauveur de la Peuplade.

Bien que la Meute ne leur rapporte qu'une maigre pitance – quelques membres, découpés çà et là sur leurs victimes – les Lombrics étaient en liesse. Ce nouveau Grand Patriarche leur apportait la liberté, contrairement à Enki dont le désir de vengeance n'avait rien engendré de bon pour eux. Kûni, qui avait perdu son frère de manière si brutale et inattendue, le savait mieux que n'importe lequel d'entre eux.

— *Mes amis, mes frères, fit-il en se dressant alors sur toute sa hauteur. Nous avons réussi. Enki a été vaincu.*

Bourdonnements de joie des Lombrics.

— *Mes amis... une nouvelle ère de gloire va bientôt débuter pour notre Peuplade.*

La Meute fit suinter les cuirasses. Le liquide visqueux s'échappa, tomba sur le sable qui bouillonna.

— *Prochainement, je vous ferai part de mes projets pour notre peuple qui n'a que trop souffert des idées vengeresses de mes deux prédécesseurs. Mais, pour le moment, l'heure est à la joie ! Profitez des vôtres ! Aujourd'hui, vous avez quartier libre.*

Les Lombrics sortirent de la pièce en se dandinant, fiers comme jamais ils ne l'avaient été. Resté seul, Kûni sourit. Oui, bientôt l'heure des Lombrics viendrait.

– *Ne te l'avais-je pas annoncé ?*

Le nouveau Grand Patriarche se retourna pour faire face à l'Ombre. Il l'avait senti bien avant qu'elle ne lui parle.

— C'est vrai… tu avais dit qu'il mourrait.

– Oui ! Je l'avais dit.

— Mais, tu as quand même menti !

– Non.

— Tu avais dit qu'il mourrait des mains de cet Andrew ! Or, lui a bien failli y rester !

— Je ne t'ai pas menti, Kûni. Mais, toi, es-tu certain d'avoir bien compris mes paroles ?

L'intéressé plissa ses petits yeux noirs.

— Certain ! Mais, peu importe… cela ne me dérange pas en fait.

– Cela me dérange, moi ! gronda la silhouette en laissant exploser son Chi avec fureur. Sache que la Mort ne ment jamais !

La voix de l'Ombre se renforça, menaçante, vibrante d'obscurité.

— Alors, quoi ? J'ai mal vu ?

– Bien sûr que non ! Permets-moi de te rafraîchir la mémoire ! Voici les mots que j'ai dits : « Il mourra là-bas, des mains du Protecteur. »

Il comprit enfin.

— Intéressant…

L'Ombre sourit.

– C'est ce que je pense également. Quant à Andrew, te sentirais-tu soulagé d'apprendre que ce Télépathe mourra lui aussi ?

Le Grand Patriarche poussa un grognement de satisfaction.

– Bien, dit la Mort. Maintenant, écoute bien. Mon heure arrive à grands pas. Je vais bientôt être libérée de mon entrave. J'aurais besoin de ta collaboration.

— Tu as besoin de moi ?

– Sans nul doute ! Mon armée est déjà presque entièrement constituée, cependant, je ne veux pas dominer

les sables sans un pacte avec toi. Sois mon allié ! Ainsi, ton peuple ne mourra plus de faim.

— De la nourriture ?

– À profusion ! Vivante et terrorisée ! Voilà comment nous te la livrerons.

— Quelle cadence ?

– Une fois par semaine.

— Seulement ?

– Kûni, Kûni, Kûni... ne sois pas trop gourmand... si toi et ta Peuplade, vous dévorez votre nourriture trop vite ou trop goulûment, l'espèce humaine n'aura plus le temps de procréer. Si les humains ne copulent pas et ne prolifèrent pas, tu n'auras plus de quoi te nourrir. Alors comment ton peuple survivrait-il, dis-moi ? Nous devons trouver la bonne... équation.

Le Patriarche eut un large sourire.

— Dans ce cas, pourquoi ne créerais-tu pas des... nichées reproductrices ?

– Kûni, sincèrement, tu me plais ! Ton peuple n'aura plus faim ! Je t'en fais le serment ici même. En contrepartie, tu laisseras mon armée traverser tes Terres librement. Qu'en dis-tu ?

— Cela a l'air... passionnant...

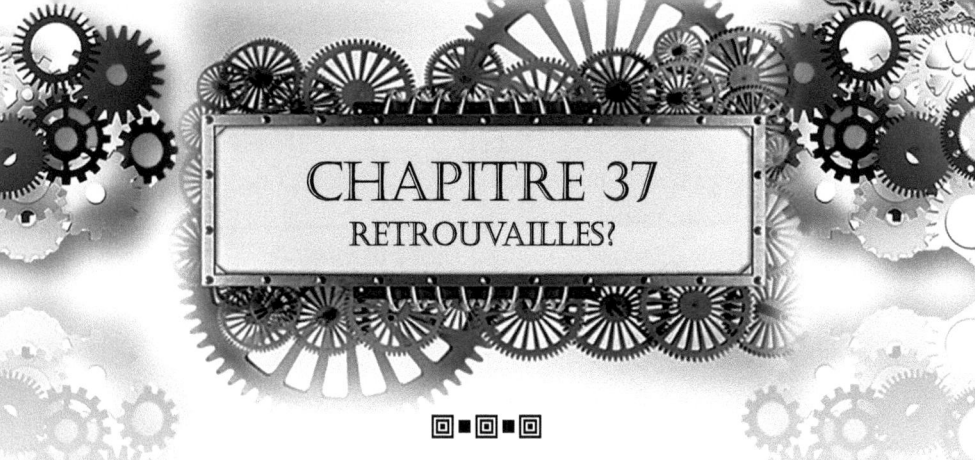

# CHAPITRE 37
## RETROUVAILLES?

— *18 ans plus tôt (début de l'année 3680)* —
*CELYANN*
— *Monde Connu, Campement Touareg* —

Plusieurs semaines avaient passé depuis la tragique nouvelle. Les Touaregs avaient migré plus loin dans la Grande Plaine Désertique. Ils avaient établi leur nouveau campement à l'abri de quelques djebels qui procuraient une protection naturelle contre les vents violents et les tempêtes de sable.

Sous sa tente, une toile épaisse qui faisait barrière au soleil le jour et au froid du désert, CéLyann était assise sur un tapis qu'elle avait tissé elle-même. Les yeux fixés sur son poignet, elle observait faiblir le bracelet de métal blanc que Davis lui avait jadis offert. Si le chagrin lui déchirait toujours les entrailles, les larmes s'étaient taries au profit d'une accablante fatigue.

Elle avait perdu non seulement des amis chers, mais également Amos, le seul homme qu'elle n'ait jamais aimé. Si Davis et Elfride avaient été assassinés, elle, avait choisi de fuir son amant. À cause précisément de toutes ses exactions. Elle avait tout quitté, tout perdu ou presque. Mais, tandis que ses prunelles glissaient vers la fillette endormie à côté d'elle, la toile de tente s'ouvrit sur Ahmed

dont les yeux perçants bordés de rides débordaient de son autorité et de sa force tranquille.

— Comment te sens-tu aujourd'hui, CéLyann ?

— Je ne sais pas, avoua-t-elle d'une voix à peine audible.

Le chef de clan posa une main réconfortante sur son épaule.

— Ne perds pas courage. Ta fille a besoin de toi.

— C'est pour elle que j'ai tout laissé derrière moi.

— En effet.

— J'ai…

Ses lèvres tremblèrent, ses yeux piquèrent, son ventre se noua autant que sa gorge.

— CéLyann, compatit-il, si tu as besoin, tu trouveras toujours un ami à qui te confier.

Sur ces mots énigmatiques, la tente s'ouvrit. Une silhouette enveloppée dans un burnous beige entra. Lorsque CéLyann reconnut la personne et son Chi, les larmes affluèrent.

— Je vais vous laisser.

Ahmed sortit. CéLyann se leva et se précipita vers le nouveau venu.

— Davis ! Tu es vivant !

Il la prit dans ses bras. Lorsque leurs yeux se croisèrent, on y lisait la même émotion.

— Oui, je suis vivant. Toutefois, Amos ne doit pas savoir. C'est pour cette raison que Davis est vraiment mort ce soir-là. Aujourd'hui, je me nomme Darius. C'est bien mieux pour pouvoir aider la cause rebelle.

— Peu importe le nom que tu portes, je suis heureuse de te revoir.

Alors qu'ils partageaient une amicale embrassade, son bracelet clignota faiblement.

— Darius… ton bracelet…

Elle lui montra l'objet, toujours à son poignet. L'inquiétude la gagnait, tandis qu'elle s'imaginait déjà perdue dans la folie de ses

visions incontrôlables. Pourtant, Darius gardait un sourire confiant sur ses lèvres. Il sortit de la poche de son burnous un collier gravé d'un Alpha et d'un Oméga entrelacés, avec, en leur centre, une flamme.

— Qu'est-ce que c'est ?

— Un cadeau.

Il lui retira le bracelet qui l'accompagnait depuis si longtemps, puis passa le collier autour de son cou. Aussitôt, CéLyann se sentit envahie par un grand calme, comme si toutes ces années de tourments endurés par ses Pouvoirs et ces maudites visions n'avaient jamais existé. Elle ne sentait plus ni les vibrations de son Chi ni celles de Darius, ni le poids accablant de ses prémonitions.

— Ô mon Dieu, Darius ! parvint-elle à s'exprimer malgré tout l'émoi que cela lui procurait. Comment cela est-il possible ?

— Un minerai dont seule la rébellion et moi avons connaissance. Tant que tu porteras ce collier, tes capacités seront entravées.

— Alors, je suis vraiment libre à présent ?

— Oui. Tu peux agir à ta guise et aller où bon te semble. CéLyann… à ce sujet : que dirais-tu de rejoindre la Cité sans nom ?

— La quoi ?

— C'est ainsi qu'Amos a nommé le camp de base des rebelles. Il l'appelle aussi la Cité fantôme, car il n'est jamais parvenu à la géolocaliser. CéLyann, viens avec moi. Ta fille et toi pourrez vivre là-bas en toute quiétude.

Les prunelles de CéLyann se posèrent aussitôt sur la petite fille qui dormait à poings fermés. Les premiers signes de ses Pouvoirs étaient apparus. Développerait-elle la même malédiction que la sienne ? CéLyann n'en avait aucune idée. Cet héritage répondait à ses propres lois, sa transmission n'était pas systématique. Contrairement à CéLyann, sa propre mère n'avait pas le don. Qu'en serait-il alors pour Orianne et sa descendance ? Lorsque le temps viendrait, il lui faudrait quelqu'un de sûr pour devenir son Mentor et l'aider à contrôler son Chi.

— Orianne a besoin d'un père, reprit alors CéLyann. Je ne veux pas que ma fille grandisse aux côtés d'un tyran. Je ne veux pas qu'il fasse d'elle l'instrument de sa haine, Darius. Je ne veux pas qu'Amos apprenne son existence. Jamais.

— Bien sûr, je comprends. Dans ce cas, que dirais-tu de m'épouser ? Je pourrais devenir un véritable père pour Orianne.

CéLyann dévisagea son ami et Protecteur. Elle savait quels étaient ses sentiments à son égard. Comme lui avait toujours su qu'elle ne les partageait pas. Ses yeux gris brillaient d'une intelligence et d'une bienveillance rares. Il ne s'était jamais écarté de la voie de l'Honneur. Elle ne pouvait rêver meilleur père pour Orianne. Elle prit ses mains dans les siennes et lui adressa un sourire las.

— Tu sais que je ne pourrais jamais… enfin… je veux dire…

— Je sais à quoi tu penses. Je ne te demanderai rien contre ton gré. Je te propose un foyer et la sécurité. Un accord entre les amis que nous avons toujours été et que nous serons toujours.

— Darius, j'ignore comment te remercier.

— Un simple mot suffit.

— Oui, approuva-t-elle en hochant doucement la tête.

Les mots lui manquaient, mais la gratitude débordait de son cœur. En fermant les yeux, elle s'abandonna à une étreinte chaleureuse, se promettant de rendre cette amitié inébranlable, quel que soit l'avenir incertain qui les attendait.

# Mirage's Memories – Arc 1 : Rébellion –
## La Prophétie de l'Ombre.

Εν λϡανν⌐ε 3698, λε 12 δυ τροισι⌐με μο
ισ
Παρμι τουσ, υν Ηομμε σϡ⌐λ⌐ϖερα,
Ετ, λα Τερρε τρεμβλερα.
Περσοννε νε σερα ασσεζ φορτ
Πουρ βραϖερ χεττε Μορτ.
Νι λεσ Ηομμεσ ετ λευρ τεχηνολογιε,
Νι λεσ Τϡλϡπατηεσ ετ λευρ μαγιε.

En l'année 3698, le douze du troisième
mois,
Parmi tous, un Homme s'élèvera
Et la Terre tremblera.
Personne ne sera assez fort
Pour braver cette Mort.
Ni les Hommes et leur technologie,
Ni les Télépathes et leur magie.

# CHAPITRE 38
## SE SENTIR INUTILE

❖•❖•❖

*— Temps présent (22 février 3698) —*
*ORIANNE*
*— Cité Mirage, Infirmerie —*

L'infirmerie, encore une fois, se trouvait en ébullition. Le cliquetis des instruments médicaux, les gémissements plaintifs des blessés, les voix du personnel soignant généraient un brouhaha entêtant. Les Soignantes, secondées des Télépathes volontaires, se déplaçaient rapidement entre les lits, le visage marqué de fatigue. Soldats blessés, civils en état de choc, tous affluaient dans la chambre commune.

Orianne se redressa avec difficulté dans son lit, les yeux scrutant chaque détail de cette animation incessante. Tout le monde s'affairait avec détermination. Ses doigts se refermèrent sur les draps de son lit. Cela faisait trop longtemps qu'elle se sentait inutile, impuissante à aider les siens.

Elle grignota sa lèvre inférieure, déchirée entre les consignes médicales données le matin-même et son désir sincère de vouloir se rendre utile. Elle caressa son ventre rond, regarda encore le tumulte de la salle. Elle devait faire quelque chose ! N'importe quoi ! Tandis qu'elle posait les pieds sur le sol, prête à se lever, Gwen et MyriAnn qui se trouvaient à deux lits derrière le sien, intervinrent :

— Orianne ! Que fais-tu ? s'écria Gwen en se précipitant vers elle. Tu dois rester allongée !

— Je ne vais quand même pas vous regarder faire en restant les bras croisés !

MyriAnn prit sa main dans la sienne.

— Orianne, tu es enceinte et ce matin, il s'en est fallu de peu…

Elle laissa sa phrase en suspens.

— Tu sais, reprit-elle, tu ne peux pas prendre de risque. Pense à ta santé et à celle de ton bébé. Sans l'intervention de Markk…

La jeune femme baissa le menton.

— Je sais, mais je me sens si impuissante et inutile ! Je voudrais pouvoir… je ne sais pas.

Gwen s'installa à côté d'elle et entoura ses épaules de ses bras. Orianne plongea dans les yeux de sa meilleure amie. Elle pouvait y lire toute la compassion, la ténacité mêlée à cette délicatesse qui la caractérisaient et forçaient l'admiration de tous, et surtout, la sienne.

— Orianne écoute-moi : tu n'es pas inutile et tu sais pourquoi ?

La concernée fit « non » de la tête ; Gwen lui répondit par un tendre sourire.

— Parce que tu portes la vie en toi.

La jeune femme caressa ses cheveux ébène.

— C'est la chose la plus précieuse de ce monde. Et ton devoir est de prendre soin de toi et de cette graine d'espoir.

Les mots de son amie la touchèrent au plus profond d'elle-même. Ses paupières papillotèrent sous l'émotion et s'emplirent de cette eau saline libératrice.

— Tu as raison. Merci, Gwen.

— Tu n'as pas besoin de me remercier. Les amis sont là pour ça.

Orianne renifla avant d'essuyer son visage humide.

— Vous devriez y aller, dit-elle aux deux femmes. Je crois que Joëlle a besoin d'aide, fit-elle en désignant l'infirmière en cheffe qui avait fort à faire avec un patient agité.

— Ça va aller ? l'interrogea encore la blonde aux cheveux courts.

— Oui, ne t'en fais pas.

Gwen lui offrit un dernier sourire avant de se lever et de l'aider à se rallonger. Puis, MyriAnn et elle se rapprochèrent de Joëlle.

## GIULLYANN

**L**a porte s'ouvrit sur l'agitation de la chambre commune. Sa tenue aussi usée que lui l'était en cet instant, le Capitaine Xanders entra, suivant un corps sur une civière. Une Soignante indiquait où placer le corps du défunt, membre de son escouade, lorsqu'il entendit quelqu'un l'interpeller :

— GiullYann !

Il pivota et découvrit Orianne plusieurs lits plus loin. Le capitaine remercia l'infirmière d'un sourire poli et s'éloigna de la dépouille pour rejoindre celle qui l'attendait, la mine harassée, les prunelles chargées de son inquiétude.

— GiullYann, que s'est-il passé ?

Une ombre de tristesse erra sur son visage.

— C'est Lesey. Il est mort. C'était un bon soldat.

— Je suis sincèrement navrée.

GiullYann hocha de la tête.

— Moi aussi. Ces combats…c'est… bref…

Elle ne dit rien. Parfois, le silence restait préférable aux mots. Les soldats avaient toujours une conscience aiguë de leur devoir, mais aussi et surtout des risques qu'ils prenaient chaque fois qu'ils partaient au combat. Cela ne justifiait pas leur mort. Cela ne la rendait ni plus belle ni plus glorieuse, encore moins réconfortante. Tous ces soldats, ces hommes d'action n'étaient en réalité que des hommes ordinaires ayant au fond des tripes cette volonté farouche de défendre et de protéger leurs proches, leur patrie, leur Monde, au péril de leur vie. Ils étaient des héros extraordinaires.

— Orianne, ne m'en veux pas mais je dois retourner à mes devoirs, reprit-il, interrompant le silence.

— Je comprends.

Il lui adressa un dernier signe et s'éloigna, le pas et le cœur lourds. D'autres combats les attendaient tous et personne ne savait qui serait la prochaine victime de la grande faucheuse.

### GWEN

*Amos la dévisageait avec un sourire victorieux. Andie tremblait de partout. Les larmes perlaient le long de son visage fin. Elle était perdue. Elle ne reverrait plus Andrew, ni Markk. Les yeux diaphanes du Maître se durcirent. Il tendit les mains vers elle. Il y eut une lumière aveuglante, puis, plus rien. Le souffle court, elle attendit. Une brise glaciale l'enveloppa.*

*Andie disparut, engloutie par ce froid. Quelques secondes coulèrent en ce lieu étrange avant qu'elle ne soulève les paupières, à nouveau là sans vraiment y être. Sa chevelure de miel virevoltait autour de son visage ovale, son corps frissonnait sous ce froid oppressant : elle était bien là.*

*Elle était Gwen, aussi effrayée que la petite fille qu'elle était autrefois. Elle flottait au milieu de nulle part, guidée par cette peur qui ne la quittait plus. Ne sachant plus ni d'où elle venait, ni où elle se rendait, la jeune femme avançait dans cet espace sans début ni fin. Tout était évanescent et consistant à la fois, fluide, coloré mais angoissant.*

*C'est alors que tout devint sombre. Malgré tout, une Ombre se détacha, s'approcha d'elle. Elle marmonna quelque chose qu'elle ne comprit pas. Tout à coup, elle entendit des cris. Ceux d'un bébé. Elle se retourna et le vit, lévitant dans la volute obscure. Non ! Les Ténèbres allaient s'en emparer ! Gwen courut ; elle devait protéger ce bébé. Coûte que coûte. Mais, plus elle avançait vers lui, plus*

*l'Ombre s'étendait autour. C'est alors qu'une aura dorée explosa.*
*En larmes, Gwen, s'aperçut que cette énergie provenait du bébé.*

❖ • ❖ • ❖

**G**wen sursauta. Elle se trouvait à l'infirmerie, un lot de bandages dans les bras. Derrière elle, les blessés affluaient dans un brouhaha entêtant. Une main se posa sur son épaule.

— Gwen ? Tout va bien ?

Elle se retourna vers MyriAnn qui la dévisageait avec inquiétude.

— C'est encore ton cauchemar ?

— Oui… depuis que mes souvenirs me sont revenus, cela m'arrive plus souvent.

— Cela ressemble à une sorte de stress post-traumatique, sans doute lié à tes réminiscences.

— Tu crois ?

— J'en suis persuadée… Tu es épuisée, tu devrais aller te reposer un peu.

— Mais les blessés ?

— Nous sommes assez nombreux. Ne t'en fais pas pour ça.

— Merci MyriAnn.

— De rien, voyons, ma chérie.

Elle embrassa sa tante, lui confia les bandages et s'éclipsa.

# CHAPITRE 39
## LES RACINES DE L'AVENIR

❖•❖•❖

*— 22 février 3698 —*

*ANDREW*

*— Cité Mirage, fin de journée —*

❖

Quelques heures s'étaient écoulées depuis le combat contre les Lombrics. Markk et lui avaient eu un échange des plus intéressants au sujet des prochains pas à suivre. Son cousin envisageait de retourner dans leur ancienne demeure à la Forteresse. Là-bas, il espérait mettre la main sur leurs ouvrages familiaux de la période Archaïque qui pourraient leur fournir des indices sur le fameux texte ancien en lien avec la Prophétie. Cela faisait beaucoup de probabilités mais avancer devenait urgent. Pour autant, Andrew n'était pas favorable à un tel plan.

— Markk, avant de prendre le risque de retourner à la Forteresse où se trouve actuellement, je te le rappelle, Amos, tu devrais peut-être demander de l'aide à MyriAnn. Avec son intelligence et sa culture générale, elle pourrait sans doute être d'un grand secours, suggéra Andrew.

Markk réfléchit un instant, puis acquiesça.

— Tu as probablement raison. Parler à MyriAnn pourrait être moins risqué et tout aussi fructueux.

Ils conclurent ainsi, chacun allant vaquer à ses occupations. Andrew traversa la Grande Rue dans l'autre sens. La journée

expirante teintait le ciel de nuances orangées, donnant une impression de calme trompeur après les récents événements. Andrew se dirigea vers l'infirmerie, où il croisa Gwen qui quittait le lieu médical.

Avec sa coupe courte, son port noble, sa tunique ornée de motifs d'engrenages au-dessus d'un pantalon en cuir nucléastane, sa sœur se montrait toujours élégante, quelle que soit la situation. Pourtant, ses yeux émeraude, habituellement pétillants, semblaient ternes, miroitant son épuisement plutôt que sa douceur ou sa détermination habituelles. Andrew, dont l'inquiétude palpable se marquait sur ses traits, posa une main réconfortante sur son épaule.

— Gwen, ça va mieux avec tes cauchemars ?

Elle détourna le regard, incapable de soutenir celui de son frère.

— Oui, ça va mieux, accorda-t-elle à son frère, sa voix trahissant la fatigue qui était la sienne.

Andrew le savait : elle mentait, mais ne voulait pas l'inquiéter. Bien que son cœur se serre à la voir ainsi, le jeune Télépathe hocha la tête, respectant son désir de ne pas s'étendre à ce sujet.

— On en a déjà parlé, mais, n'oublie pas que tu peux te confier à moi, assura-t-il d'une voix douce.

Ses yeux cherchaient à intercepter un signe de vérité. Gwen capta le signal, sourit faiblement, touchée par l'amour et la sollicitude de son frère.

— Merci, Andrew. Je le sais, répondit elle, espérant que ses mots suffiraient à apaiser ses craintes.

Andrew serra légèrement son épaule, geste pour lui rappeler qu'il serait toujours à ses côtés. Il perçut la fragilité dissimulée derrière l'apparente volonté de sa sœur, ressentant dans chaque fibre de son être ce besoin impérieux de la protéger. Alors qu'elle s'éloignait, Andrew observa sa démarche hésitante, le cœur lourd de préoccupations. La voir ainsi renforçait en lui son sentiment de devoir fraternel, de cette responsabilité inéluctable de la protéger coûte que coûte.

Il se tourna enfin, le cœur alourdi par un mélange de tristesse et de détermination. Sa sœur comptait sur lui plus qu'elle ne le laissait paraître, et il sentait profondément ce poids sur ses épaules. Il devait rester fort pour elle, même si cela signifiait masquer ses propres craintes ou ses doutes.

Les pensées assombris par tout ce qu'il restait à accomplir et les différentes préoccupations personnelles, le jeune Télépathe pénétra dans la chambre commune et fila jusqu'au lit où se reposait sa fiancée.

Andrew tira un rideau séparateur pour leur donner un peu d'intimité, puis s'installa dans une chaise ergonomique à côté d'Orianne. La lumière de la pièce, tamisée à cette heure, projetait des ombres douces sur son visage. Les dispositifs médicaux flottaient autour d'eux en émettant une lueur bleutée, surveillance silencieuse de la santé d'Orianne et du bébé.

Lorsque la jeune femme ouvrit les yeux, un sourire sincère illumina son visage las. Ses longs cheveux ébène encadraient ses traits pâles et ses yeux bleus, semblables à des fragments de ciel, brillaient d'émotion. Andrew répondit par une tendre caresse sur sa joue. Les mèches châtaines qui lui barraient le front accentuaient son allure athlétique et son air déterminé.

— Comment te sens-tu ? se renseigna-t-il d'une voix douce.

— Fatiguée, mais soulagée, murmura Orianne. Merci d'être là, Andrew. Je ne sais pas ce que je ferais sans toi, sans vous tous d'ailleurs, précisa-t-elle en pensant à ce que chacun avait fait et faisait encore pour la soutenir.

Andrew pressa légèrement sa main pour lui rappeler qu'il serait toujours à ses côtés. Par ce simple geste, l'amour qu'ils partageaient se faisait palpable, comme une force invisible mais puissante qui les maintenait ensemble dans leurs épreuves. Sa quête de rédemption, la véritable naissance d'Orianne, sa chute matinale qui l'avait mise en péril elle et leur bébé... si Markk n'avait pas été là...

— J'ai beaucoup pensé à notre fille, reprit-il entre désarroi et soulagement au sujet des évènements matinaux, et au prénom que nous pourrions lui donner.

Orianne hocha la tête, ses yeux brillants d'émotion. Depuis qu'ils savaient qu'ils attendaient une fille, ils avaient souvent discuté de noms, mais n'avaient pas encore pris de décision.

— Que penses-tu de Phillys ? demanda Andrew, hésitant légèrement, craignant que le prénom ne plaise pas à Orianne.

## ORIANNE

Les yeux d'Orianne s'illuminèrent à cette suggestion. Phillys. Cela résonnait bien : doux et fort à la fois, comme la promesse d'un meilleur avenir malgré la complexité de leur vie. Elle se rappela tout leur parcours depuis leur première rencontre, sa propre colère, sa confusion de découvrir son véritable héritage ainsi que tout ce que cela impliquait pour elle et ceux qu'elle aimait.

— Phillys, répéta-t-elle doucement. C'est parfait. Notre petite Phillys.

Elle serra un peu plus la main d'Andrew, ressentant une chaleur réconfortante envahir son cœur. Une compréhension silencieuse passa d'un regard à l'autre, renforçant leur lien indéfectible.

## ANDREW

Andrew sentit une vague d'émotion le submerger. La voir ainsi, si résiliente malgré tout ce qu'ils avaient traversé, renforçait sa détermination à protéger leur famille. Il caressa

tendrement la joue d'Orianne, le regard empli de l'amour et des promesses pour leur avenir.

Andrew sourit, se pencha pour embrasser délicatement le front d'Orianne. À cet instant, il sut qu'il serait prêt à affronter toutes les menaces qui pesaient sur eux, y compris cette Prophétie, les Lombrics ou même Amos. Car il avait une raison de plus de se battre : Phillys. Ce mélange de peur et d'espoir, cette perspective d'être père, tout cela l'emplissait d'une détermination renouvelée.

Préoccupé, Andrew se rassit, ses pensées tournées vers Orianne. Elle avait toujours été forte et déterminée, une pilote de chasse et une mécanicienne hors pair. Elle aimait bichonner son stormmerwind, veillant à ce qu'il soit toujours prêt pour la prochaine mission. Maintenant, elle devait rester allongée pour le restant de sa grossesse en raison du léger décollement du placenta. Mais, il voyait bien, même si elle ne lui en parlait pas, que cette inactivité forcée, à l'opposé de son caractère, la pesait.

— À quoi tu penses, Andrew ?

— À toi.

— Et donc, c'est moi qui te rends si morose tout à coup ?

Était-il si lisible à ses yeux ?

— Non, c'est juste que je me doute à quel point cela peut être difficile pour toi de devoir rester là, allongée…

— … à ne rien faire comme la pauvre empotée que je suis devenue ? ria-t-elle à moitié.

— Je n'ai jamais dit…

— Je sais, c'est moi qui le dis. Tu me connais bien, Andrew : je rage intérieurement de ne pas pouvoir remonter à bord de mon stormmer ou d'être incapable d'aller botter le cul de mon paternel ou à quelques Lombrics. Toutefois, comme me l'ont expliqué en long, en large et en travers Gwen et MyriAnn je sais que je dois rester ici, pour notre fille. Et elles ont raison. Vous avez tous raison. C'est juste que je n'aime pas rester les bras ballants.

Andrew ne put retenir un petit rire.

— Ça, je ne doute pas un instant à quel point tu as envie de rejoindre la bataille. Tu es une battante, Orianne. Ta force et ton courage nous accompagnent à chaque instant, même si tu n'es plus dans le ciel.

Elle opina du chef, un sourire résolu sur ses lèvres.

— Merci, Andrew, pour tout ce que tu as fait, pour tout ce que tu fais.

— Ensemble, nous surmonterons toutes nos épreuves. Pour Phillys, pour nous. Rien ni personne ne pourra détruire ce que nous avons construit ni ce qui reste à venir.

❖ • ❖ • ❖

*ORIANNE*

**O**rianne se recueillit dans le silence. Les mots d'Andrew auraient dû la rassurer, la réconforter, lui apporter l'énergie nécessaire pour persévérer. Au contraire, ils tremblaient à l'intérieur de son âme. Un pressentiment. Une banale inquiétude. Omniprésente. Entêtante.

Andrew parlait avec une telle conviction! Cependant, cette assurance la déstabilisait. Son instinct lui murmurait que rien n'était acquis, que leur bonheur pouvait être balayé à tout moment. Les événements de la matinée avaient failli tout compromettre. La présence réconfortante de Markk à ce moment-là avait été un tel soulagement, pourtant, elle ne pouvait s'empêcher de penser à toutes les autres menaces qui rôdaient encore.

Son esprit vagabondait, envisageant les pires scénarios, redoutant le moment où ils seraient encore mis à l'épreuve. Malgré son sourire résolu, son cœur battait à tout rompre, comme pris au piège de la fatalité. L'angoisse la submergeait, et les paroles rassurantes d'Andrew résonnaient dans son esprit comme des échos lointains, incapables de dissiper son malaise.

D'une œillade furtive vers Andrew, elle espéra trouver dans ses yeux l'assurance qui lui manquait en cet instant. Mais elle ne trouva dans son regard qu'un trouble qu'il ne parvint pas à dissimuler.

— Que se passe-t-il encore ?

## ANDREW

**A**ndrew prit une profonde inspiration. Trop de choses s'enchaînaient les unes aux autres. La révélation de Saïd les avait tous pris au dépourvu. Si personne ne le blâmait d'avoir voulu quitter un père despotique – Markk, Dan, Allan et lui étaient passés par des choix similaires aux siens – la réalité de sa naissance avait des répercussions pour nombre d'entre eux. Principalement pour Orianne. Il n'avait d'autre choix que de lui expliquer la vérité au sujet de Saïd. Il préférait s'en charger. Le Télépathe aurait tout le temps nécessaire pour parler avec sa sœur. Il sentit son cœur se serrer, redoutant la réaction d'Orianne face à cette nouvelle.

— Orianne, il y a autre chose dont je dois te parler, commença-t-il doucement. Cela concerne Saïd.

— Qu'y a-t-il ? le questionna-t-elle, intriguée.

— Nous venons d'apprendre qu'il est le fils caché d'Amos, essaya-t-il d'expliquer d'un ton apaisant malgré la gravité des mots. C'est ton frère. Comme Markk, Dan et moi, il a fini par quitter la Forteresse pour rejoindre Mirage.

## ORIANNE

**L**e visage d'Orianne se figea sous le choc, ses yeux se gorgèrent de confusion et d'incrédulité. Elle avait déjà tant

appris sur son passé, sur sa véritable identité, et maintenant cette révélation venait encore bouleverser ses repères !

— Saïd est mon frère ? répéta-t-elle, la voix tremblante.

Andrew hocha la tête, serrant sa main avec plus de force, comme pour lui transmettre son soutien et son amour.

— Oui, mais ce n'est pas un mauvais bougre. Il a voulu échapper à l'influence d'Amos. Il semble sincère ; Markk lui fait confiance. Tu sais qu'on peut avoir confiance en son jugement.

Elle ne répondit rien. Les émotions tourbillonnaient en elle, un mélange de choc, de tristesse, mais aussi d'une certaine compréhension. Elle se laissa envahir par les images de ce que Saïd avait dû vivre. Échapper à ce tyran n'avait pas dû être facile. Encore moins, vivre à ses côtés durant toutes ces années.

Orianne imaginait Saïd, enfant, grandissant sous le joug impitoyable d'Amos, ce grand tyran qui avait commis tant d'atrocités ; celui-là même qu'elle avait combattu toute sa vie, son père à elle aussi.

Elle voyait un garçon effrayé et désorienté, tentant de trouver un sens à une existence marquée par la cruauté et la manipulation. Chaque jour devait être une épreuve, chaque nuit une lutte contre les cauchemars de la réalité.

Comprendre cela lui fit mal au cœur ; elle se sentit envahie par une vague de compassion pour ce frère qu'elle ne connaissait pas encore. Elle réalisa à quel point son enfance avait dû être difficile, et cette prise de conscience la bouleversait. La complexité de sa propre histoire lui semblait presque pâle en comparaison.

— Merci de me l'avoir dit, Andrew, dit-elle enfin. Sa vie n'a pas dû être facile. J'ai beaucoup de peine pour lui. Et même si cela fait beaucoup à absorber pour moi, je suis heureuse de voir notre famille s'agrandir.

Orianne ferma les yeux un instant, laissant les larmes de compréhension et d'empathie pour ce frère qu'elle ne connaissait pas encore – ou pas vraiment – couler. Elle se rendait compte que,

malgré les défis, leur amour et leur détermination les poussaient, Andrew et elle, à aller de l'avant.

— Phillys aura une famille unie et forte, murmura Andrew, plein de conviction.

Orianne sourit à travers ses larmes, touchée par la profondeur de leur lien. Elle savait que leur chemin serait semé d'embûches, mais ils étaient prêts à affronter tout cela ensemble, pour eux et pour leur fille à venir.

# CHAPITRE 40
## ENTRE ESPÉRANCE ET FATALITÉ

❖•❖•❖

— *11 mars 3698* —

*MARKK*

— *Cité Mirage, Logement de Markk* —

❖

**P**lusieurs semaines s'étaient encore écoulées. Comme à sa triste habitude, Mirage s'était remise de ses blessures. Le Grand Gouverneur, avec l'accord de l'Assemblée, avait instauré un couvre-feu. Armés jusqu'aux dents, GiullYann et son escouade, secondés par Paul et ses amis, organisaient des rondes dans la Cité.

Pendant ce temps, l'armée de l'air – Orianne en moins – quadrillait l'espace aérien. La dernière attaque des Lombrics, même si elle avait été remportée avec facilité, était celle de trop. Tous étaient à bout. Rien n'avançait en dehors de la grossesse d'Orianne. L'accouchement approchait aussi vite que la date butoir de cette apocalypse annoncée.

L'inquiétude, l'agacement, la fatalité rythmaient leurs journées passives. Au point mort, Markk avait sollicité l'aide de MyriAnn, comme le lui avait suggéré Andrew, pour la traduction du fameux texte. Le résultat était probant, mère et fils étant parvenus à reconstituer l'alphabet en question et, de fait, à relancer les recherches.

En cette fin d'après-midi, Markk, dans son logement, prenait une pause en compagnie de Gwen pour qui il s'alarmait sincèrement. Sa santé se fragilisait jour après jour, le ramenant à ses souvenirs d'enfance où AnnLys, mère de son amante, avait connu des problèmes bien trop similaires. À l'époque, sans que personne ne puisse rien y faire et malgré leurs Pouvoirs, les forces de la Télépathe avaient décliné jusqu'au jour où la mort l'avait emportée. Markk redoutait donc le pire.

— Ton Chi s'amenuise jour après jour, affirma-t-il en considérant ses traits fatigués.

Gwen se leva du sofa, passa une main fébrile dans ses cheveux courts. Elle ferma les yeux une seconde, les rouvrit, nerveuse.

— Tu as raison. Je pensais que ce serait passager, mais je dois me rendre à l'évidence : je suis probablement atteinte de la même maladie que ma mère.

Ses lèvres tremblèrent. Markk se leva à son tour pour la prendre dans ses bras. Il voulait la rassurer. Mais, en aurait-il la force ? Le courage ? Il pouvait dire ce qu'il voulait, cela ne les empêcherait pas, l'un comme l'autre, de se briser contre ces puissances invisibles qui s'acharnaient encore une fois à tout leur arracher.

— Je serai toujours là pour toi, Gwen, parvint-il à articuler. Nous ferons face. Ensemble, ajouta-t-il en prenant son visage en coupe.

Elle acquiesça d'un signe de tête.

— Je vais demander à Darius de m'examiner. Il a connu maman. Il saura me dire ce qu'il m'arrive… si mes symptômes correspondent bien à ceux de ma mère.

Sa voix s'étrangla. Markk l'étreignit en répétant :

— Ça va aller.

— Et puis, il y a ces cauchemars que je fais tout le temps.

— Des cauchemars ?

— Une Ombre. Du feu et cette odeur pestilentielle… j'ai peur, Markk.

Celui-ci tiqua :

— Une Ombre ?

— Oui. Ainsi que le visage d'Amos suivi d'une grande lumière. Je crois que je revois le jour où il a tenté de m'éliminer.

— S'il s'agit de ce souvenir en particulier, c'est probablement la cause de ta fatigue. Revivre ces instants doit être terriblement éprouvant.

Un pâle sourire se dessina alors sur le visage de la jeune femme.

— Ou alors, il est question d'autre chose.

— Que veux-tu dire ?

— Je rêve d'un bébé. De son aura protectrice.

Le cœur du Télépathe bondit dans sa poitrine. Et si les rêves de Gwen se révélaient être simplement des prémonitions ? Dans ce cas-là…

— Tu crois que ?...

— Je ne sais pas, mais je vais demander à Darius de vérifier si je suis enceinte.

La voix de Gwen s'éteignit. Le sang de Markk se figea. Tous deux se demandaient si elle allait connaître le même sort funeste qu'AnnLys : donner sa vie pour la naissance d'un autre. Si tel était le cas, le grand brun ne pourrait jamais se réjouir totalement de l'arrivée d'un bébé dans son existence. C'était injuste. Cruel. Pourquoi le sort s'acharnait-il ainsi ?

Markk ferma les paupières. Il n'avait pas le choix : il lui faudrait se montrer fort. Pour elle. Pour le bébé, si tel était bien le cas. Quoi qu'il en soit, il accompagnerait Gwen dans cette épreuve.

— Je vais sans doute me répéter, mais je serai toujours là pour toi, Gwen.

Elle noua son regard au sien et Markk put y lire toute la volonté qui animait la jeune femme. Il en eut le souffle coupé.

— Je vais aller voir Darius. Je veux être fixée sur ce qui m'attend. Merci, Markk, pour tout cet amour que tu me donnes. Tu

es une source d'inspiration pour moi, ajouta-t-elle en rougissant. Je t'aime, Markk. Je veux vivre le reste de mes jours à tes côtés.

Troublé, admiratif, celui-ci ne sut que répondre. Cet aveu démontrait que Gwen possédait un incroyable désir de vivre. Elle lui adressa un sourire lumineux puis se détacha de lui.

— Tu veux que je vienne avec toi ? furent les seuls mots qu'il parvint à articuler.

— Ce n'est pas la peine, répondit-elle, plus décidée que jamais. Je sais que tu as encore beaucoup à faire d'ici demain. Je te tiendrais au courant dès que j'en saurai davantage.

Indécis, Markk opina du chef. Gwen tourna les talons et traversa le salon quand une inquiétude le submergea.

— Gwen !

— Oui ?

— Surtout, fais bien attention à toi. Les heures à venir vont devenir…

— … dangereuses ?

Gwen le dévisagea avec une intensité qu'il ne lui avait encore jamais connue. Ses yeux brillaient de toute l'espérance des jours meilleurs ainsi que de tous les tourments de la fatalité qui les suivait, malgré eux.

— Nos vies sont dangereuses depuis notre naissance, Markk. Mais, j'ai confiance en nous. Nous sommes destinés l'un à l'autre. Et comme tu l'as dit : nous ferons face. Ensemble.

Elle lui adressa un dernier sourire avant de s'éclipser, le laissant seul avec cette sensation que d'ici peu tout allait changer pour eux tous. Il frotta sa bouche, essaya de remettre de l'ordre dans ses pensées, ses émotions. Mais, quoi qu'il fasse, le regard de Gwen l'obsédait. Il n'aurait pas dû la laisser seule dans un moment pareil ! Le parallèle avec AnnLys était évident.

— Bordel !

Il donna un grand coup sur la table devant lui. Les feuilles déposées dessus volèrent. Il en saisit une, parcourut le texte

mystérieux qu'il tentait vainement de traduire depuis des mois. Il eut un déclic, le compara rapidement aux annotations apportées par sa mère.

— Bon sang !

Il prit un crayon et se mit à écrire très vite.

*Λзεσποιρ σε χαχηερα σουσ λεσ τραιτσ δзυν αμουρ περδυ.*

*L'espoir se cachera sous les traits d'un amour perdu.*

*Λε Μιραγε δε σα τενδρεσσε⌈βλουιρα λε Μαγε Δ⌈χηυ,*

*Le Mirage de sa tendresse éblouira le...*

*Μαγε Δ⌈χηυ,*

*Mage Déchu,*

*Θυι χονδαμνερα λε Τ⌈λ⌈πατηε αυξ πουϖοιρσ δε λα δεστρυχτιον.*

*Qui condamnera le...*

*Τ⌈λ⌈πατηε αυξ πουϖοιρσ*

*Télépathe aux pouvoirs...*

*δε λα δεστρυχτιον*

<u>de</u> *la destruction.*

*Ιλ ουβλιερα τουτ, σε περδαντ δανσ σεσ πασσιονσ.*

*Il oubliera tout, se perdant dans ses passions.*

*Χзεστ αλορσ θυε λα προπηⱶτιε σε ρⱶαλισερα*

*Χзεστ αλορσ θυε λα ...*

*C'est alors que la...*

*προπηⱶτιε σε ρⱶαλισερα*

*Prophétie se réalisera⌋*

*Λε δουζε δυ τροισι⌊με μοισ δε χεττε αννⱶε λà.*

*Le douze du troisième mois de cette année-là.*

— C'est bien ça !

*L'espoir se cachera sous les traits d'un amour perdu,*
*Le Mirage de sa tendresse éblouira le Mage Déchu,*

*Qui condamnera le Télépathe aux pouvoirs de la destruction.*
*Il oubliera tout dans ses passions,*
*C'est alors que la prophétie se réalisera,*
*Le douze du troisième mois de cette année-là.*

Markk saisit son bout de papier et se téléporta.

*— 11 mars 3698, fin d'après-midi —*
*ANDREW*
*— Cité Mirage, hangar désaffecté —*

**D**an et lui se trouvaient dans le hangar où ils avaient pris l'habitude de s'entraîner. Il fallait aider Dan à se servir de ses nouvelles facultés sur une longue durée. Malgré ses progrès, il fatiguait toujours aussi vite. Point positif, Raadja' parvenait à se manifester de manière «physique». Il était imposant, dans tous les sens du terme. Et, voir un tigre (spectral ou non) vous foncer dessus toutes griffes dehors avait de quoi impressionner n'importe qui.

Sans compter que l'animal parvenait à générer un Pouvoir similaire à celui des Télépathes. Il agissait également comme un bouclier protecteur en se plaçant devant Dan et en «absorbant» les Leyneïrs ou autres attaques du genre.

— C'est fantastique, Dan! Tu parviens de mieux en mieux à le contrôler!

— Vaut mieux, marmonna ce dernier en donnant une caresse amicale à son compagnon aurique, car si c'est réellement moi l'Homme de la Prophétie, je risque de tous vous tuer demain.

— Non, je suis persuadé que…

À cet instant, Orianne téléféra avec Andrew:

*— Andrew, le bébé, c'est… c'est maintenant!*

*— J'arrive tout de suite.*

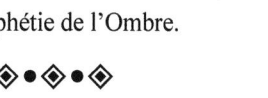

❖ ● ❖ ● ❖

## DAN
❖

**D**evant son regard inquisiteur, Andrew lui expliqua la situation urgente. Le bébé arrivait plus tôt que prévu. Orianne avait besoin de lui. Il s'excusa et se téléporta dans la foulée, laissant Dan dépité.

— Franchement, quel bordel !

Dan soupira, s'étira, soupira encore. Il ne sentait plus ses muscles. Raadja' s'assit en face de lui. Il rugit puis disparut, laissant son « maître » seul. Dan s'allongea sur le sol poussiéreux. Ses paupières pesaient des tonnes. La pièce tourbillonna et il perdit connaissance.

*Dan fut comme absorbé par une spirale sans fin. Il avait l'impression de léviter. Il se sentait étrangement bien, en sécurité. Tout à coup, cette sensation s'effaça pour faire place à un étrange sentiment de frayeur. Le cœur battant à tout rompre, la respiration saccadée, il tombait, aspiré par une force invisible, angoissante. C'est alors qu'il le vit : un gouffre sombre, béant. Plus il tombait, plus ce gouffre s'élargissait. Si la chute ne semblait pas se terminer, au fond, il apercevait la Chose. Elle allait prendre le pouvoir, l'avaler comme un misérable vermisseau qu'il était face à son Pouvoir. Non ! Il ne voulait pas ! Il ne se laisserait pas faire !*

*La vision changea.*

*Une colonne de feu enveloppait Mirage. La Chose était là : une Ombre malfaisante. Elle riait, s'amusait. Bientôt, la Mort contrôlerait tout. À cet instant, il vit Andrew, sur le sol, baignant dans son propre sang. À ses côtés, toujours elle, la Mort, riant de plus belle. Dan regarda tout autour de lui. Darius aussi venait de mourir, tout comme Hans. Markk apparut, un genou à terre. Il*

*dévisageait la Mort. Elle allait frapper. Lui aussi allait mourir ! Ils allaient tous mourir !*

# CHAPITRE 41
## EMBRASSER LE DESTIN

❖•❖•❖

— *11 mars 3698, fin d'après-midi* —
*DARIUS – MIRAGE*
— *Dans la salle mystérieuse* —

La forme féminine illuminait toute la pièce de son énergie si particulière. Cette aura dorée donnait à Darius un air épuisé par des mois de prospections infructueuses, suivies de l'entraînement intensif de Dan pour l'aider à se contrôler. De plus, il était terriblement soucieux pour l'avenir d'Orianne et de son bébé. Et ce que Mirage lui exposait ne faisait rien pour alléger cette crainte.

— Le temps est inéluctable, Darius. Mais, le destin est brumeux, il peut prendre plusieurs chemins.

— Que veux-tu dire ?

— Je sais que tu ne l'as pas retrouvé.

Darius se pétrifia.

— Quoi ? Non ! C'est Dan ! Il apprend à se maîtriser ! Nous…

— Vous n'avez pas cherché où il fallait, Darius. La Prophétie est inévitable. Son résultat… incertain.

— Dans ce cas, dis-moi de qui il s'agit !

— Je n'en ai pas le droit, tu le sais. Néanmoins, si le présent est menacé, le futur n'est pas perdu. Demain, pourtant, beaucoup mourront. Des êtres chers à nos cœurs également…

— Non ! Écoute ! Il y a bien quelque chose que je puisse faire !

— Hélas, non, Darius. Pas toi.

— Qui alors ? Tu dois me le dire ! Tu me dois bien ça ! Pense à Orianne, à son bébé, à tous ceux qui nous sont chers.

La silhouette hésita.

— Darius, tu ne peux rien faire, à part peut-être l'aider à survivre à demain. Mais, cela comporte certains risques.

— Explique-moi, je ne comprends rien.

— Tu pourrais comprendre si je te révélais la seconde partie de la Prophétie.

— La seconde partie ? Tu la connais ? Pourquoi ne pas m'en avoir parlé plus tôt ?

— Je te l'ai dit, Darius : il y a une contrepartie. Je ne voulais pas te faire courir de risques.

— Des risques ? Tu plaisantes ? Avec tout ce que nous avons traversé ?

— Tu as déjà tellement fait pour moi. S'il te plaît, comprends-moi : comment aurais-je pu arracher le seul père d'Orianne, après toutes ces épreuves ?

Darius passa une main dans sa barbe blanche, frotta ses paupières. Ses cheveux gris, tombant sur ses épaules, suivirent le mouvement. Lorsqu'il rouvrit les yeux, ils étaient orageux, mais déterminés.

— Mirage, écoute-moi bien : je ferai tout pour sauver ma fille et ma petite-fille. Tout ! Tu entends ! De toute façon, Orianne n'a plus vraiment besoin de moi ni de toi.

La forme sourit tristement.

— C'est une jeune femme pleine d'assurance, mon ami. D'autres que nous veillent sur elle à présent.

— Elle est bien entourée.

— Dans ce cas, c'est entendu. Mais, il faut que tu saches…

Mirage lui expliqua. Darius acquiesça. Embrassant son destin, elle leva les bras au-dessus de sa tête dans une traînée d'énergie scintillante. Sa voix rauque, profonde s'éleva dans la salle pour révéler au Grand Gouverneur tout ce qu'elle savait.

*— Au même instant… —*
*AMOS*
*— Forteresse —*

**L**es vitraux renvoyaient la lueur tombante du soleil. Leurs formes soumises à d'innombrables tortures de verre semblaient narguer le Maître des lieux qui allait et venait comme un animal prisonnier de sa propre destinée.

Amos était fou de rage. Cela faisait plusieurs heures que Xémel, ainsi que quelques hommes de main, était parti recueillir des informations capitales. Toutefois, ils n'étaient toujours pas revenus. La patience n'était pas son fort. En particulier concernant cet Homme. Xémel le savait pertinemment. Aussi, supposa-t-il qu'il avait rencontré un problème de taille.

C'est alors que l'un de ses fidèles, salement amoché, surgit de nulle part. Il s'inclina du mieux qu'il put devant lui avant de se redresser. Une main sur les côtes, il rapporta les faits :

— Maître, une personne puissante rallie des Télépathes. Beaucoup sont morts ! Xémel a disparu ! Votre armée est en train de passer à l'ennemi ! Moi-même, je ne sais pas comment j'ai survécu…

— Xémel a disparu ?

305

— Oui, Maître.

— Autant dire qu'il est mort.

Ce n'était qu'un murmure. Quelque chose d'irréel. D'impensable. D'inconcevable. D'invraisemblable. D'absurde. Quelque chose de figé dans le temps, comme l'incompréhension qui s'emparait de lui. Xémel, mort ? Les années défilèrent sous ses paupières au rythme de son cœur martelant dans sa poitrine. Le Mage. La Mort. CéLyann. La Mort. Xémel. La Mort. L'Homme. La Mort.

— Maître ?

Les choses dérapaient. Il venait de perdre son atout majeur. Pourtant, il lui fallait cet Homme ! Il ne pouvait pas abandonner maintenant ! Amos s'approcha du Télépathe qui respirait avec difficulté. Du sang s'écoulait en abondance de ses plaies multiples. Malgré ses souffrances, celui-ci était resté fidèle.

En un coup d'œil, le Maître Télépathe évalua la gravité de ses blessures. Il posa une main sur son épaule, se concentra. Une lumière les enveloppa tous les deux. L'instant suivant, son acolyte était guéri.

Mâchoires crispées, Amos lui tourna ensuite le dos et marcha de long en large, l'esprit tourné vers les propos de l'homme. Si Xémel était mort, ce n'était que des mains d'une personne terriblement puissante, dangereuse.

Son Chi grimpa, faisant flotter autour de lui sa longue chevelure platine. Ses yeux diaphanes se glacèrent encore plus tandis qu'il ordonnait :

— Écoute-moi bien : fais revenir tous ceux qui sont encore sous mes ordres. Nous allons nous remobiliser et lancer l'assaut final.

— Maître, j'ai des renseignements à propos de l'Homme que vous recherchez : il pourrait s'agir d'un Télépathe. J'ai surpris une conversation entre Markk et Andrew. Ils semblaient vouloir protéger quelqu'un de précieux.

— Hum, je vois. Cet Homme est donc un proche d'Andrew. Markk ? Non, lui, c'est impossible. Ber Wig ? Non, trop nigaud.

Amos s'arrêta, plissa les yeux et s'écria :

— Peut-être Andrew lui-même !

Tous les membres de la famille possédaient de grands Pouvoirs.

— Oui, cela se tient ! Parfait !

Désormais en possession de toutes les clés pour faire aboutir son projet, Amos éclata d'un rire sournois, laissant présager le pire.

*LA MORT*
*— Quelque part, à Mirage —*

**L**a lumière fuyait la ruelle abandonnée à leur seule présence. La pénombre glaçante étendait son manteau inquiétant autour de la Silhouette, entourée de nombreux Télépathes.

*— Soyez tous prêts pour demain ! La journée à venir me libèrera enfin de la prison de ce corps ! Demain, pour nous tous, commencera une nouvelle ère !*

— Oui, Maître ! s'écria la petite assemblée.

*— N'oubliez pas : je suis la Mort ! Trahissez-moi et vous mourrez !*

Au loin, dissimulé sous un long manteau en nucléastane, un homme assistait à la trame. L'ombre de sa capuche accentuait le mystère de sa présence, rendant impossible de deviner ses traits, son âge ou même ses intentions.

Silhouette obscure, observateur silencieux, il restait immobile. Ses yeux, à peine visibles, suivaient chaque mouvement, chaque parole prononcée. Malgré la menace palpable qui émanait de l'Entité et de ses Télépathes, l'homme semblait parfaitement à l'aise, comme s'il admirait un spectacle dont il connaissait déjà l'issue.

Rien dans sa posture ou ses mouvements ne trahissait ses pensées. Il demeurait figé, ajoutant une dimension indéchiffrable à la scène, laissant planer une question inquiétante : qui était-il et quels étaient ses véritables desseins ?

# CHAPITRE 42
## CHANGEMENT DE STRATÉGIE

❖•❖•❖

*— 11 mars 3698, fin de journée —*
*DARIUS*
*— Cité Mirage, infirmerie —*

❖

À l'heure où le jour étirait ses dernières couleurs d'espérance sur le Monde Connu, les dunes semblaient se mouvoir au rythme langoureux d'une macabre valse oubliée. Le soleil caressait leurs formes sensuelles de son désir ardent, le vent soulevait leur chevelure brûlante de sa main sulfureuse pour éparpiller leur innocence jusqu'aux portes de la Cité, se trouvant aux articles de la Mort.

Les grains de sable, poussés par la rafale encore tiède de la journée déclinante, trouvèrent Darius, avançant d'un pas vif à travers les rues, croisant quelques citoyens se dépêchant de rentrer chez eux.

Le Grand Gouverneur devait se dépêcher. Juste après les révélations de Mirage, il avait entendu les appels d'Orianne. Téléférant avec lui, elle lui avait expliqué qu'elle était à l'infirmerie. Les silences répétés entre chacune de ses phrases attestaient que le travail avait débuté.

Il allongea le pas, faisant défiler aéro-routes et les édifices, survivants postapocalyptiques d'une civilisation au bord de l'extinction. Il parvint enfin devant le bâtiment qu'il cherchait,

en poussa l'entrée, passa la salle d'attente au pas de course pour finalement pénétrer dans la salle d'enfantement. Il y retrouva Andrew en compagnie d'Orianne, allongée sur la table d'accouchement. Le Grand Gouverneur se précipita à ses côtés.

— Orianne comment te sens-tu ?

— Sérieusement, papa, tu me poses la question ?

Le vieil homme sourit. De grosses gouttes de sueur perlaient le long de son front. Ses cheveux collaient sur sa peau. Ses mains se crispaient sur la table, ses yeux bleus balançaient des éclairs à la ronde. Rien de plus normal en réalité. Elle le fustigea tout de même d'une œillade meurtrière et annonça :

— Mieux. Grâce à la petite.

## ANDREW

**D**éconcerté par l'irritation de sa fiancée – qu'il savait pourtant légitime – Andrew passa, une main nerveuse dans ses mèches folles.

— Orianne, marmonna-t-il avec prudence, tu es certaine que…

— Ça va ! aboya Orianne, ce n'est pas la première fois qu'une femme accouche.

Andrew se crispa, impuissant.

— Ne t'inquiète pas, s'adoucit la future maman. Comme je l'ai dit à mon père, notre petite furie s'occupe déjà de tout. Tu ne sens pas son Pouvoir ?

Andrew ferma les yeux. Depuis qu'il avait failli les perdre toutes les deux, il redoutait que quelque chose tourne mal durant l'accouchement. Il inspira et expira pour évacuer son stress. Oui, il sentait le Pouvoir de leur fille dans le ventre d'Orianne. Un Chi étonnamment puissant pour un bébé !

◈ ● ◈ ● ◈

## DARIUS

**L**e Grand Gouverneur passa en revue la fiche virtuelle qui affichait à l'écran le diagnostic médical effectué par Joëlle. Rien d'alarmant. Tout se passait bien. Il lança une œillade à la dérobée aux futurs parents, navré de devoir les interrompre en un moment aussi important de leur vie.

— Votre enfant sera exceptionnelle, annonça-t-il, tendu. Orianne, je suis désolé mais je dois parler à Andrew de toute urgence.

— Quoi ? Maintenant ? s'exclamèrent les intéressés en même temps.

— Oui, c'est urgent.

— Mais Orianne ?

— Tout ira bien, s'agaça-t-elle entre deux contractions. Suis-le ! Elle serra les dents et retint un râle qui menaçait de sortir du fond de sa gorge.

— Et puis tu me communiques ton stress ! File !

Décontenancé, Andrew se résigna. Il l'embrassa sur son front moite. Elle grimaça, se crispa à nouveau sous l'effet d'une autre contraction. Darius fit un signe au Télépathe et tous deux quittèrent l'infirmerie pour se retrouver dans la rue principale.

— Je me sens idiot et inutile, constata Andrew.

— Oh ! Eh bien, concernant l'accouchement, c'est bien le cas. Orianne y arrivera sans nous. Crois-moi, tu n'as pas idée des capacités des femmes. Dans cette situation, nous ne servons pas à grand-chose.

— Je voulais juste qu'elle sache…

— Elle sait, ne t'en fais pas.

Dépité, Andrew hocha la tête et reprit :

— Donc, vous vouliez me voir ?

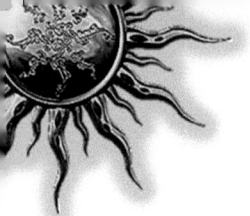

## *ANDREW*

À sa tête, il aurait dû prévoir ce qu'il avait à lui annoncer :
— Elle va se réaliser.

— Comment ça, « elle va se réaliser » ?

— La Prophétie.

— Mais je ne comprends pas ! Dan s'entraîne ! Il a fait de gros progrès ! Il se maîtrise de mieux en mieux !

À cet instant, Markk déboula de nulle part. La mine renfrognée, il leur fit un rapport sur la traduction des écrits de la mystérieuse salle.

— Tu es retourné là-bas ?

— Non, Darius. J'avais mémorisé le texte, expliqua-t-il, gêné. Mais saviez-vous ce qui était inscrit sur ce mur ?

— En partie, avoua-t-il, sans être étonné des capacités mémorielles du Télépathe. Je dois m'excuser : je n'avais pas le droit de vous mettre au courant de tout ça.

— Je vous crois, dit finalement Markk. Mais du coup, il peut s'agir de n'importe quel Télépathe !

— Pas tout à fait. En réalité, il ne s'agit pas de Dan. On vient de me le confirmer.

— Qui ça « on » ? Darius ! Vous nous faites encore des cachotteries ! Cela nous aiderait de savoir qui est votre source d'information. Il faut s'assurer qu'elle ne soit pas avec l'ennemi !

— Certainement pas, Markk !

## *DARIUS*

**L**e Grand Gouverneur s'enferma dans le silence. Ils devaient agir vite. Il n'avait donc pas le choix.

— Bon, très bien. En réalité, mes sources proviennent de Mirage même.

— Mirage ?

— Oui, Andrew, promettez-moi tous les deux de ne rien divulguer à propos de ce que je vais vous révéler.

— Vous avez ma promesse.

— La mienne aussi.

Tous les deux gestuèrent [18] leurs serments, scellés dans l'éternité.

— Mirage est une entité vivante. Un esprit protecteur. Mais je ne peux pas vous en dire plus, car moi aussi, j'ai fait une promesse. De même, sachez qu'à compter de cet instant, la Prophétie est inévitable.

— Comment pouvez-vous en être sûr ? s'entêta Andrew.

— C'est Mirage qui me l'a dit.

— Mirage… Une entité vivante, marmonna-t-il entre ses dents. Elle nous a toujours aidé. L'Arg7 ! Cette forme dorée qui… et cette voix qui me…

— C'est bien ça, confirma Darius.

— Ça ne nous avance pas, intervint Markk. Nous ne savons toujours pas qui est celui dont parle la Prophétie. Notre seul indice est que c'est un Mage Déchu qui va être le déclencheur de tout ça !

Darius pâlit soudainement. Il considéra la rue dans laquelle ils se trouvaient. Avec le couvre-feu, seules les unités militaires parcouraient la Cité. Pour autant, ils n'étaient pas à l'abri d'un

---

18 Dans le vocabulaire de la catéchèse, « gestuer », c'est accompagner de gestes significatifs une prière ou un texte des Écritures. Ce mot est ici utilisé dans le sens : « appuyer, mimer ou substituer la parole, l'intention ou l'action par des gestes ».

espion. Après tout, les hommes d'Amos n'avaient-ils pas infiltré Mirage ?

— Ne restons pas là, venez !

Darius se téléporta dans la Salle de Conférences. L'instant suivant, Markk et Andrew le rejoignirent.

## *ANDREW*

**D**arius s'était mis à flipper à mort. Et ça, ça n'annonçait rien de bon.

— Que se passe-t-il ?

— Il n'existe que peu de Mages Télépathes de ma génération, tenta-t-il d'expliquer.

— De quoi parlez-vous ?

— Je suis l'un d'eux. Un autre est Amos.

— Le Mage Déchu… par amour… comprit aussitôt Markk.

— « Mage » ? Je ne comprends rien ! s'agaça Andrew.

Darius et Markk échangèrent une œillade avant que le vieil homme ne commence à l'éclairer :

— Chaque génération voit naître un ou plusieurs Mages : des Télépathes aux Pouvoirs vraiment extraordinaires. Markk en est un ; à ce que je sache, le seul de votre génération.

— Qu'est-ce que… ?

— Comme je l'ai expliqué, il n'y a pas très longtemps à Markk, les Will Azor ont toujours eu d'énormes Pouvoirs. Markk et toi, vous êtes les descendants de la lignée. Vous avez tous les deux d'énormes capacités. Mais Markk est… enfin… tu sais bien…

Andrew approuva d'un signe de tête.

— De plus, il possède les marques.

Andrew fixait son cousin, comme s'il le voyait pour la première fois. Markk, troublé, ne le quittait pas du regard, lui aussi.

—Alors, c'est ça, tes marques ? Tu es un Mage ! Ça explique tout.

—Oui, enchérit Darius, mais le problème avec les Mages c'est lorsqu'ils sombrent dans les Ténèbres. Ils deviennent alors très dangereux. Amos a été corrompu, poursuivit-il. Par amour. C'est lui le Mage Déchu.

—Ce qui signifie qu'il sera là demain ! s'alarma Andrew. Depuis tout ce temps passé sous silence, il se préparait en fait pour ce combat !

—Je contacte Dan ! Nous devons tout de suite changer de stratégie ! termina le grand brun.

# CHAPITRE 43
## LA TRAQUE DE XÉMEL

◻◼◻◼◻

*— 15 ans plus tôt (année 3683) —*
*XÉMEL*
*— Monde Connu, Plaine du Sud —*

◻

**P**arsemée de formations rocheuses, la Plaine du Sud s'étirait sous le soleil brûlant qui tapait sans relâche. Les poumons plombés par le vent étouffant malgré toutes les précautions qu'il avait prises, Xémel, en mission spéciale pour Amos, avançait, les sens en alerte.

Depuis sa séparation avec CéLyann, son Maître sombrait dans une violence qui allait crescendo. Ce qui était loin de lui déplaire. Au contraire, il y trouvait une forme de satisfaction. Il prenait toujours son pied dans les missions les plus dangereuses, les plus importantes pour le Maître. Comme celle-ci : retrouver la trace de CéLyann et de l'Homme de la Prophétie. Il venait d'éviter la Meute de la Matriarche Mhé, occupée à vider les entrailles du groupe d'inconscients qui s'étaient aventurés trop près de la Colonie. Ses yeux bleus se plissèrent brusquement. Ce n'était peut-être pas une coïncidence si ces cadavres sur jambes se trouvaient dans le secteur.

À l'abri de l'ombre d'un figuier de barbarie, il scruta l'horizon et perçut un miroitement lointain. Intrigué, il baissa son Chi pour

317

éviter d'attirer l'attention. Puis, il se faufila en silence entre les massifs rocheux, cachettes idéales pour lui.

Chacun de ses pas était calculé pour éviter le moindre soulèvement de sable qui aurait pu signaler sa présence. En se rapprochant suffisamment, le miroitement se fit silhouette informe puis édifices. Au détour d'un djebel, à bonne distance de ce pour quoi il se trouvait là, il observa ce qui n'était pas un campement de nomades mais en réalité une Cité. Il comprit immédiatement. Il s'agissait de la Cité sans Nom, repère des rebelles que son Maître cherchait depuis des années !

De sa position, Xémel pouvait apercevoir un alignement d'édifices couverts d'un matériau à l'éclat blanc. Il ne savait pas ce que c'était mais cet alliage ou quoi que cela puisse être masquait cette ville, constata-t-il en pianotant sur la montre processeur à son poignet. Ses appareils de traçage n'indiquaient rien ici.

— Intéressant…

Au centre, il repéra une immense bâtisse encore en construction. De plus en plus intrigué, il décida d'explorer la ville pour recueillir un maximum d'informations. Chi au plus bas, il se téléporta dans une ruelle étroite dont la pénombre le masquait des autres. À voir l'animation qui régnait ici, ainsi qu'au nombre de bâtiments, cette mystérieuse Cité n'abritait pas que la rébellion. Il y avait également des civils.

Les rires d'enfants qui se mirent à courir sur la place devant lui attestaient sa théorie. Réfrénant son désir de tous les étriper, Xémel considéra les marmots qui passaient près d'un homme à la carrure athlétique, vêtu d'un burnous clair. Si Xémel avait du mal à reconnaître son visage, ce n'était pas le cas de son Chi. Même si celui-ci n'émettait que de faibles ondes, il n'avait aucun doute : ce type n'était autre que Davis.

— Ainsi, murmura Xémel qui peinait à dissimuler son excitation, tu es vivant. Le Maître sera furieux.

— Darius !

Une voix féminine interpella Davis.

— Tu as changé de nom ? continua Xémel pour lui-même.

Il monopolisa son attention sur celle qui avançait vers le traître. Une chevelure ébène, des yeux noirs, profonds, en amande, une noblesse à chacun de ses gestes.

— CéLyann ! entendit-il Davis/Darius lui répondre.

Xémel se renfrogna lorsque le couple s'étreignit avec tendresse. Il devait avertir Amos.

| | |
|---|---|
| *Εν λэανν⎧ε 3698, λε 12 δυ τροισι⎛με μο ισ* | En l'année 3698, le douze du troisième mois, |
| *Παρμι τουσ, υν Ηομμε σэ⎧λ⎛περα,* | Parmi tous, un Homme s'élèvera |
| *Ετ, λα Τερρε τρεμβλερα.* | Et la Terre tremblera. |
| *Περσοννε νε σερα ασσεζ φορτ* | Personne ne sera assez fort |
| *Πουρ βραπερ χεττε Μορτ.* | Pour braver cette Mort. |
| *Νι λεσ Ηομμεσ ετ λευρ τεχηνολογιε,* | Ni les Hommes et leur technologie, |
| *Νι λεσ Τ⎧λ⎧πατηεσ ετ λευρ μαγιε.* | Ni les Télépathes et leur magie. |

# CHAPITRE 44
## LE RETOUR D'ALÉPOS

— *11 mars 3698, début de soirée* —

*DAN*

◈

Le Télépathe serrait les dents jusqu'à s'en faire craquer la mâchoire. Ses yeux bleus ne pétillaient plus de malice mais étaient chargés de tension. La porte de l'ascenseur s'ouvrit. Dan avala les mètres qui le séparaient de la salle de conférences en quelques foulées. Il fallait dire que le message télépathique d'Andrew avait de quoi l'inquiéter au plus haut point. Il parvint devant la porte, entra sans frapper et sursauta de surprise.

Là, en compagnie de ses amis, se tenait, planté dans une tenue ordinaire, ce vieux crouton de Président du Conseil. Que foutait-il ici ? Franchement, il ne lui avait pas manqué !

— Monsieur Ber Wig, l'interpella Alépos, asseyez-vous, je vous prie. Nous vous attendions avant de commencer.

— Dites-moi, Alépos quel est le but de votre visite ?

— Je n'irai pas par quatre chemins, Darius : vous avez échoué.

— Échoué ?

— Le Conseil vous a élu Grand Gouverneur afin que vous puissiez protéger cette ville et ses habitants, non ?

— Oui.

— Eh bien, c'est un fiasco total ! Lorsque vous m'avez soigné, il y a plusieurs mois de cela, je vous ai chargé de régler le problème de cette fichue Prophétie ! Vous avez échoué !

Blême, Darius le considéra avec dédain.

— Et vous ? Où étiez-vous passé depuis tout ce temps ? Vous êtes parti sans donner signe de vie ! Quant au Conseil, qu'a-t-il fait ? À quoi sert cette pseudo-autorité ?

— Ce que j'ai fait ? s'offusqua le Président. J'étais précisément sur la piste de cette Prophétie ! À la recherche d'indices qui auraient pu aider !

— Qu'avez-vous découvert de plus que nous ? l'interrompit Markk d'une voix froide.

— L'Homme en question se trouve en ce moment même à Mirage.

Dan pâlit. Alépos savait-il que tous les doutes se portaient sur sa personne ? Était-il venu exprès pour lui ? Allait-il le faire exécuter ?

— Merci bien ! s'agaça de plus belle son meilleur ami. Puisque vous semblez en connaître davantage que nous sur le sujet, allez-y ! Dites-nous de qui il s'agit ! De cette manière, il nous suffira de l'éliminer sur-le-champ ! Ainsi, la Prophétie ne se réalisera jamais !

Le vieil homme et Dan se figèrent en même temps. Pour des raisons différentes.

— Vous voulez que je vous donne mon avis, Alépos ? En réalité, vous n'avez rien découvert et vous êtes venu jusqu'ici pour passer votre frustration sur nous. Vous êtes un incompétent ! Tout comme le Conseil !

— Je suis probablement un incompétent, répéta-t-il en plissant les yeux, mais je le suis autant que vous, Will Azor ! Avouez que vous non plus, vous n'avez toujours pas découvert son identité !

Les yeux ronds comme des billes, Dan se stupéfia :

— Comment ça ? Ce n'est pas moi ?

Le Président pivota vers lui et explosa de rire :

— Vous, Ber Wig ? Ne racontez pas n'importe quoi ! Ce n'est pas parce que vous avez hérité de quelques dons intéressants que vous avez la capacité de déclencher une apocalypse !

Puis, se tournant de nouveau vers Markk, il reprit :

— Retrouvez l'Homme de la Prophétie ou demain nous serons tous morts !

Sur ces mots, il sortit en claquant la porte, laissant Dan abasourdi par ce qu'il venait d'apprendre.

❖ ● ❖ ● ❖

## MARKK

**I**l était en colère. Contre lui-même, sa stagnation, son aveuglement. Il s'était limité à ce qu'il voyait, ce qu'il croyait et n'avait pas envisagé toutes les possibilités.

— Nom d'un Fennec mal luné ! Qui cela peut-il bien être ? s'irrita Andrew.

— Si je ne m'abuse, commença Markk, les neurones en action, mais, je ne veux pas m'avancer trop vite.

— Dis toujours, proposa Dan, soulagé de ne pas être celui qui créerait le chaos.

— Nous cherchons quelqu'un qui détient assez de Pouvoir pour déclencher un Second Bouleversement ?

— On sait, dit Darius, qu'Andrew a déjà presque vaincu Amos.

— N'oublions pas, continua l'intéressé, qu'il y a aussi Markk. Après tout, c'est un Mage-Télépathe.

— Attendez ! s'exclama Dan. Stop, stop, stop ! Vous voulez dire que si ce n'est pas moi qui vous tue demain, ce sera un de vous deux qui le fera ? Un Mage Télépathe ? Qu'est-ce que c'est encore que cette histoire ?

— Non, ça ne peut pas être Markk, intervint Darius. Et non, ça ne peut pas être Markk. Un Mage Télépathe, Dan, c'est un Télépathe avec d'énormes Pouvoirs.

— Mais Markk a toujours eu d'énormes Pouvoirs ! s'énerva-t-il. Tout le monde le sait !

— Oui, Dan. Tout comme tout le monde sait que Markk les contrôle parfaitement ! En plus, ses Pouvoirs viennent de la Lumière, pas de l'Ombre.

— La Lumière ? L'Ombre ? C'est quoi cette arnaque ?

— Ce n'est pas le plus important, le coupa Markk.

— Bien sûr que c'est important ! Premièrement, tout votre plan file au sable [19] ! Deuxièmement, vous ne savez toujours pas qui est l'Homme de la Prophétie ! Je vous rappelle tout de même que si elle doit effectivement se réaliser, elle aura lieu demain ! Demain ! répéta-t-il. Et enfin, je vous rappelle aussi, puisque vous semblez l'avoir oublié, qu'il y a de ça encore quelques heures, j'étais censé détruire le monde ! Et voilà que c'est moi qui vais finir en friskas [20] pour vautours !

— Dan ! Ce n'est pas le moment de faire de l'humour ! s'interposa le grand brun.

— Parce que tu penses que j'ai envie de rire ?

---

19 « <u>File au sable</u> » : tombe à l'eau.

20 <u>Friskas</u> : forme évoluée de deux marques de croquettes pour chat.
- **Est-ce que j'ai un chat chez moi ?** La réponse est oui. Il se nomme Merlin, comme l'Enchanteur du même nom. Franchement, quel usurpateur d'identité ce mage ! Oui, j'avoue, je suis également fan des Légendes Arthuriennes !
- **Est-ce que je suis fan de Pokémon ?** La réponse est toujours oui. Kylian-chu attaque groz'yeux ! → La référence se trouve dans le tome 3 de la saga Le Cycle du Prophète, quand Zack prend Kylian pour Pikachu. Non, il n'a pas fumé ! Fumer, c'est mauvais pour la santé. Croiser un gorille géant qui joue au bowling avec des chèvres, ça, c'est mauvais pour la santé. La référence est la même.
- **Est-ce que je suis légèrement (beaucoup) dérangée dans ma tête ?** Tu ne veux pas connaître la réponse, crois-moi...
Au passage, as-tu deviné à quelles marques de croquettes je fais référence ici ? Si oui, poste ta réponse en story sur Instagram ou tout autre réseau, dès que tu auras vu ce message. N'oublie pas de me mentionner pour que je voie ta réponse.

## *DAN*

Ils le fixaient tous comme si son cerveau avait grillé au soleil. Mais bordel d'addax ! Il crevait d'envie de hurler sa frustration ! Ça faisait des mois qu'il se torturait les méninges, désespéré d'être « potentiellement » à l'origine du Second Bouleversement, de centaines de morts – dont ses amis ! Des mois qu'il s'entraînait jusqu'à l'épuisement pour parvenir à contrôler ses nouveaux Pouvoirs. Tout ça pour s'entendre dire à J-1 que ce n'était pas lui et qu'il allait y rester ? Dan ferma les poings, les rouvrit plusieurs fois. Les veines à ses tempes pulsaient, son stress faisait grimper l'adrénaline, son Chi vibrait avec virulence.

— Que tout le monde se calme, s'interposa Darius. S'il vous plaît, insista-t-il devant le regard courroucé de Dan. On sait que ce n'est ni Markk ni Dan. Peut-être toi, Andrew ?

— Ouais, on sait tous que t'as déjà pété un câble par le passé, le sermonna-t-il, de plus en plus agité. D'ailleurs, si je vous éliminais tout de suite, tous les deux, demain tout le monde resterait en vie ! Vous devriez même vous laisser faire pour le bien du plus grand nombre !

— Non, mais ça ne va pas la tête ? s'emporta Andrew. Tu t'entends ?

Markk se leva soudainement, monopolisant ainsi l'attention de tous, mais surtout la sienne.

— Dan, stop ! Calme-toi.

Markk le fixait avec intensité. Dan riva ses yeux aux siens, profonds, empreints d'une Lumière éclatante. Dan s'apaisa aussitôt alors qu'Andrew reprenait :

— On va chercher une solution pour que tout le monde reste en vie. Et je n'ai pas l'intention de tuer qui que ce soit demain. Ni toi, ni Markk, ni personne !

# CHAPITRE 45
## ENTRE LE CRÉPUSCULE ET L'AURORE

❖•❖•❖

*— 11 mars 3698, crépuscule —*

*ORIANNE*

*— Cité Mirage, Infirmerie —*

❖

Les étoiles, points clignotants accrochés dans l'encre sombre, veillaient comme chaque nuit sur le monde endormi. Promesses d'une éternité éphémère, elles renvoyaient aux Hommes leurs lueurs fugaces à travers l'univers. Et bien que ceux-ci les admirent siècle après siècle, la plupart d'entre elles s'étaient éteintes depuis fort longtemps. Est-ce que l'humanité laisserait, elle aussi, une telle empreinte sempiternelle ? Que retiendrait-on d'elle ? Toutes ses haines ? Ses peines ? Ses guerres incessantes ? Ou bien son unité ? Ses espoirs ? Ses lumières ?

Quelle saveur donner à la paix quand chaque chapitre de l'Histoire débutait par des batailles sanglantes et des milliers de morts innocentes ?

L'Humanité avec un grand « H » s'était toujours écrite ainsi : un Alpha et un Oméga. Un début et une fin. Et, en cette soirée comme les autres, une question trottait dans toutes les têtes : quelle serait la fin qui se préparait à engloutir Mirage ?

❖•❖•❖

Orianne, vêtue d'une simple blouse, allongée sur la table d'enfantement, s'apprêtait, avec l'aide de Joëlle et de ses

collègues, à mettre sa fille au monde. Elle était en nage. Le travail avait commencé depuis plusieurs heures déjà. Les contractions devenaient de plus en plus intenses. Si le bébé l'aidait à les supporter, cela n'empêchait pas pour autant la douleur.

— Elle arrive, tenez bon mademoiselle, l'enjoignit Joëlle.

Leur enfant venait, leur petite furie… plus que quelques efforts ! Orianne se cramponna à la table d'accouchement. Il y eut une autre contraction plus forte. Elle poussa, hurla et quelques instants plus tard, le nourrisson pointa le bout de son nez.

— Ça y est, Orianne ! Comme elle est belle ! Tenez !

La soignante lui posa délicatement le bébé dans les bras. Sa fille ! Leur fille ! Elle était là ! Comme elle était belle ! Des petits yeux fermés. De minuscules mains qui se refermaient sur ses doigts.

La douleur disparut, comme si elle n'avait jamais existé. Orianne pleura de joie devant le fruit de leur amour, le plus merveilleux des cadeaux.

— Comment allez-vous l'appeler Orianne ?

— Andrew et moi avons choisi Phillys.

— C'est un joli prénom. Maintenant, je vais la reprendre. Je dois lui faire prendre un bain.

— Oh…

— Je vous la ramène tout de suite après.

— D'accord.

Joëlle prit la petite Phillys puis procéda à ses ablutions. Ensuite, elle l'habilla, la prit et la posa délicatement aux côtés de sa mère qui venait de s'endormir. La soignante sourit devant ce spectacle attendrissant.

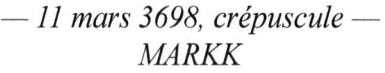

*— 11 mars 3698, crépuscule —*
*MARKK*
*— Cité Mirage, Salle de Conférences —*

**T**oujours en compagnie de Darius, Andrew et Dan, le grand ténébreux réfléchissait à ce qui serait le plus approprié pour le lendemain. Dans le doute de la réelle identité de l'Homme, devaient-ils s'enfermer ? Non, car si Amos venait effectivement à s'en prendre à la Cité, personne ne pourrait la défendre.

— Je suis votre meilleure chance pour protéger Mirage et ses habitants, affirma le turbulent Télépathe.

— Non, Dan, répliqua Markk.

— Pourquoi ? Je suis peut-être le seul à pouvoir le faire !

— On le sait bien, dit Andrew, le problème n'est pas là.

— Vous ne me faites pas confiance ?

— Idiot !

Dans son exaspération, les mots étaient sortis sans que Markk ne puisse les retenir.

— Si tu te retrouves seul contre tous, Dan, tu ne t'en sortiras pas.

— Merci pour ta confiance !

— Tu as dit toi-même que tu ne contrôlais pas parfaitement ta puce, intercéda Andrew.

Perdu dans ses pensées, Markk n'écoutait plus leurs chamailleries. Quelques instants avant l'arrivée indésirable d'Alépos, il avait pris Darius à part pour lui demander des nouvelles de Gwen. Malheureusement, Andrew et le Gouverneur avaient quitté l'infirmerie sans la croiser. Mais, après les explications du Télépathe, le chef de la Cité rebelle avait promis de s'occuper de la jeune femme, le plus vite possible, si chacun survivait à ce qui les attendait.

Markk fourra les mains dans les poches de son pantalon puis s'approcha de la grande baie vitrée. Il n'avait pas vu le temps

passer. Dehors, la nuit étendait un manteau obscur, seulement éclairé par le halo étrangement bleuté de la lune pleine. Le moment était proche. Il se tourna alors vers son meilleur ami et le cloua du regard :

— Je ne veux pas qu'il t'arrive quoi que ce soit.

## DAN

◈

**D**e petites rides striaient les yeux de Markk. Sa voix grave, presque alarmante, donnait le ton. Andrew remua sur son siège. Front plissé, il le scrutait avec le même air à refroidir le désert.

— Vous ne croyez tout de même pas que je suis assez crétin pour mourir demain ? Parce que bon, je ne sais pas si tu t'en souviens, Markk, mais je t'ai promis, il y a longtemps, de te mettre une bonne raclée. Et y'a pas moyen pour que j'claque avant !

## MARKK

◈

**S**es muscles se relâchèrent. Dan cachait presque aussi bien ses émotions que lui. Bien souvent, comme un vrai bourrin, en lui promettant de se battre avec lui. Comme une promesse de survie à tous leurs obstacles. Quant à lui, il ferait tout pour les protéger : Andrew, Orianne, Dan, Gwen et tous les autres.

Une œillade à son cousin, silencieux, les lèvres tremblantes, lui indiqua quel était son état d'esprit.

— Andrew ?

— Hum ?

— Tout se passera bien, assura-t-il en lui donnant une tape amicale dans le dos.

— Markk, je… j'ai un mauvais pressentiment.

— Moi aussi… mais je ferai tout ce que je peux pour protéger les gens que j'aime, pas toi ?

— Si ! Tu as raison, mais, promets-moi… promets-moi de veiller sur Orianne et le bébé si jamais…

Markk se figea, réalisant l'ampleur de sa demande. Son cœur se serra à l'idée de le perdre, lui ou qui que ce soit d'autre. Le grand ténébreux sentit le poids des responsabilités qu'Andrew lui confiait. Entre détermination et déchirement, il exhala une grande rasade d'air avant de répondre :

— Tu sais bien que je serai toujours là pour toi, Orianne et votre bébé. Même pour cet idiot de Dan, ajouta-t-il en le désignant du menton, mais je n'aurai pas besoin de le faire. Parce que c'est ton rôle. De toute façon, je veillerai à ce qu'il ne t'arrive rien.

Les épaules d'Andrew se relâchèrent légèrement. L'observer ainsi ne faisait qu'accroître sa détermination. Il ne reculerait devant rien pour empêcher Amos d'assouvir son dessein. Demain, il tuerait le Maître avant qu'il n'amène l'Homme – ou le Télépathe – de la Prophétie à déclencher le Second Bouleversement.

*DAN*

**D**an fronça les sourcils. Il ne mourrait pas demain. Voilà la promesse qu'il venait de faire à Markk. Cependant, des images lui revenaient en mémoire : ce cauchemar qui le tourmentait depuis des nuits…

*Andrew, allongé sur le sol, dans une mare de sang.*
*Markk, à genoux, prêt à en découdre contre la Mort.*

Cette Chose semblait invulnérable. Dans ses rêves, il avait vu tous ces morts. Ses amis voulaient le protéger afin qu'il puisse

maîtriser sa puce. Car, avec ce nouveau Pouvoir, il pourrait lui faire face. Mais eux, qui les protégerait ? Il avait vu leur décès, comme s'il y était. Tout ce sang… il avait envie de vomir…

Non. Il devait se reprendre. Tant qu'il y aurait un souffle de vie en lui, tout espoir ne serait pas perdu. Il ferait tout pour que sa vision ne se réalise pas. Oui. C'était lui qui les protègerait.

C'est alors que Darius reprit la parole, interrompant le fil de ses pensées :

— Donc, nous n'avons pas d'autre choix que d'attendre qu'Amos veuille bien passer à l'attaque !

*— 12 mars 3698, aurore —*
*ORIANNE*
*— Cité Mirage, Infirmerie —*

**L**es premières lueurs matinales de cette journée du 12 mars 3698 commençaient à percer l'obscurité de la nuit. Orianne, allongée dans son lit, venait de récupérer toutes ces capacités. Il fallait dire aussi que le petit ange, à ses côtés, ayant posé ses minuscules petits doigts sur le bras de sa maman, venait de soigner, en un temps record, les effets de l'accouchement. Observant sa fille, Orianne sourit tendrement. À quelques heures à peine de sa naissance, son enfant présentait des Pouvoirs étonnants ! Tout à coup, elle entendit une voix qui l'appelait.

— Orianne…
— Phillys ?

Non, celle-ci s'endormait à l'instant. Orianne se leva, puis s'habilla. Qui pouvait bien l'appeler ?

— Orianne…

Elle prit Phillys, toujours endormie, l'installa dans un porte-bébé en tissu (cadeau de MyriAnn) et la prit dans ses bras. Elle sortit de l'infirmerie sans un bruit. Se laissant guider par la voix, elle traversa plusieurs ruelles. Soudain, apercevant Andrew, Markk, Dan et Saïd qui faisaient le guet, elle s'arrêta net. Prenant sur elle, calmant les battements furieux de son cœur, Orianne ne les interpella pas. Elle reprit donc son chemin, à travers les rues désertes, pour parvenir finalement devant une porte.

— Orianne… entre… Orianne…

À ce moment-là, Phillys se réveilla et fit un grand sourire à sa mère. Du moins, c'est ce qu'Orianne imagina. Car à cet âge-là, un bébé ne voyait pas ! Sa fille devait sentir le Chi d'Orianne. C'était sans doute pour ça qu'elle avait l'air de la regarder.

Tout à coup, la porte s'ouvrit. Pourtant, elle n'avait pas touché la poignée ! C'est alors que Phillys poussa un petit rire de contentement. Orianne la contempla. Le bébé tendait sa petite menotte vers l'entrée. Ce n'était pas possible ! pensa Orianne. Phillys ne pouvait pas avoir fait ça ! Pourtant, il semblait évident…

La jeune femme se décida et pénétra dans la pièce sombre. La jeune femme n'y voyait rien du tout. Subitement, une lumière éclaira l'endroit. Orianne sourit, pencha ses yeux vers Phillys qui gazouillait bruyamment. Dans sa petite main, tendue vers le haut, un rayonnement intense illuminait la pièce. Ce fut de cette façon qu'Orianne découvrit pour la première fois les graffitis étranges ainsi que les premiers signes du Pouvoir de sa fille.

Semblant venir de plus bas, la voix s'intensifia encore, l'appelant toujours. En observant un peu partout, elle aperçut l'escalier en colimaçon, en descendit les marches et se retrouva dans une

333

autre pièce. Soudain, une lumière dorée apparut. Sous les yeux éberlués d'Orianne, elle se transforma, prenant une apparence féminine. Phillys babilla de satisfaction ; Orianne poussa un cri de stupéfaction :

— Orianne, dit la forme devant elle. Écoute-moi. Le temps presse, j'ai des choses à te dire.

# CHAPITRE 46
## À L'AUBE D'UNE BATAILLE

❖ • ❖ • ❖

*— 12 mars 3698 —*

*MARKK*

*— Cité Mirage, Périphérie de la ville —*

❖

n nouveau jour se levait sur le Monde Connu. Serait-ce le dernier ? Probablement. Ou pas. Qui savait ? Ces pastels égarés dans l'immensité du ciel ? Cet astre timide qui serait dans la force de l'âge le plus ardent, le plus sauvage, le plus barbare des tyrans de l'humanité ?

Darius et Hans avaient concentré toutes les forces armées de Mirage. Au sol, GiullYann et son escouade, secondés de plusieurs Télépathes s'étaient répartis à divers endroits stratégiques de la Cité. Les pilotes attendaient le signal pour décoller. Les civils avaient trouvé refuge dans des abris souterrains.

Andrew, Dan, Darius et Saïd se tenaient, avec lui, en première ligne. MyriAnn, désireuse de, si ce n'était racheter ses erreurs, venger ses défunts amis et sa famille, se trouvait en troisième ligne. Même si cela le mettait mal à l'aise, Markk savait pertinemment qu'elle possédait des compétences de combat et qu'elle pourrait toujours compter sur son soutien.

La longue veste du Télépathe ondula sous le souffle venteux et porta jusqu'à lui les vibrations d'une présence. Ses yeux sombres

scrutèrent les alentours. Personne. Il étira son Pouvoir mais ne trouva aucune trace de Chi.

— Markk? Un problème?

Andrew regardait dans la même direction que lui.

— J'ai cru sentir la présence d'Orianne.

— Orianne? Impossible. Joëlle vient de nous contacter Darius et moi pour nous dire que l'accouchement s'était bien passé. Elle n'aurait pas pu avoir récupéré aussi rapidement, non?

— Andrew a raison, vieux, s'immisça Dan. Orianne est à l'infirmerie, tu te fais du mouron pour rien.

— Concentrez-vous! les coupa Saïd, dont la mine sombre indiquait qu'il mourrait d'envie d'en découdre avec son père. Orianne est une grande fille! Elle n'a pas besoin de nous pour l'instant.

Même si Saïd n'avait pas tort, Markk ne pouvait s'empêcher de s'inquiéter. Et son inquiétude n'alla pas en s'arrangeant lorsque les premières lueurs bleutées du matin apparurent en même temps qu'Amos et ses troupes, aux portes de Mirage, prêts au combat.

Le Maître étira ses lèvres d'un rictus. Il n'avait pas changé. Flanqué de sa tenue claire, en nucléastane, il apparaissait toujours aussi droit, autoritaire pour ne pas dire tyrannique. Son Chi émettait des vibrations puissantes, dangereuses. Il ne ferait pas de quartiers.

Aux côtés de Markk, Andrew et les autres se crispèrent. Mais, chacun de leurs traits montrait la même résolution, le même désir d'en finir une bonne fois pour toutes. Amos leva la main. Lorsqu'il la baissa, ils lancèrent l'assaut.

❖ ● ❖ ● ❖

*DARIUS*

**D**arius regardait s'avancer vers eux la horde sauvage de son ancien ami. Ainsi, le moment était venu pour lui de se battre contre lui.

— *Andrew, téléféra-t-il avec lui, laisse-moi Amos, s'il te plaît.*

— *Je ne suis pas certain que ce soit prudent.*

— *Je t'en prie, c'est à moi de m'occuper de lui. Et puis, nous avons un vieux compte à régler tous les deux.*

— *Comme vous voulez, Darius.*

— *Aujourd'hui, je suis de nouveau Davis.*


C'était mieux ainsi. Un nouvel espoir était né en lui. Mirage lui avait révélé la possibilité d'un meilleur futur. Non, le secret ne serait pas dévoilé, mais son prix à payer, pour un simple mortel comme lui, était précisément la mort.

Mirage avait désobéi à une des lois les plus importantes de la nature : divulguer le futur. Elle aussi donc disparaîtrait. Mais tous deux avaient accepté leur destin. Aussi, s'il devait trépasser, autant que ce soit de la main de son vieil ami… Amos. Darius ferma les yeux l'espace d'une seconde à peine, se remémorant le pacte qu'il avait fait avec Mirage.

◧ ▪ ◧ ▪ ◧

— Il faut que tu saches Darius que si je fais ça, nous périrons tous les deux… Je m'y suis préparée… mais, toi ?

Il n'avait réfléchi qu'une fraction de seconde. Pour lui, le temps était venu.

— Moi aussi. Puis-je savoir de quelle manière je vais… ?

— Hélas non.

— Entendu, dis-moi tout, la Prophétie ?

◧ ▪ ◧ ▪ ◧

Le vieil homme soupira, rouvrit les paupières. Amos était déjà là, se tenant devant lui. Ses cheveux platine virevoltaient sous l'effet de son Chi. Une étrange lueur dans ses yeux diaphanes, il l'examinait, entre nostalgie et dégoût.

— Comme on se retrouve, Darius.

— Aujourd'hui, tu peux m'appeler Davis! rétorqua-t-il, lèvres plissées.

Sur ces mots, Darius /Davis se concentra. Il tendit la main droite. Un bracelet en cuivre irradia. Comme il canalisait davantage son Chi, le bijou éclata en mille morceaux, libérant totalement son Pouvoir. Amos eut un petit rire.

— C'est pour ça que lors de notre dernier affrontement, dans les galeries rocheuses, tu ne… comment dire? Tu ne m'arrivais pas à la cheville?

— Oui. J'avais entravé mon Pouvoir.

— Et si je t'avais tué?

Ses yeux gris pétillèrent.

— Pas après la révélation dont je t'avais fait part!

— Tu es toujours aussi intelligent, Davis! Cependant, le temps est venu pour nous de régler notre différend! Une bonne fois pour toutes!

— Oui, je crois aussi.

Les deux amis ennemis canalisèrent mutuellement leur Chi. Ils créèrent des Leyneïrs aussi puissants l'un que l'autre. Ils s'entrechoquèrent, propageant autour d'eux une onde énergétique impressionnante. Amos se téléporta dans le dos de son vieil ennemi, le fustigea d'un violent coup de poing. Darius dérapa, fit volte-face et lui faucha les jambes. Le Maître s'affala, se releva et d'un Bökneïr se protégea du Leyneïr que Darius venait de lui envoyer.

# CHAPITRE 47
## LORSQUE S'ÉTEINT UN GRAND AMOUR

◙ ▪ ◙ ▪ ◙

*— 15 ans plus tôt (année 3683) —*
*CéLyann*
*— Cité sans Nom —*

◙

L'après-midi battait son plein. Brodée de motifs floraux, une longue tunique blanche, par-dessus un pantalon plus sombre, soulignait la ligne svelte de CéLyann. Elle se promenait sur la Grande Place, tenant Orianne par la main. Elle profitait de la tranquillité de ces heures passives dans ce qui était son nouveau refuge depuis trois ans. La fillette portait une tunique bleue, assortie à ses yeux, ainsi qu'un pantalon clair. Avec ses cheveux ébène, identiques aux siens, noués en une tresse soignée, elle avait l'air d'un ange.

Alors que la Place s'animait des va-et-vient de la population bruyante, des rires enfantins attirèrent la curiosité d'Orianne. Plus loin, un groupe de petits de son âge s'amusaient au bord de l'oued qui traversait la ville. Orianne resserra sa prise dans sa paume.

La fillette n'avait pas beaucoup d'amis. Elle était assez introvertie et avait du mal à s'intégrer aux autres. Sans doute était-ce dû à ses capacités précoces ? Il fallait dire qu'avec un père comme le sien, le contraire aurait été étrange. Toujours était-il que seul le petit garçon blond, en tête de groupe, parvenait parfois à la sortir de sa réserve.

Le dénommé GiullYann lui fit signe de s'approcher. Orianne se cala davantage contre elle. C'est alors qu'un bruit sourd déchira le ciel. Une ombre immense se dessina sur les bâtisses alentours.

CéLyann leva son regard pour découvrir avec angoisse la flottille de snakairs du Maître Télépathe. Tandis que les avions commençaient à mitrailler la Cité sans Nom, une vague de panique submergea les habitants qui se mirent à courir dans toutes les directions, à la recherche d'un abri.

Des explosions retentirent. Des débris volèrent en tous sens. Les snakairs, avec leur ligne aérodynamique, plongeaient et remontaient, lâchant des rafales de balles. Le chaos envahit la scène autant que les cris des blessés qui se mêlaient au fracas des déflagrations. Puis, les Télépathes à la solde d'Amos, menés par Rogan, son fidèle Lieutenant, se téléportèrent au cœur de la Cité.

Des éclairs d'Eyneïr jaillissaient de leurs paumes, des ondes Chiiques balayaient les rues. À son tour, la rébellion entra en jeu. Les militaires résistaient tant bien que mal ; leurs pistolets projetaient des rayons paralysants. Des drones de combat survolant la place tirèrent à vue sur leurs ennemis. Orianne pleurait, terrifiée.

— Ne me lâche pas la main, ma chérie. Viens.

CéLyann sentait le Chi d'Amos. Il n'était pas loin. Elle courut à travers de petites ruelles, évitant la bataille. Elle devait s'échapper, retrouver Darius et mettre Orianne à l'abri. Au détour d'une rue plus large, elles se retrouvèrent bloquées par la foule, regroupée. Devant, un groupe de Télépathes menaçait les civils paniqués tandis que CéLyann sentait la présence de son ex-amant se rapprocher de plus en plus.

— Dame CéLyann, y se pass' quoi ?

À côté d'Orianne, GiullYann observait les Télépathes brandissant leurs mains qui se chargeaient d'énergie.

— GiullYann, mon petit, reste ici avec Orianne. Tu sais combien elle est timide. Je te la confie.

Il la fixa, avec au fond de ses yeux bleus, une lueur entre peur maîtrisée et une détermination étonnante à son âge.

— Oui M'dame.

— Orianne, reste avec GiullYann jusqu'à ce que je revienne.

La petite opina du chef. CéLyann se faufila parmi les habitants puis se plaça devant tout le monde pour s'interposer.

— Arrêtez !

Le Chi reflua des mains des Télépathes.

— Laissez-nous passer !

Les oppresseurs la considérèrent avec mépris. Leurs prunelles étincelèrent de cruauté.

— Pour qui tu te prends, toi ? Le Maître nous a dit d'éliminer tout le monde ! Tu crois pouvoir faire quoi ?

Elle hésita, toucha le collier qui ne quittait jamais son cou avant de laisser retomber sa main et répondit avec force :

— Je ne vous laisserai pas faire !

— C'est ce qu'on verra !

Au même moment, alors que les Télépathes déchargeaient sur elle leur Pouvoir et que la foule, affolée, se dispersait, Amos apparut.

— CéLyann ! hurla-t-il. Arrêtez !

Elle leva son regard vers lui tandis que l'Eyneïr la foudroyait et la projetait en arrière. Comme son corps retombait presque au ralenti, Amos se téléporta et la rattrapa.

## *DARIUS*

Alertés par le mouvement de panique des civils, Darius et Sky se faufilèrent à travers les différentes scènes de batailles. Ils repérèrent CéLyann aux prises avec quatre Télépathes ainsi qu'Orianne, en pleurs, en compagnie du jeune Xanders qui retenait, tant bien que mal, la fillette pour l'empêcher de rejoindre sa mère. Les deux hommes accoururent.

— Orianne ! fit Darius.

Elle se jeta à son cou. Il lui caressa les cheveux et murmura tout bas :

— Ne t'inquiète pas pour ta maman. Je vais m'occuper d'elle. Toi, tu vas aller avec Sky et GiullYann, d'accord ?

Elle hocha la tête, les larmes continuant de couler sur son visage.

— Sky, prends les enfants, va les mettre à l'abri ! ordonna-t-il en maintenant son attention sur le corps immobile de CéLyann.

◼◻◼◻◼

### *AMOS*

◻

**D**u sang s'écoulait de sa bouche et une tache rubis se répandait sur son abdomen.

— Non !

Darius se précipita.

— CéLyann !

Il s'agenouilla, croisa les prunelles d'Amos. Dévasté, ce dernier se releva et se planta devant les fautifs.

— Qu'avez-vous fait ?

— Maître, c'est…

Ils n'eurent pas le loisir de répondre. Amos concentra ses Pouvoirs qui les transpercèrent tous en même temps. Il déchargea toute sa haine, sa rancœur, son désespoir. Il venait de retrouver CéLyann. Il ne voulait pas la perdre. Plus jamais. Elle ne devait pas… elle ne pouvait pas… il avait tant à lui dire ! Ses regrets, son désir de tout construire avec elle. Il voulait lui demander pardon. Pour toute cette folie qui s'était emparé de lui. Pour… tout…

Le liquide vital ne cessait de s'étendre sur ses vêtements, le sol, la rue. Le rouge semblait danser, serpenter à travers cette ville maudite pour mieux ramper vers lui. Il grimpait sur ses bottillons, imprégnait ses propres vêtements, sa peau, pour le teindre, lui, du sang de sa bien-aimée.

— Non !

Tout redevint normal. Ou presque. CéLyann gisait dans son sang. Elle ne se réveillait pas. Que se passait-il ? Un coup du sort ? Une moquerie fatale ? Quelqu'un se jouait-il de leur destinée ? C'est alors qu'il reconnut celui qui tenait sa fiancée dans ses bras, et, la colère, la haine refirent surface :

— Tu devrais être mort !

— C'est tout ce que tu trouves à dire ? s'indigna vivement Darius. Regarde ce que tu as fait ! CéLyann est morte ! Par ta faute !

En posant les yeux sur la dépouille de celle qu'il aimait tant, Amos se pétrifia. Chaque détail de son visage, la moindre goutte de sang, éraflure, brisèrent son âme et son cœur. Cette blessure ne guérirait jamais. La culpabilité le dévorait et le dévorerait jusqu'à son dernier souffle. Il était damné. Comment en était-il arrivé là ?

— Lâche-la, articula-t-il malgré le tourment qui le déchirait.

Il ne supportait pas de voir celui qui avait été autrefois son ami étreindre son amante. Il ne supportait pas de le voir pleurer. Ça devrait être lui de pleurer ! Comme ça devrait être à Darius d'être mort à la place de CéLyann ! CéLyann aurait dû rester à ses côtés ! Elle n'aurait jamais dû le quitter pour lui !

— Lâche-la ! hurla-t-il sans toutefois oser approcher.

— De quel droit oses-tu me parler ainsi ?! s'écria Darius à son tour en lui lançant une œillade meurtrière qui cloua Amos sur place. Tu as tué CéLyann ! Elle est morte à cause de toi ! Pars ! Pars et ne remets plus jamais les pieds dans cette Cité ! S'il te reste un tant soit peu d'amour pour elle, poursuivit-il, la voix brisée, pour tout ce que vous avez partagé, tu respecteras sa volonté de finir ses jours ici. Tu respecteras sa dépouille et tu partiras sans faire d'histoire.

— Davis, je…

— Je m'appelle Darius ! Tu as fini par éliminer tous ceux qui tenaient à toi ! Elfride, moi et maintenant la seule personne qui… Pars ! Tu entends ? Pars !

Amos avait tout perdu en un funeste instant. Dévasté, piégé entre colère et culpabilité, son corps ne lui obéissait plus. Il restait figé, là, à imprimer l'image de CéLyann dans son esprit. Celle de Darius ployant sous le chagrin. Il ne voulait pas y croire. Il ne pouvait pas. Se résoudre à partir signifiait abandonner CéLyann. Pour toujours. Il amorça un geste vers le corps inerte mais Darius leva les yeux vers lui.

— Si tu ne te casses pas maintenant, je te jure que je te crève !

Amos se pétrifia. Dans ses prunelles grises brûlait une lueur glaciale. Il le ferait. Le Maître jeta un dernier regard vers la silhouette sans vie qu'il aimait par-dessus tout avant d'annoncer :

— Nous règlerons nos différends une autre fois.

— C'est ça !

Amos téléféra avec ses troupes. L'instant suivant, Snakairs et Télépathes quittaient la Cité sans nom. Puis, il se téléporta, laissant derrière lui, le cœur rongé par les remords, celle qu'il ne cesserait jamais d'aimer, même par-delà la mort.

◻◼◻◼◻

Εν λϡανν∫ε 3698, λε 12 δυ τροισι∖με μοισ

Παρμι τουσ, υν Ηομμε σϡ∫λ∖ϖερα,
Ετ, λα Τϵρρε τρεμβλερα.
Περσοννε νε σερα ασσεζ φορτ
Πουρ βραϖϵρ χεττε Μορτ.
Νι λϵσ Ηομμϵσ ετ λϵιρ τεχηνολογιϡ,
Νι λϵσ Τ∫λ∫πατηϵσ ετ λευρ μαγιε.

En l'année 3698, le douze du troisième mois,
Parmi tous, un Homme s'élèvera
Et la Terre tremblera.
Personne ne sera assez fort
Pour braver cette Mort.
Ni les Hommes et leur technologie,
Ni les Télépathes et leur magie.

◻◼◻◼◻

# CHAPITRE 48
## LE MAGE DÉCHU

❖ • ❖ • ❖

— *Temps présent, 12 mars 3698* —
*ANDREW*
— *Cité Mirage* —

ndrew se battait contre plusieurs Télépathes. Il essayait de contenir ses coups, désirant surtout faire des prisonniers. Néanmoins, le combat était rude. Leyneïrs contre Leyneïrs, poings contre poings, les assauts fusaient de partout. Leurs épées, toutefois, permettaient à leur camp de prendre l'avantage.

À quelques mètres à peine de lui, Markk et Dan en faisaient autant, se battant avec acharnement. Raadja' était sorti de lui-même pour aider son maître. Il avait l'air de comprendre ce que Dan essayait de faire, mettant juste hors d'état de nuire ses ennemis. Ses terribles rugissements les paralysaient d'effroi. Saïd faisait des merveilles. Ses prouesses techniques et physiques, tout comme sa manipulation de l'Eyneïr, occasionnaient assez de dégâts pour percer les rangs adverses.

En arrière, la troisième ligne de défense de Mirage, menée par Paul, quelques Télépathes et sa tante MyriAnn, se tenait prête si les ennemis débordaient les deux premières. Car leurs ennemis n'en démordaient pas.

Ici un rayon d'énergie fracassa un mur; là un soldat tomba lourdement au sol. Plus loin, un Télépathe disparut puis réapparut sournoisement dans le dos d'un autre. Un uppercut partit, une boule d'Eyneïr aussi. Les deux combattants s'écroulèrent. Les civils, calfeutrés dans les habitations, frissonnaient de terreur. Les bâtiments tremblaient, se fissuraient sous les ondes Chiiques. Les structures ne tiendraient pas longtemps sous la puissance destructrice des deux factions rivales.

En plein milieu de ce combat acharné, un nouveau groupe de Télépathes, aux mines encore moins attrayantes que celles des brigades d'Amos, fit son entrée. Le Maître se tourna vers eux, aussi surpris qu'Andrew, Markk et les autres l'étaient. Les derniers arrivés déployèrent leur Chi et s'en prirent à tout le monde, sans distinction des clans. La tuerie allait commencer.

## MARKK

◈

**L**es Leyneïrs fusaient en tous sens, bombardaient les demeures, aéro-routes, tout ce qui croisait leur chemin. Les stormmerwinds entrèrent en action, essayant d'assurer un soutien aérien. Au sol, une partie de l'escouade du Capitaine Xanders activa son bouclier temporaire. En vain. Les rayons d'énergie des adversaires les heurtèrent de plein fouet et les projetèrent sur plusieurs mètres.

Andrew virevolta, jeta son pied au visage du Télépathe qui tentait de le prendre par surprise. Markk se téléporta, fit déflagrer son Chi et mit KO plusieurs ennemis d'un coup. Dan embrasa ses bras et fustigea un adversaire (sans savoir à quel groupe il appartenait: homme d'Amos ou nouveaux venus) d'une impressionnante flambée, le réduisant en cendres. Derrière eux, la façade se fit incendier. Épée à la main, Hans se précipita vers

un autre opposant. Celui-ci gestua avec ses doigts, générant une bourrasque qui lui fonça droit dessus. L'officier esquiva sans savoir comment et bondit au-dessus de lui avant de le transpercer.

— Bordel ! s'écria Hans. Ils sont dotés des échantillons SAEP dérobés ! Soyez prudents ! Ça va mal tourner !

Des hurlements à l'intérieur de plusieurs bâtisses, glacèrent les sangs de Markk.

— Tout le monde n'a pas été évacué ? demanda Saïd en s'arrêtant à sa hauteur.

— Je croyais qu…

Andrew et Markk échangèrent une œillade horrifiée. Les Télépathes Augmentés s'en prenaient aux civils sans aucun remord.

— On doit les aider !

Markk approuva. Mais alors que son cousin et lui allaient se téléporter, une nouvelle horde de Télépathes déferla sur eux.

### GWEN

Non loin de cette scène de guerre, la silhouette frêle de Gwen se détacha, effrayée. La veille au soir, elle n'avait pas trouvé Darius à l'infirmerie, ni ce matin. Impossible non plus de trouver sa meilleure amie. Gwen n'aimait pas la violence, elle était terrifiée par ce qu'elle voyait.

Elle tentait de rejoindre un abri souterrain dont elle connaissait la localisation, proche de sa position actuelle. Une salve de tirs de stormmers retentit à quelques mètres à peine et percuta un mur dans un bruit effroyable. Elle lâcha un gémissement plaintif. Son cœur cognait dans sa poitrine à une vitesse folle, sa terreur faisait grimper son adrénaline… pourtant, elle ne parvenait plus à bouger.

— Toi là ! Viens ici !

Un Télépathe à la mine peu engageante l'attrapa par le poignet.

— T'es drôlement mignonne, toi! Si on s'amusait un peu?

Gwen ouvrit grand les yeux et cria:

— Non!

Son Chi déflagra, l'homme s'écroula. Elle porta la main à sa bouche.

— Par tous les dieux!

Elle l'avait tué! Le ventre noué par la peur, elle se mit à cavaler. Quand elle s'arrêta derrière un mur, elle était à bout de souffle. Le sang pulsait dans ses veines. Elle tremblait, transpirait. Elle s'essuyait le front quand, prise de vertige, elle chancela.

Jambes flageolantes, apeurée, elle ne voyait plus que des masses informes s'effondrer autour d'elle. Hommes et Télépathes tombaient comme des mouches. Les Leyneïrs fusaient de partout.

Derrière elle, un bâtiment prit feu. Une vitre explosa, des gens hurlèrent. Elle ne pouvait pas leur venir en aide. Elle ne pouvait pas rester là non plus, songea-t-elle lâchement. Honteuse de fuir ainsi, elle se mit en mouvement. C'est alors qu'elle aperçut Xémel s'approcher de son père. Hans, l'épée toujours dans une main, frappa, sauta, esquiva les attaques du puissant Télépathe. Même s'il lui était impossible de l'activer, il maniait l'arme avec facilité et dextérité.

Xémel, grand sourire au visage, évita les assauts répétés du militaire, le bombarda de rayons d'énergie. De la lame, l'Homme fit des mouvements rapides, renvoya l'attaque et enchaîna. De sa main libre, Hans sortit un RÊVE, arma et tira. L'autre se baissa juste à temps. La sphère explosa contre le mur derrière lui.

Le Général des armées tenta de réarmer son révolver qui venait de s'enrayer. C'est alors que Xémel lui envoya un Leyneïr. Comme au ralenti, Gwen vit Hans chuter, touché de plein fouet. Il était mort avant que son corps ne touche le sol. Satisfait, Xémel fit craquer sa nuque puis se tourna vers elle. Les lèvres du Télépathe se retroussèrent alors sur un sourire de mauvais augure, puis, il se téléporta à sa hauteur. Les prunelles de la jeune femme

s'écarquillèrent de terreur. Un nouveau vertige la saisit et ce fût le trou noir.

❖ • ❖ • ❖

*LE MAGE*

❖

**À** quelques mètres à peine de là, un homme, encapuchonné, récitait d'une voix de plus en plus puissante :

*L'espoir se cachera sous les traits d'un amour perdu,*
*Le Mirage de sa tendresse éblouira le Mage Déchu,*
*Qui condamnera le Télépathe aux pouvoirs de la destruction.*
*Il oubliera tout dans ses passions,*
*C'est alors que la Prophétie se réalisera,*
*Le douze du troisième mois de cette année-là.*

*En l'année 3698, le douze du troisième mois,*
*Parmi tous, un Homme s'élèvera,*
*Et, la Terre tremblera.*
*Personne ne sera assez fort*
*Pour braver cette mort.*
*Ni les Hommes et leur technologie,*
*Ni les Télépathes et leur magie.*

Au même instant, mettant de côté le conflit qui les opposait, Amos et Darius se tournèrent vers lui. Un mouvement d'hébétude se peignit sur leurs visages respectifs.

— Alépos ? s'écria Darius.

Amos se décomposa, reconnaissant le vieil homme de ses cauchemars, celui qui lui avait annoncé la mort de CéLyann bien des années auparavant et qu'il croyait avoir éliminé. Alépos téléféra avec eux :

— *Je suis le Mage Déchu. Tout comme CéLyann je possède le don de vision.*

— *Quoi ? Comment ça ? s'emporta Amos. Qu'est-ce que… ?*

— *Tu as vraiment cru que je n'étais qu'un simple médecin ? se moqua le vieil homme. Sache, ajouta-t-il en plissant les yeux, que je la connaissais CéLyann bien avant toi, sombre présomptueux ! Je suis son frère jumeau ! Nous avons été séparés à la naissance. Mais, j'ai découvert son existence ! Et je l'aimais, moi aussi !*

— *Mais CéLyann ne t'aimait pas ! se souvint Amos. Elle s'est toujours méfiée de toi[21] !*

— *Évidemment ! L'amour rend aveugle, n'est-ce pas ? Elle représentait tout pour moi ! L'Espoir d'un meilleur avenir ! Mon Espoir ! Mais, j'ai tout perdu ! Par ta faute ! Et la tienne, ajouta-t-il à l'intention de Darius. Aujourd'hui, je n'ai plus rien ! Alors le monde sombrera. Je vais libérer le destructeur ! La Mort !*

# CHAPITRE 49
## LE VISAGE DE LA MORT

❖ • ❖ • ❖

*— 12 mars 3698 —*

*— AMOS —*

❖

Au moment où le Maître Télépathe se disait que, pour une fois, il ne savait pas quoi répondre à ce vieux fou, Xémel, le visage taché de sang, surgit à côté de Darius et lui.

— Xémel ? Je croyais que…

— Que j'étais mort ? Ce n'est pas le cas. Mais toi, que dirais-tu de voir ton vieil ami mourir ?

Sans attendre sa réponse, il enfonça sa main dans le ventre de Darius et créa un puissant rayon d'Eyneïr. Surpris, ce dernier fut incapable de réagir. L'ancien Grand Gouverneur s'effondra lourdement, sa tête heurtant violemment le sol. Amos fit déflagrer son Chi propulsant Xémel plusieurs mètres plus loin et s'agenouilla près de Darius.

— Darius ! réponds-moi.

— Je… te l'ai dit, je… suis Davis… Pourquoi as-tu commis toutes… toutes ces… horreurs ? Dis-moi… la vérité…

— Je te raconterai l'histoire de ma vie quand on t'aura soigné.

— Je… vais… mourir… elle me… l'a révélé…

— Hors de question. Nous avons un compte à régler tous les deux !

Davis lui adressa un sourire. Ainsi, Amos ne souhaitait pas véritablement sa mort. Il monopolisa ses dernières forces pour

l'attraper par la chemise et l'attirer vers lui. C'est avec la plus grande peine qu'il parvint à articuler :

— Mon vieil ami, tu sais… elle n'a jamais cessé…

— CéLyann ?

— Oui… un amour… puissant, sincère… l'Espoir… elle n'a pas compris pourquoi tu…

— Je voulais la protéger ! Je connaissais cette maudite Prophétie depuis toujours ! Le vieillard là-bas…

— Alépos ?

— Oui ! Je croyais l'avoir tué ! Il m'a prédit qu'elle mourrait ! Que beaucoup d'autres mourraient ! Je voulais trouver l'Homme pour l'enfermer, le tuer, lui, plutôt que CéLyann ou mes amis !

— C'était donc ça… mais… elle n'est pas vraiment morte… mon ami…

Amos se figea.

— Que veux-tu dire : « Elle n'est pas vraiment morte ? » Davis !

Mais, Davis poussa son dernier soupir. Bouleversé par ce décès inattendu, il était clair qu'il n'avait jamais réellement voulu le voir mourir, le Maître Télépathe se redressa pour se trouver nez à nez avec Xémel qui le fixait avec ironie.

— N'était-ce pas là ton souhait, Maître ?

— Qu'est-ce qui t'as pris ?

— Tu n'as toujours pas compris ? Je travaille pour quelqu'un d'autre !

Amos rassembla son Pouvoir : son Chi augmenta en un instant. Il envoya valser Xémel en arrière puis créa un puissant rayon d'Eyneïr. Son ancien fidèle en fit autant. Les deux Leyneïrs se percutèrent l'un contre l'autre dans un bruit assourdissant.

Xémel se téléporta. Le Maître Télépathe en fit autant. Leur énergie explosa contre un bâtiment, le faisant s'effondrer. Ils se donnèrent un uppercut dans leur mâchoire respective. Un filet de sang coulait le long de la bouche du Maître. Il s'essuya du revers de la main.

Autour d'eux, c'était apocalyptique. Chacun bataillait ferme. Leyneïrs, PPA jaillissaient de partout, crevaient les façades, touchaient ici des militaires Humains, là des Télépathes quel que soit leur camp. Les animaux spectraux de différentes tailles, de différentes espèces, se jetaient avec sauvagerie sur leurs ennemis, déchiquetant, mordant, griffant avec une violence inimaginable.

D'autres Télépathes, soumis à la Mort, se servaient des éléments, à la manière de Dan, pour exterminer toutes les personnes qu'ils croisaient.

Une rafale, plus puissante que les autres, fit éclater les baies vitrées de la Tour Centrale. Le feu embrasa une échoppe puis se propagea rapidement, d'abord de maison en maison, ensuite dans les aéro-routes. Des hurlements résonnèrent un peu partout dans la Cité.

Un homme sortit d'une habitation, le corps dévoré par les flammes, puis s'écroula au sol. Il y eut une explosion. Un pan entier d'un tube suspendu s'effondra sur des soldats. Andrew et ses amis étaient eux-mêmes dépassés par cette hécatombe et faisaient comme ils pouvaient pour contenir les nouveaux venus.

Amos généra un nouveau faisceau d'énergie, plus vigoureux encore que le premier. Xémel dérapa, se télétransporta derrière lui, le frappa. Amos s'écroula sous la puissance du coup. Au moment où Xémel levait la main pour l'achever, un Leyneïr le toucha dans le dos. Encapuchonné dans un burnous beige, l'homme s'approcha du Maître Télépathe, lui tendit une main pour l'aider à se relever. Le Maître l'accepta. Tandis qu'il se remettait sur ses pieds, il dévisagea le nouveau venu, encore plus abasourdi que par la traîtrise de Xémel. Il aurait reconnu ces yeux outremer n'importe où.

L'homme retira sa capuche. La mâchoire carrée, la barbe de plusieurs jours, il fixait Amos avec une haine sans pareille.

— Elfride, c'est bien toi ?

— Ne me remercie pas ! Je ne l'ai pas fait pour toi. Ne crois pas non plus que je t'ai pardonné ! As-tu trouvé l'Homme qui va déclencher l'apocalypse ?

353

— Andrew ?

— Tu n'as pas cherché la bonne personne !

Elfride se retourna et se figea.

— C'est trop tard, annonça-t-il.

## GWEN

**L**es yeux dans le vague, Gwen s'approchait, pas après pas, d'Alépos. Il la fixait d'un regard pénétrant tandis qu'elle continuait sa lente progression. Il la regardait : elle avançait. Elle le regardait : il avançait à son tour. Il lui sourit : un pas de plus. Elle lui sourit : elle était devant lui. L'air se chargea d'une tension sinistre, pesante, dangereuse. Mais, lorsque le vieil homme s'inclina, elle souriait encore.

— Maître, murmura-t-il d'une voix empreinte de déférence.

Quand il se redressa, elle plaça ses mains sur ses épaules. Une lueur verte teintée d'un rouge pourpre brasilla entre son omoplate et son cœur.

*— Merci pour ton aide.*

— Je ne suis que votre humble serviteur.

Une force sombre et mystérieuse enveloppa Gwen, faisant vibrer l'air autour d'elle, comme si l'univers entier retenait son souffle. Des éclairs sombres jaillirent de ses mains, crépitant dans l'air avec une intensité menaçante. Son corps semblait entouré d'un champ de force luminescent, où des volutes d'ombres et de lumière s'entremêlaient, formant un tourbillon sinistre et hypnotique.

*— Fais ce qui doit être, ordonna-t-elle de sa double voix.*

Alépos acquiesça.

— L'Espoir se cachera sous les traits d'un amour perdu. Le Mirage de sa tendresse éblouira le Mage Déchu qui condamnera le Télépathe aux pouvoirs de la destruction. Il oubliera tout dans

ses passions. C'est alors que la Prophétie se réalisera, le douze du troisième mois de cette année-là.

À chaque vers, l'énergie autour de Gwen se renforçait, animée par cette force surnaturelle, venue du néant. Cette énergie dessinait des arabesques émeraude et rougeoyantes à la fois ; spectacle envoûtant mais effrayant qui hypnotisait et emprisonnait chaque personne présente, comme si le temps venait de suspendre sa course.

— En l'année 3698, le douze du troisième mois, parmi tous, un Homme s'élèvera, et, la Terre tremblera. Personne ne sera assez fort pour braver cette mort. Ni les Hommes et leur technologie ni les Télépathes et leur magie.

Alépos retint son souffle une seconde.

— Chasseresse des Ténèbres, apparais maintenant !

Les lueurs devinrent éblouissantes, irradiant avec une puissance incroyable. Gwen sentit les engrenages d'une force irrésistible s'enclencher et se répandre en elle, comme si tout son ADN se modifiait et amplifiait ses facultés.

À chaque fulgurance, son Pouvoir pulsait par vagues intenses, et, à chacune de ces pulsations, elle sentait, sous ses doigts, les battements frénétiques du cœur d'Alépos. Elle le percevait, de la même façon que, des mois plus tôt, elle avait pu visualiser celui de son frère, Andrew[22]. Ce jour-là, Gwen s'était retenue. Aujourd'hui…

Les commissures de ses lèvres s'étirèrent à peine quand sa main s'enfonça dans la poitrine du vieil homme. Elle tira. D'un coup sec. Lui arrachant le cœur. Encore palpitant. Le liquide vital éclaboussa son visage, ses vêtements ; il dégoulina le long de son bras tandis que la dépouille de l'homme vacillait sur le sol dans un bruit sourd. Une tache sanguinolente se répandit un peu partout.

– *Je n'ai plus besoin de toi*, murmura-t-elle d'une voix empreinte d'ironie.

---

22  **Voir tome précédent.**

Elle lévita, transcendée par l'énergie maléfique qui prenait définitivement possession d'elle. L'or dans ses yeux émeraude se ternit avant de disparaître. Ses iris virèrent alors au rouge sang. Elle s'adressa à la foule avec une voix dédoublée et résonnante :

*— Écoutez ! Je suis la Mort ! Aujourd'hui, commence une nouvelle ère !*

L'air se satura d'un bourdonnement grave, symphonie inquiétante des murmures du néant. Des éclairs d'énergie noire jaillissaient de ses doigts, créant une sphère qui semblait aspirer la lumière naissante de ce nouveau jour. Les Ténèbres entouraient Gwen d'une aura aussi majestueuse qu'effrayante.

Ses cheveux s'allongèrent sous l'effet de son effroyable Pouvoir, flottant librement autour d'elle comme des serpents sinueux. Des ombres dansèrent autour d'elle, et une aura maléfique, presque palpable, se répandit, terrifiant tous ceux qui étaient présents.

Cette Gwen lui avait bien servi ! Certes, celle-ci avait bien senti que quelque chose se passait : ces absences, ces rêves, cette fatigue, cette odeur de mort qu'elle sentait partout ! Elle avait dormi en elle pendant tout ce temps. Maintenant, c'était elle qui contrôlait ce corps ! Un sourire diabolique se dessina sur son visage jadis si fin, si délicat. Elle était la Mort.

❖ • ❖ • ❖

## JARED

**M**aître d'œuvre des forces obscures, Jared, du haut d'une parcelle de l'aéro-route qui ne s'était pas encore effondrée, contemplait la scène avec une satisfaction glaciale. Autour de lui, l'atmosphère était chargée d'une présence oppressante, obscure, qui semblait étouffer toute la lumière. Ses yeux luisaient d'une lueur rougeâtre, maudite. Sa stature haute et droite évoquait sa

<br>356

puissance inébranlable, pilier sombre pour toutes ces âmes, ces Ombres qui lui appartenaient ou lui appartiendraient un jour.

Aujourd'hui, précisément, était un jour de grande victoire. La douce et tendre Gwen rejoignait ses rangs. La Lumière se voyait amputée d'un membre de l'Honneur, pour le meilleur pour les Ténèbres, pour le pire pour eux.

Il se tenait immobile, tandis que la transformation de Gwen se déroulait sous ses yeux impitoyables. Le vent se leva, porteur de la promesse des fléaux à venir. Jared savait que cette victoire n'était que le début d'une longue quête, car d'autres plans, plus machiavéliques encore, se profilaient à l'horizon. Des plans qui ne prendraient forme que dans plusieurs décennies mais qui adviendraient tôt ou tard.

Un sourire cruel étira ses lèvres tandis qu'il déclarait pour lui-même :

— Mirage, Gwen est désormais nôtre ! Le dernier Espoir des Hommes va bientôt retourner à ce qu'il n'a jamais cessé d'être : le néant. Alors, qui se souviendra de toi ? Notre Ombre va s'étendre, et dans quelques années, tes protégés comprendront enfin toute l'étendue de leur impuissance.

L'air se glaça, suspendu dans le cauchemar de ce qui se tramait plus bas. Jared les observa tous, pétrifiés de peur, de l'incompréhension de cette bataille perdue d'avance. Gwen appartenait corps et âme aux Ténèbres. Rien ne pourrait plus l'arrêter. Son rire sinistre résonna dans le vide alors qu'il venait de disparaître.

# CHAPITRE 50
## LA NAISSANCE D'UN MIRAGE

回■回■回

*— 15 ans plus tôt (année 3683) —*
*DARIUS*
*— Cité sans Nom —*

回

e visage marqué par le chagrin d'avoir perdu celle qu'il aimait tant, Darius demeurait prostré, la dépouille de CéLyann dans ses bras. Savoir comment elle avait péri était une torture insupportable. Pire encore était la torture de savoir que, malgré toutes les horreurs qu'Amos avait perpétrées, elle n'avait jamais cessé de l'aimer.

Ses prunelles grises débordèrent de son tourment. Il se sentait impuissant, dévasté par la perte de celle qu'il avait jurée de protéger. Les minutes passèrent sur son râle de douleur qui s'effaçait dans le tumulte de la rébellion reprenant le contrôle de la Cité au fur et à mesure que les escadrons d'Amos se retiraient.

Mais, tandis qu'il voulait se relever avec le corps de la défunte toujours dans ses bras, CéLyann papillota des cils. Incrédule, Darius comprit qu'elle n'avait pas encore rendu son dernier souffle.

— CéLyann!

Déchiré entre un espoir déraisonné et l'angoisse abyssale de la perdre à jamais, Darius tenta le tout pour le tout. Dans un ultime élan, il déploya sa médipathie pour la sauver de l'inéluctable.

— Tiens bon CéLyann! Orianne a besoin de toi. J'ai besoin de toi.

Malgré tous ses efforts, les plaies internes comme externes ne se refermaient pas.

— Darius…

— Ne parle pas. Garde tes forces. Je vais te sauver.

— Darius… écoute-moi… je n'en ai plus pour longtemps… il faut… la salle…

Il craignait de comprendre ce qu'elle lui demandait.

— Es-tu certaine ? hésita-t-il.

— On doit terminer… ce qu'on a commencé en… en arrivant ici… l'espoir…

— Il n'y aura pas de retour possible, souffla-t-il, la gorge nouée.

— Oui… pour le bien du plus grand nombre…

— Je…

Malgré la fatigue et la souffrance, elle s'accrocha à son regard avec une détermination inébranlable. Tout un monde d'émotions déferla vers lui à cet instant avec une intensité qu'il n'avait jamais ressentie auparavant. La douleur, le désespoir, l'amour, l'ampleur du sacrifice que CéLyann s'apprêtait à accomplir, tous ces sentiments se reflétaient dans ses iris baignés de lumière et de larmes.

Darius sentit son cœur se serrer, une vague de tristesse et de résignation l'envahir. Il savait qu'il n'avait pas le choix. Mais, ce choix impliquait de perdre son seul amour, à tout jamais. Une légère pression sur son bras fit dériver ses iris gris sur les doigts de CéLyann l'étreignant faiblement. Il frissonna, revint à ses prunelles qui se faisaient plus tendres, réconfortantes. Son cœur se brisa en milliers de bris.

— CéLyann…

— Tout ira bien.

La gorge nouée par ce qu'il ne parvenait pas à dire, il ferma les yeux et hocha la tête. Puis, il se leva en la portant avec précaution. Enfin, il se téléporta directement dans une salle sombre, au sous-sol d'un bâtiment isolé et désaffecté. Là, il la déposa avec douceur au sol. Mains tremblantes, elle trouva la force de tirer sur son collier pour le retirer et le lui confier.

— Donne-le à Orianne de ma part, le pria-t-elle en cherchant dans ses dernières réserves d'énergie. Cela entravera… tu sais… ses Pouvoirs… ça la protègera d'Amos… il ne pourra pas découvrir… qui elle est… il ne doit pas savoir… jamais… je ne veux pas… qu'elle devienne…

Prise d'une quinte de toux, CéLyann cracha du sang.

— CéLyann !

Comme il esquissait un geste pour lui venir en aide, elle le stoppa en levant la paume.

— Orianne pourrait devenir l'instrument… de sa haine… c'est mon dernier cadeau pour elle… et toi… tu dois veiller à garder le secret… jusqu'à… jusqu'à ce qu'elle soit prête.

Épuisée, elle laissa ses larmes se déverser sur son visage.

— C'est promis, assura Darius en rangeant le bijou dans une de ses poches.

Il caressa la joue de celle qui avait été sa femme durant ces dernières années. Il fit glisser une mèche de ses cheveux entre ses doigts et partagea un dernier regard où tous leurs non-dits voyagèrent de l'un à l'autre. Assentant d'un signe de tête, il se redressa et s'approcha, contre le mur du fond, d'un écran géant où défilait en temps et en heure ce qu'il se passait dans les rues. Les dégâts du combat étaient visibles partout : bâtiments en ruine, flammes dévorant certaines structures, corps sans vie, blessés. La Cité sans Nom était en proie au chaos.

Darius activa un bouton et un générateur longiligne sortit du sol. L'appareil émettait une énergie intense qui pulsait. Des arcs électriques dansaient tout autour, zébrant la pièce de leurs lueurs blanchâtres. Il retourna auprès de CéLyann, s'agenouilla à ses côtés.

— Est-ce que tu es prête ? l'interrogea-t-il en tentant de cacher son émoi.

En pleurs, elle approuva d'un signe de tête avant d'ajouter :

— Je sais que je ne suis qu'un… mirage sur la Toile du Temps. Bientôt tous m'oublieront… même ma petite Orianne…

Sur ces mots, sa voix s'éparpilla comme du sable dans le vent.

— Cela ne sera pas. Je t'en fais le serment.

Il colla son index à son majeur, joignit et plia les autres. Il porta les deux premiers sur ses lèvres puis sur son cœur pour sceller sa promesse.

— La Cité sans Nom portera dès aujourd'hui celui de Mirage afin que tous gardent en mémoire le souvenir de tous tes espoirs. Tu deviendras leur Espoir.

Il saisit ses mains, embrassa chacun de ses doigts.

— Je vous protègerai tous… articula-t-elle encore, jusqu'au jour où apparaîtra enfin… votre véritable espoir… l'innocent viendra pour unifier les peuples de la Terre.

Darius se pencha et l'embrassa sur le front. Il se leva encore une fois et enclencha un bouton sur le générateur. Celui-ci émit une forte énergie. Du sol, des filaments de lumière ondulèrent, s'élevèrent avec une grâce hypnotique. Ils dansèrent autour de CéLyann, effleurant sa peau avant de s'y fondirent doucement, et se mêler à son essence.

Elle ferma les yeux, et un éclat subtil traversa son visage, comme si son âme entière répondait à cet appel vibrant. L'énergie du générateur entrelassa la sienne dans une symphonie silencieuse, une fusion irrévocable et transcendante. Peu à peu, son corps tangible céda à une métamorphose éclatante. Ses contours devinrent flous, sa chair se dispersant dans un tourbillon de lumière nacrée. Elle s'éleva, éthérée et radieuse, prenant la forme d'une Eyncïr pure. CéLyann avait abandonné son humanité pour embrasser la majesté d'une Entité intemporelle. Sous cette forme vaporeuse et baignée de lumière, elle offrit un sourire serein à Darius.

— On a réussi ! Il est temps de tous vous protéger ! déclara-t-elle en levant les bras et en tapant dans ses mains.

À l'extérieur, un immense bouclier d'énergie apparut, englobant et protégeant cette Cité qui se nommait à présent Mirage.

*— Au même moment… (année 3683) —*
*AMOS*
*— Forteresse, Salle du Trône —*

◙

De retour de cette funeste mission, Amos s'était enfermé dans la salle, ne désirant voir personne, pas même Rogan ou Xémel. Au centre de la pièce, il laissa jaillir un cri, brut, viscéral, chargé du poids du chagrin qu'il ne pouvait plus contenir. Son hurlement déchira l'air, jusqu'à ce que ses cordes vocales se brisent pour laisser place à un vide oppressant. Dans une explosion de rage, il fit déflagrer son Chi, déchaînant une énergie sauvage et incontrôlée comme le reflet de son tumulte intérieur.

La pièce trembla sous sa fureur. Les murs portèrent les stigmates de ses poings, les vitraux volèrent en éclats. Il dévasta la salle mais rien n'égalait le chaos qui consumait son âme.

Il hurla de plus belle, puis, brisé, le souffle haché, il s'effondra, au milieu des débris éparpillés. Longtemps, Amos resta à terre, les yeux rivés au vide, écrasé par le poids de sa culpabilité. Enfin, il se releva, le regard trouble. D'un revers de main, il essuya la salive qui coulait de sa bouche. Mais ce geste n'effacerait rien. Ni son échec, ni sa douleur.

Chaque acte qu'il avait commis pour sauver CéLyann n'avait fait que précipiter sa chute. Il avait voulu la protéger mais, au lieu de cela, il l'avait conduite à sa fin.

— Tout ça, c'est la faute de ces moins que rien ! rugit-il, les traits déformés par la haine. Ces minables paieront leur tribut ! Je retrouverai l'Homme de la Prophétie, et je les massacrerai tous !

◙ ▪ ◙ ▪ ◙

S-P Decroix

Εν λϡαννɼε 3698, λε 12 δυ τροισιϲμε μο
ισ
Παρμι τουσ, υν Ηομμε σϡɼλɩπερα,
Ετ, λα Τερρε τρεμβλερα.
Περσοννε νε σερα ασσεζ φορτ
Πουρ βραϖερ χεττε Μορτ.
Νι λεσ Ηομμεσ ετ λευρ τεχνολογιε,
Νι λεσ Τɭλɭπατηεσ ετ λευρ μαγιε.

En l'année 3698, le douze du troisième
mois,
Parmi tous, un Homme s'élèvera
Et la Terre tremblera.
Personne ne sera assez fort
Pour braver cette Mort.
Ni les Hommes et leur technologie,
Ni les Télépathes et leur magie.

🔲◼🔲◼🔲

# CHAPITRE 51
## UN DERNIER ADIEU

❖ ● ❖ ● ❖

*— Temps présent, 12 mars 3698 —*
*ORIANNE*
*— Cité Mirage —*

◈

**L**es flammes dévoraient les entrailles de la Cité, livrée aux soldats Soumis à la Mort. Elle n'était plus que hurlements, bain de sang, destruction. Les corps s'entassaient à la même cadence que les décombres. Le dernier espoir de l'humanité venait de sombrer dans le chaos, faisant place au Second Bouleversement. Y aurait-il de courageux chevaliers pour faire front ? À moins que l'histoire, cette fois-ci, ne se termine par un « bad end » ?

Orianne débarqua en plein milieu du chaos, Phillys dans les bras. Quelques instants plus tôt, Mirage était apparue devant elle sous les traits de sa mère et lui avait tout raconté.

▣ ■ ▣ ■ ▣

*MIRAGE*

▣

— Écoute Orianne… le temps presse… j'ai des choses à te dire.

— Maman ?

— Oui. Il faut que tu saches. Darius, avant que mon corps terrestre ne s'évapore, a canalisé mon Chi, mon essence, avec

mes pensées, mon âme, pour créer une énergie pure, presque immortelle. En me permettant de survivre ainsi, j'ai pu te voir grandir, te protéger, protéger tant d'autres vies. Mais le temps m'est compté.

— Quoi ? Je te retrouve et te perds le même jour ?

— Je suis une Prophétesse… j'ai bravé la loi du temps. Deux fois. La première fois, en confiant un secret à AnnLys, nous l'avons payé toutes les deux. Mais cela est une autre histoire, nous n'avons pas le temps pour cela. La seconde fois a été qu'en révélant à Darius un chemin futur, je nous ai condamnés tous les deux. Mais, à présent que cette loi a été brisée une première fois, je peux te dire les choses passées et présentes sans te faire courir aucun risque.

— Quoi ? Non ! Maman ne… ne me laisse pas…

— Je n'ai pas d'autre choix. Écoute. Quand Hans a adopté Gwen, il a mené une expérience sur elle. Lorsqu'il l'a recueillie, elle était au seuil de la mort. Il est parvenu à extraire cette essence et l'a synthétisée dans son tout premier échantillon SAEP. Ensuite, il a implanté cet échantillon dans la moelle épinière de Gwen. Il a fait croire à Darius que la marque en forme de cercle était la cicatrice laissée par le Leyneïr d'Amos. Mais, en vérité, il s'agissait de la première manifestation de son nouveau Pouvoir. Tel Ouroboros, le serpent se mordant la queue, le cercle infini de la Vie et de la Mort. Car les deux sont intimement liés. L'un ne va pas sans l'autre. Par la suite, la Mort, en elle, s'est endormie… mais, elle a commencé à réapparaître au fur et à mesure que l'on se rapprochait du jour fatidique. L'Homme dont elle parle est un Télépathe, comme l'a deviné Markk. Mais, plus que tout, il s'agit d'une Télépathe. Cours Orianne ! Car ses Pouvoirs dépassent l'entendement. Tes amis sont en grand danger.

## ORIANNE

**O**rianne repéra Amos en compagnie de quelqu'un qu'elle ne connaissait pas. Dan, Markk et Andrew, chacun de leur côté, considéraient sans comprendre Gwen, qui tenait dans sa main (Orianne avait envie de vomir) un cœur encore chaud et palpitant. Elle parlait. Elle était la Mort. C'est alors que MyriAnn survint à son tour, en regardant partout autour d'elle avec effarement. Orianne hurla :

— MyriAnn ! Ne t'approche pas d'elle ! Ce n'est pas Gwen ! C'est elle dont parle la Prophétie ! C'est elle !

## LA MORT

**S**on enveloppe charnelle, Gwen, avança vers plusieurs Télépathes à la solde d'Amos. Elle leva sa main libre. Des flammes noires, intenses, surgirent au bout de ses doigts. D'un geste vif, elle les projeta contre eux. Ils hurlèrent, tordus de convulsions et s'effondrèrent.

Puis, elle se tourna vers Amos et Elfride. Un grand sourire déforma ses traits. Son regard se fixa sur le cœur d'Alépos, toujours niché dans sa paume. Elle dirigea ensuite son attention sur les deux hommes avant de revenir au cœur palpitant. Une énergie sombre émana d'elle, et soudain, celui-ci s'embrasa, dévoré par des flammes ténébreuses. Une seconde plus tard, il se dissipa, réduit en poussière. Gwen inclina la tête avant de se télétransporter devant le Maître, tout aussi abasourdi que tous ceux qui assistaient à la scène.

*— C'est toi qui as tué ce corps, il y a des années de ça ! Je devrais te remercier. C'est grâce à toi que j'ai pu renaître.*

Elle croisa la lueur de compréhension au fond de ses yeux diaphanes et sans lui laisser le temps de réagir, elle posa une main sur son ventre et déchargea une onde Chiique. Entravé par le Pouvoir surpuissant de la Mort, il ne put se défendre. La violence du coup le propulsa lourdement au sol.

## ORIANNE

**O**rianne accourut aux côtés de ce géniteur qu'elle détestait. Elle lança une œillade assassine à son ex-meilleure amie, considérant avec effarement son sourire dément, le sang qui coulait le long de ses mains, de ses bras. La réalité la frappa : Gwen n'était plus.

*— Orianne... disait l'étrange voix. Tu m'as toujours horripilée... tu es trop parfaite... trop aimante... et ton bébé... trop mignon. Vous allez mourir toutes les deux !*

## ELFRIDE

**G**wen abattait sa main vers Orianne et sa fille quand, au même instant, une lueur dorée fendit l'air et la repoussa violemment en arrière. Dans ce bref instant de grâce, Amos, Orianne et lui purent distinguer, une seconde à peine, les traits lumineux de CéLyann.

Celle-ci se pencha vers le Maître Télépathe dans une trainée d'ondes dorées. Elle l'enveloppa de ses bras vaporeux.

—Je t'aime, Amos, lui murmura-t-elle à l'oreille. Je t'ai toujours aimé.

— CéLyann…

Elle effleura sa blessure à l'abdomen. Elfride se pencha à son tour, apposa ses mains sur la plaie qui se referma. Amos grimaça, tendit une main vers sa bien-aimée. CéLyann posa furtivement son front sur le sien.

— CéLyann… je désirais seulement te protéger…

— Je sais.

— Je voulais… pardonne-moi…

Elle posa ses doigts sur sa joue.

— Je te pardonne, mon amour.

Elle inclina son visage. Ses lèvres chatoyantes effleurèrent les siennes dans un dernier baiser. Les larmes innodèrent les yeux d'Amos quand, dans un souffle fragile, il expira, enfin en paix. La lueur dorée vacilla avant de se disperser dans l'air.

Elfride se redressa, le regard grave. Son ennemi juré venait de s'éteindre, emportant avec lui les ténèbres de son passé.

# CHAPITRE 52
## LE SECOND BOULEVERSEMENT

❖•❖•❖

— *12 mars 3698* —

*MARKK*

— *Cité Mirage* —

❖

**D**an et Markk, occupés à transpercer quelques adversaires pas commodes, firent soudain volte-face pour voir la scène. Ils échangèrent un regard inquiet puis se précipitèrent vers Orianne et son bébé. Le grand brun, découvrant le visage d'Elfride revenu d'outre-tombe, ne lui posa aucune question, trop préoccupé par les évènements qui se déroulaient sous leurs yeux.

❖•❖•❖

*LA MORT*

❖

**L**a Mort, enveloppée de son aura sombre, partagée entre agacement et amusement de les voir lui résister, marchait vers eux. Deux sphères noires apparurent dans le creux de ses paumes. Tout sourire effacé de son visage, elle tendit les mains vers eux quand Andrew, à son tour, se retourna.

— Non !

❖•❖•❖

## ANDREW

**P**as eux! Il devait les sauver! Il se téléporta, créa un Bôkneïr dans la foulée. Le dôme d'énergie enclava le petit groupe, protégeant ainsi les personnes qu'il aimait le plus au monde. Le rayon d'énergie obscure se fracassa contre sa protection. Dans la confusion générale, il ne se rendit pas compte que son père était de retour.

◈ • ◈ • ◈

## LA MORT

**G**wen soupira d'exaspération. Qui pouvait bien encore contrecarrer ses plans? Andrew! Bien sûr! Un large sourire éclaira soudainement son visage. Elle s'éloigna de cette insupportable Orianne pour s'occuper donc de son frère…

Ne prêtant plus attention à ce qui se passait autour d'elle, elle ne voyait pas que son plan marchait à merveille. Ses complices avaient semé la pagaille dans la Cité. Plus personne ne savait qui était avec qui. Les PPA Humains étaient totalement inefficaces contre ces terribles adversaires. Leurs boucliers temporaires, une défense de fortune vite balayée face à cette nouvelle menace. Car les siens, ses Soumis, possédaient les SAEP, donc des Pouvoirs étonnants.

Gwen avait volé ces échantillons dans le laboratoire de Hans. Ensuite, elle les avait améliorés, puis implantés dans la moelle épinière de ses sujets, le premier ayant été Xémel. Leur Chi était décuplé. Ainsi, chacun de ses Télépathes possédait les mêmes Pouvoirs que Dan. La seule différence avec lui, c'était qu'eux les maîtrisaient parfaitement. Hommes et Télépathes de Mirage n'avaient plus aucune chance.

◈ • ◈ • ◈

## *GIULLYANN & SON ESCOUADE*

GiullYann, MSA en main, mitraillait à tout bastringue ses ennemis. Secondé par Swan, C.G. et Paul qui les avait rejoints, il força un passage dans la foule de combattants. Il évita un coup, puis, un autre. Swan et C.G. saisirent leurs R.Ê.V.Es, tirèrent dans le tas. Paul généra une myriade de boules d'Eyneïr qu'il balança droit devant lui. Leurs ennemis bloquèrent tout puis déchargèrent qui une salve brûlante, qui une glacée.

GiullYann feinta, bondit d'un côté, se baissa, se releva, se remit à courir. Un Leyneïr : il se baissa une nouvelle fois. Swan évita aussi. Le rayon d'énergie fusa, frappa le Bôkneïr d'un adversaire plus loin et rebondit dessus. L'Eyneïr revint vers Swan dont le bouclier temporaire venait de s'éteindre et la frappa de plein fouet. Gelé, son corps éclata en mille morceaux.

— Swan ! s'écria C.G.

La soldate tomba à genoux, effarée par la mort de son amie.

— C'était quoi ça, GiullYann ? demanda Paul.

— Je crains que ces types soient équipés des échantillons SAEP volés, il y a plusieurs mois de ça, dans le labo du Général !

— Je vais les buter ! hurla C.G., folle de douleur. Ils ont tué Swan !

— On n'a aucune chance ! Faut pas rester là !

GiullYann et Paul l'obligèrent à les suivre. Des cris dans une demeure les forcèrent à rester concentrés. Ils n'avaient pas le temps de pleurer ceux tombés au combat. Ils devaient aider ceux qui pouvaient l'être. Certains civils étaient restés chez eux. Une gigantesque explosion stoppa un instant la bataille qui faisait rage. Des hurlements de terreurs. Un énorme feu sortait du sol. GiullYann, C.G. et Paul se figèrent en même temps.

— Les abris souterrains !

Les flammes, immenses, se répandaient partout et dévoraient chaque centimètre de la ville.

— GiullYann! Faut trouver le moyen de partir! l'interpella Paul. J'ai usé beaucoup trop d'énergie pour pouvoir téléporter qui que ce soit.

— J'ai une idée. Mais avant, allons sauver ceux qui sont encore vivants! dit-il en désignant une maison d'où s'élevaient un grand fracas et des cris d'enfants. Suivez-moi!

Remontés à bloc, les trois acolytes fracassèrent la porte. GiullYann se précipita à l'intérieur pour y découvrir les cadavres de deux adultes et d'un garçon. Devant lui, un Soumis à la Mort tenait par la gorge une petite fille, blonde, les yeux noisette.

— Nancy!

Le Soumis se retourna. GiullYann n'hésita pas une seconde. Vif comme l'éclair, il arma son REVE, visa en pleine tête. Son adversaire s'écroula.

— Viens, Nancy! Il faut partir!

— GiullYann!

Elle se réfugia dans ses bras.

— Maman, papa, Alexis… ils sont…

— Nancy… regarde-moi!

Il s'agenouilla à sa hauteur. La petite fille, en larmes, le regarda.

— Je ne peux plus rien pour tes parents et pour ton frère. Tu comprends?

Elle pleura de plus belle, le supplia, cria. GiullYann lui caressa les cheveux, lui murmura des mots qu'il espérait réconfortants. La fillette, toujours bouleversée, finit par se calmer. Paul approcha.

— GiullYann, y'en a partout. Faut y aller!

Il opina de la tête, confia Nancy à C.G. les bruits de bataille, les flammes hautes, dehors, c'était un beau bordel, constatèrent-ils avec dépit.

— Il faut parvenir à se faire un passage.

C'est à ce moment-là que quelques militaires, accompagnés d'une poignée de civils, déchargèrent leur MSE, libérant la voie. GiullYann et les autres sortirent de la maison et les rejoignirent.

— Capitaine ! s'écria un des soldats. On n'est pas de taille.

— Je sais. Notre seule chance, c'est d'aller à la Tour Centrale, de prendre des stormmers s'il en reste et de foutre le camp.

— Et s'il n'en reste pas ?

— On prendra les aérostorms ou les clouderplanes. N'importe quoi mais il faudra décamper. Si on trouve d'autres civils, on les sauve !

## ANDREW

◈

Andrew regardait Gwen s'approcher de lui. L'aube fatidique écoulait ses derniers instants. Le soleil à l'horizon déchirait son cœur de milliers de questions.

— Gwen, écoute-moi. Tu peux combattre cette chose qui est en toi.

Elle le fustigea d'un regard contre lequel ses mots se brisèrent.

— *Ta stupide sœur totalement aveugle n'existe plus ! Je suis la Mort !*

Elle envoya plusieurs Leyneïrs. Andrew esquiva. Il essaya d'entrer en contact télépathique avec sa sœur, sans succès. Aussitôt, elle créa un rayon d'énergie si puissant qu'il ne parvint pas à l'éviter. Il dérapa.

Il n'avait pas le choix. S'il voulait que ses amis, sa fiancée, son enfant survivent, il devrait se battre contre elle. Son épée ne lui serait d'aucune utilité face à la Mort. Il la lâcha donc, assembla son énergie, augmentant ainsi son Chi.

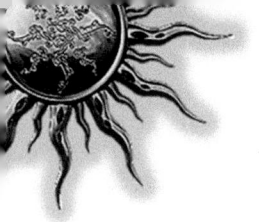

## LA MORT

**G**wen sourit. Il avait compris que cette arme ne lui servait à rien. Les Ombres sur l'âme de cette enveloppe charnelle qui la dévoraient depuis des mois prenaient à présent plaisir à tourmenter ceux que Gwen avait jadis aimés.

La Mort jeta un œil au désert. Dans les dunes, Kûni assistait au spectacle. Elle lui avait demandé de ne pas intervenir. Il aurait sa pitance en temps et en heure. Pour l'instant, ce combat ne regardait qu'elle. Il y avait trop longtemps déjà qu'Andrew se permettait de la défier, elle, la Mort. Il devait honorer son rendez-vous avec elle. Aujourd'hui, personne ne le sauverait !

Satisfaite, elle aperçut Markk, prisonnier du Bôkneïr dans lequel son cousin l'avait enfermé pour le protéger. Andrew avait éloigné le seul qui aurait pu – un tant soit peu – l'aider. Peut-être avait-il vraiment envie de mourir finalement ?

Elle se téléporta à une vitesse dépassant l'entendement. Elle serra les poings, frappa son aîné dans le dos. Il tomba, se releva, lui envoya un uppercut dans l'estomac. Elle se laissa faire. Le Télépathe fronça les sourcils. Elle encaissa sans bouger d'un millimètre. Elle envoya un rayon d'énergie qu'il esquiva. Le rayon alla se fracasser contre le bouclier qui protégeait tout ce petit monde.

## ANDREW

**S**on Bôkneïr flanchait. Andrew plissa le front, fit déflagrer son Chi. Elle ne remuait toujours pas. En revanche, l'onde percuta l'égide qui diminua encore. Andrew pesta. Comment se battre si, à chaque action, il mettait en péril la vie des siens ? Ses amis, Orianne et leur fille, se trouvaient en danger !

C'est alors qu'il la vit. Alors que tous la croyaient éteinte, elle était toujours là! Mirage sortit du plus profond de la terre. Un bouclier dix fois plus puissant que le sien entoura ses êtres chers. Maintenant, il pouvait se concentrer sur son combat. Son combat? songea-t-il, le cœur battant. Pouvait-il réellement se battre contre sa propre sœur? Celle-là même à qui il avait fait le serment de la protéger, quoi qu'il puisse arriver?

— Non!

Les images traversèrent son esprit: sa jeune sœur, souriante, riant aux éclats avec Markk et lui. Sa jeune sœur, soucieuse pour lui, qui le mettait en garde. Sa jeune sœur disparue. Sa jeune sœur revenue vers lui. Il ne pouvait pas! Il l'avait déjà perdue une fois! Par sa faute. Il n'avait pas su la protéger d'Amos. Il ne voulait pas que cela se reproduise. Il la protègerait coûte que coûte.

*– C'est pour cette raison que tu mourras! se moqua la Mort.*

— Si c'est la dernière chose que je fais, tant pis! Je ne tuerai pas ma sœur!

*– Crétin! Ta sœur n'est plus!*

C'est alors qu'Andrew tourna son regard vers Orianne, celle qu'il aimait, tenant leur fille dans ses bras. Le visage délicat de Phillys, rayonnait d'un pouvoir inné, semblable à une étoile nouvelle dans la nuit infinie. Une boule d'émotion se forma dans son ventre, ses tripes, tout son être. Cette certitude le frappa: il ne la verrait pas grandir.

Le temps sembla ralentir. Autour de lui et de Gwen, la bataille faisait rage. Le feu dévorait les entrailles de la Cité. Les gens hurlaient. Pourtant, tout lui parvenait assourdi, comme si plus rien n'avait d'importance.

Derrière le Bôkneïr érigé par la protectrice de cette ville devenue son refuge, les silhouettes de tous ceux qu'il aimait se mouvaient avec lenteur, comme pour le retenir une seconde, une minute, une éternité. Orianne criait, frappait le bouclier d'énergie de Mirage

avec une force surprenante. Dan faisait jaillir des flammes de ses mains. Markk concentrait son Chi. Mais rien n'y faisait. Un battement de cils et Andrew aperçut la haute stature qui posait sur lui son regard effaré : Elfride.

— Papa…

Son cœur rata un battement. Ainsi, il était en vie. Cette vision lui apporta soulagement et déchirure. Il aurait voulu se jeter dans ses bras, lui dire tant et tant de choses. Mais, il ne le ferait pas. Jamais.

Tandis que, à quelques mètres de lui, Gwen, monopolisait ses facultés, Andrew croisa le regard de Markk. Le visage de son cousin se figea dans la compréhension de ce qui allait advenir. Andrew lui sourit et téléféra avec lui :

— *Veille sur Orianne et Phillys, comme tu me l'as promis.*
— *Non ! C'est à toi de le faire.*
— *Tu as promis.*
— *Oui, j'ai promis. Mais...*

Andrew coupa la communication télépathique avec son cousin. Il avait sa promesse. C'était tout ce qui lui importait. Soudain, le tumulte des multiples combats résonna avec fracas. Une aura rouge, zébrée d'un vert émeraude, illuminait les traits de Gwen d'une lueur sinistre.

— *Bats-toi qu'on en finisse !*

Elle lança sur Andrew une puissante onde maléfique. Andrew para. Elle voulait se battre. Et lui, voulait gagner du temps. Un répit pour que Markk trouve une solution pour mettre tout le monde à l'abri. Il n'avait pas le choix.

Son Chi, aux couleurs océanes, jaillit de ses mains comme une vague déferlante. Gwen l'imita et lança son attaque. Les deux Eyneïrs se heurtèrent en une tempête d'étincelles multicolores qui tourbillonnèrent autour d'eux.

— Gwen ! Je sais que tu es là ! Quelque part ! Ne laisse pas cette chose prendre le contrôle !

— Tu es naïf, Andrew ! se moqua la Mort. Ta sœur n'est plus ! Depuis longtemps !

Son aura malfaisante décupla. Elle lança sur lui une nouvelle onde maléfique qui le traversa de part en part. Andrew tomba sur le sol et convulsa ; elle s'approcha. Un sourire accroché aux lèvres, elle s'installa sur lui, l'attrapa par le col de sa chemise et plongea son regard dans le sien. Il savait ce qui allait se passer.

— Parfait !

Une lueur verte apparut au bout de ses doigts, puis elle enfonça sa main dans son thorax.

# CHAPITRE 53
## UN JOUR FUNESTE

❖ • ❖ • ❖

*— 12 mars 3698 —*

*— MARKK —*

❖

**D**ans le bouclier généré par CéLyann, Markk frappait, encore et encore, la barrière dans l'espoir d'y percer une faille. La frustration montait en lui à chaque coup porté pour rien. Son souffle court, ses muscles tendus trahissaient son désespoir. Gwen s'était transformée en un monstre sanguinaire et Andrew, qu'il avait juré de protéger au péril de sa vie, risquait de mourir. Tout comme lui, Dan tentait de trouver une faille à ce bouclier.

Orianne criait. Phillys pleurait. Chaque cri, chaque sanglot, amplifiait son sentiment d'impuissance. Markk envoya un Leyneïr, vite absorbé par l'égide. À l'extérieur, Andrew était en mauvaise position. Il devait l'aider ! Le cœur de Markk battait à une cadence frénétique qui semblait résonner dans sa tête, couvrant même les bruits de la bataille. Il devait tenir sa promesse.

Orianne, blafarde, n'était plus que l'ombre d'elle-même. Elle lui jetait des coups d'œil suppliants qui ravivèrent sa détermination. Il devait trouver une solution ! À quoi pouvait bien lui servir tous ses Pouvoirs s'il ne pouvait pas le protéger ! L'angoisse et la culpabilité se mélangeaient en lui, le poussant à frapper la barrière avec une force redoublée. Ses mains tremblaient de fatigue et de colère, mais la barrière d'énergie refusait de céder.

— Andrew, tiens bon! murmura-t-il entre ses dents.

La détermination brûlait dans son regard. Markk savait qu'il n'avait pas le droit à l'erreur. Pour Orianne. Pour Phillys. Pour Andrew. Pour tous ceux qu'il aimait et qu'il devait protéger. Sa résolution se durcissait à chaque tentative de briser ce bouclier, son âme tout entière vouée à la survie des siens, quelles que soient les épreuves à venir.

Autour d'eux, en dehors de cette bulle protectrice, régnait un massacre sans nom. Markk aperçut Saïd, épée en main, qui bataillait avec courage contre plusieurs de ces adversaires. Toutes leurs lignes de défense avaient été débordées. Des flammes dévoraient la Cité, dispersant un épais nuage de fumée. Les cris résonnaient de partout: abris, demeures. Un bruit grinçant suivi d'une explosion retint son attention. Les aéro-routes explosèrent, déversant verre, véhicules, alliage.

Les éléments générés par leurs nouveaux ennemis se déchaînaient, dispensant leur propre tumulte. C'est alors qu'il vit MyriAnn en lutte contre Xémel. Le sang du grand brun se glaça d'effroi. Xémel frappa sa mère qui chuta sur le sol. Markk poussa un cri sauvage.

Au même moment, Andrew se redressa et lança une œillade dans leur direction. Lorsque ses prunelles vertes rencontrèrent les siennes, le grand brun se figea.

— *Veille sur Orianne et Phillys, comme tu me l'as promis.*
— *Non! C'est à toi de le faire.*
— *Tu as promis.*
— *Oui, j'ai promis. Mais...*

Andrew ferma son esprit et reprit le combat. La main de Markk trembla, hésita, avant qu'il ne concentre derechef son Chi. Il avait besoin de toute sa puissance pour l'aider. L'Eyneïr affluait dans ses paumes quand Gwen généra un puissant Leyneïr. Cette

onde traversa Andrew qui tomba lourdement. Elle s'approcha de son frère et d'une main, elle l'attrapa puis le frappa en pleine poitrine. Dans le bouclier protecteur, Markk hurla en même temps qu'Orianne :

— Non !

L'énergie du Télépathe décupla en une fraction de seconde. Il sortit enfin du Bôkneïr de Mirage, alias CéLyann, et se transporta aux côtés de son cousin, étendu sur le sol.

— Andrew !

Ce dernier baignait dans une mare de sang. Markk le serra contre lui, regarda le corps inconscient de son frère, à l'ombre de ses bras tremblants d'effroi. Ses doigts effleurèrent son visage glacé, bercé par les lueurs menaçantes du feu qui consumaient Mirage. La dernière Cité se mourrait, elle aussi. Un hurlement effrayant s'échappa de sa gorge, rongé de l'agonie à venir.

— Réveille-toi !

Avoir parcouru tout ce chemin, avoir surmonté toutes ces épreuves pour le perdre maintenant, ce n'était pas possible !

— Ta fille est là ! Elle t'attend !

Il n'avait pas su le protéger ! Il ne se le pardonnerait jamais ! Jamais ! C'était à lui de veiller sur lui ! Il n'avait pas tenu sa promesse ! Andrew devait vivre ! Markk apposa ses mains sur sa blessure. Rien n'y faisait. Les bras ballants, Andrew ne reprenait pas conscience. Markk essaya de le soigner, d'entrer en contact télépathique avec lui. Il le secoua de toutes ses forces. Il allait se réveiller ! Il devait se réveiller !

— Andrew ! Orianne compte sur toi ! Réveille-toi !

Son Chi n'émettait plus aucune vibration.

— Andrew !

Son cœur éclata en milliers de bris de verres aussi affutés que les lames qui semblaient le transpercer toutes en même temps.

— Non…

Sa voix se brisa. Les larmes affluèrent au bord de ses paupières désemparées. Le flot de sa souffrance ne pouvait être contenu plus longtemps. Serrant Andrew tout contre lui, il poussa un autre cri, encore plus déchirant. Mort ! Il était mort ! Les prunelles de Markk débordèrent de chagrin, de douleur, de désespoir. Il passa et repassa une main dans les mèches rebelles qui lui barraient le front, le cajola comme un enfant, marmonnant des mots incompréhensibles.

Gwen s'approcha de lui, un sourire angélique jusqu'aux oreilles. Markk l'observa comme un fantôme égaré. Il ne saisissait pas, ne comprenait pas. Il tendit la main vers elle, écrasé, une fois de plus, par la solitude de ses responsabilités.

— Gwen ! Mais qu'est-ce que tu as fait ?!

La tache sanguinolente s'étalait, couvrant le torse d'Andrew alors que, pendant ce temps, Gwen restait plantée devant lui avec ce sourire goguenard au bord de ses lèvres.

— Qu'est-ce que tu as fait ? répéta-t-il.

En guise de réponse, ses narines frémirent de plaisir. Sa langue claqua contre son palais. Puis, indifférente à la mort d'Andrew et à la souffrance de Markk, elle enchaîna :

*– Markk... tu le vois ? susurra-t-elle, désignant Xémel du bout des doigts. C'est mon nouvel amant. À moins que tu te joignes à moi ?*

— Mais qu'est-ce que tu racontes ? Tu viens de tuer ton frère ! Mon frère !

### DAN

❖

**D**ans le bouclier de CéLyann, la panique régnait. Orianne, voyant Andrew tomber sous les coups de Gwen, avait perdu connaissance. Par miracle, Phillys avait lévité jusque dans les bras de Dan. Quelques larmes coulaient encore de ses yeux de bébé,

mais, à présent, elle fixait le Télépathe avec intérêt. Elfride, lui, tentait de sortir du Bôkneïr.

— Aide-moi ! ordonna-t-il à Dan, comme hypnotisé par Phillys. Il faut qu'on aide Markk avant qu…

## *MARKK*

**L**es yeux de Gwen étaient aussi pourpres que le sang qui se répandait sur le sol. Ils se plissèrent dans une ultime moquerie. Elle n'avait pas l'ombre d'un remords. Markk sut à cet instant qu'elle venait de sombrer dans les Ténèbres. Cette entité n'était ni Gwen, ni Andie. Elle était la Mort. Pourtant, il devait la ramener à la raison. Comme l'avait précédemment fait Andrew, il essaya de la raisonner.

— Gwen, reprends-toi !

– *Celle que tu… aimes n'est plus !*

— Tu dis n'importe quoi ! Elle est là quelque part en toi ! Je sais qu'elle est là !

– *Tu te trompes ! Elle n'est plus !*

Elle le scruta avec intensité.

– *Rejoins-moi, Markk.*

— Jamais !

Elle plissa les yeux.

– *J'avais donc raison.*

— Quoi ? demanda-t-il en serrant le corps inerte d'Andrew contre lui.

– *Tes sentiments !*

— Bon sang ! De quoi tu parles !

– *Tu le sais très bien !*

— C'est faux ! réfuta-t-il après une brève hésitation.

– *Dans ce cas, rejoins-moi !*

— Jamais !

La Mort écarta les bras, fataliste.

— *Ainsi donc, tu choisis de te battre contre moi ! Très bien, tu l'auras voulu !*

Elle accumula son Pouvoir. Markk se releva, abandonnant à regret la dépouille d'Andrew. Mais l'aura malfaisante qui se dégageait de Gwen était si puissante, qu'elle le propulsa sur plusieurs mètres. Il se redressa sur ses genoux, en état de choc. Il fallait se remettre ! Il devait se remettre ! Gwen ne pouvait pas être cette Chose effrayante ! Sans cœur. Sans pitié.

Il se releva, focalisa son Chi. Markk savait bien des choses, comme l'absence des êtres chers. Il n'avait connu que cela. Tous lui avaient été arrachés. Il connaissait aussi les regrets. Ses souvenirs le portaient toujours vers ceux qu'il espérait un jour retrouver. Il connaissait également le goût des larmes se précipitant sur les jours heureux comme un maigre rideau de pluie amère.

Mais était-il prêt à combattre Gwen ? À se combattre lui-même à travers ce corps que la Mort venait de prendre ? Combattre son sang ? Sa famille ? Malgré tout ce qu'elle venait de faire, il devait essayer de la ramener !

Markk envoya un Leyneïr qu'elle esquiva d'un simple geste de la main. Plus loin, le rayon d'Eyneïr explosa une vitre. Gwen avança vers lui, lentement. Des flammes noires apparurent dans ses mains. Elle les lança vers lui. Il disparut. Les flammes embrasèrent une maison. Le feu se propagea à une vitesse ahurissante. Markk réapparut plus loin, mitrailla la Chose d'une multitude de rayons d'énergie. Certains l'éraflèrent, d'autres éclatèrent contre le Bôkneïr de CéLyann qui détona, libérant tous ses occupants.

Il se téléporta, la frappa. Gwen tomba mais se releva aussitôt en lui rendant la pareille. Il glissa, tint bon. Bien sûr, comme Andrew quelques minutes plus tôt, il comprit que son épée face à elle ne servirait à rien.

Il augmenta encore son Chi. L'air s'électrifia, faisant voler les particules. Il créa un puissant rayon d'énergie, toucha Gwen en pleine poitrine. Cependant, cela ne s'avéra pas suffisant. La Mort généra, elle aussi, un Leyneïr. Markk ne put l'esquiver à temps. Il tomba, blessé. Markk regarda cet être s'approcher de lui. Il savait ce qu'il avait à faire. Mais comment tuer de ses propres mains celle qu'il…?

— *Qui est ton Maître ?*

Il serra les poings en prise à un terrible dilemme. Gwen, même s'il… ses sentiments… malgré tout, pouvait-il ? Il s'agissait là de la pire épreuve qu'il avait à surmonter. Celle qui lui demanderait le plus de courage. S'il se servait de toutes ses capacités, elle mourrait ! Non ! Gwen était enfermée dans ce corps ! Cette Entité avait pris sa place ! Il devait bien exister un moyen pour la faire revenir !

— *Qui est ton Maître, Markk ?*

— Pas cette Chose qui est en toi, Gwen !

— *Je te le dis une dernière fois ! Gwen est morte ! Tu vas subir le même sort que son stupide frère ! Ton frère ! Tu vas mourir, Markk et je détruirai ton amour pour «elle» !*

— Ça, tu ne le pourras jamais !

— *Dans ce cas, il ne me reste plus qu'à t'arracher le cœur ! De mes propres mains ! Meurs !*

Les flammes noires refirent leur apparition au bout de ses doigts. Elle leva la main avant de les projeter vers lui.

# ÉPILOGUE
## LA DESTINÉE

*« Tous les bonheurs que j'ai gagnés, auxquels j'ai cru,*
*maintenant, ne sont plus que des souvenirs. »*

— *Extrait de « Wild Flower » : RM (of BTS) feat Youjeen* —

*LA PROPHÉTIE DE L'OMBRE*

◈

*L'espoir se cachera sous les traits d'un amour perdu,*
*Le Mirage de sa tendresse éblouira le Mage Déchu,*
*Qui condamnera le Télépathe aux pouvoirs de la destruction.*
*Il oubliera tout dans ses passions,*
*C'est alors que la Prophétie se réalisera,*
*Le douze du troisième mois de cette année-là.*

*En l'année 3698, le douze du troisième mois,*
*Parmi tous, un Homme s'élèvera,*
*Et, la Terre tremblera.*
*Personne ne sera assez fort*
*Pour braver cette mort.*
*Ni les Hommes et leur technologie,*
*Ni les Télépathes et leur magie.*

## *PHILLYS*

**L**a destinée…

Croyance antique? Réalité? Certains diront que notre chemin est déjà tout tracé. D'autres affirmeront que notre destin est entre nos mains, d'autres encore parleront de hasards. Pour ma part, je l'imagine comme un grand livre dont les pages encrées par une plume divine sont ouvertes sur nos vies.

— *Vous, en quoi croyez-vous?*

Je ne chercherai pas à vous persuader. À quoi cela servirait-il? Vous tenteriez sans doute de me convaincre, et moi, de vous contredire. Après tout, vous avez vos croyances. Ou peut-être pas. Je dirai tout de même que de ne pas en avoir mais de le clamer haut et fort, c'est déjà en posséder.

Pourtant, chacun de nous est libre de croire en ce qu'il veut : Dieu, Prophète, Divinités, Destinée, Bonne Étoile… nommez vos convictions comme vous le souhaitez. Cela importe peu… la seule chose que je vous dirai, c'est ce que moi, je sais.

Mes parents étaient destinés à se rencontrer. Mes parents étaient destinés à faire un enfant.

— *J'étais destinée à naître.*

Pourquoi leurs chemins se sont-ils croisés? Pourquoi mon père a-t-il pris les décisions qui l'ont conduit là? Pourquoi se sont-ils aimés? Pourquoi ici? Pourquoi maintenant? Sinon, pour unir leurs vies? Sinon, pour leur enfant à naître?

— *Car tout a une raison d'être.*

Je ne fais pas exception. Je suis un grain de sable. Identique à n'importe quel grain perdu sur les rivages de la providence. Minuscule. Infini. Un grain qui n'a pas d'autre raison d'être que d'accomplir la tâche qui est la sienne. Ai-je le choix?

— *Vous, l'avez-vous?*

La destinée…

Serai-je à la hauteur de la mienne ? Je ne le sais pas. Chacun de nous avance dans son existence, armé du seul courage de l'espérance. Cette force est notre lumière salvatrice. Celle qui nous permet chaque fois de nous relever et de continuer toujours plus loin.

Ma destinée : l'embrasserai-je de toutes mes forces ? Éclatera-t-elle de toute sa splendeur ? Je n'en sais rien.

— *Seul le futur en est la clé.*

Le futur…

Élément incertain de tout être vivant. Sera-t-il meilleur ? Pire ? Comment savoir ? Qui pourrait nous indiquer la voie à suivre, le bon chemin ? La roue du temps défile sur nos vies, otages de quelque chose qui nous dépasse, de quelque chose de bien plus grand.

— *Quelque chose qui nous échappe.*

Les fils invisibles se tendent, s'enchevêtrent sur l'infinité du temps. Certains s'effilochent ou se brisent ; d'autres filent de plus en plus vite, de plus en plus loin ou se perdent sur ces sentiers mystérieux. En vérité, tous n'ont qu'un seul but : tisser cette toile sibylline dans laquelle les destinées s'entrecroisent, se chevauchent et se perdent dans les brumes immuables où elles finissent par disparaître.

— *Ma destinée est déjà toute tracée.*

Le temps…

Bien précieux, s'effritant à chacun de nos battements de cœur. Écoutez-le. Entendez-le ! Chaque pulsation renferme un trésor oublié. L'insouciance de la jeunesse. L'éclat ardent de la passion. La quiétude du sommeil d'un enfant. Des éclats de rire. La voix d'un être cher. Et même la tranquillité de l'horizon.

— *Vivre ou mourir.*

Nous sommes des Survivants.

La Mort chemine parmi nous depuis ce funeste jour du Second Bouleversement. Elle nous traque inlassablement.

Mes parents étaient voués à se rencontrer, à concevoir un enfant. J'étais destinée à naître.

Je suis Phillys.

FIN DE L'ARC 1

PROCHAINEMENT

MIRAGE'S MEMORIES
ARC 2
— RÉSILIENCE —
ÉPISODE 1 : LES SURVIVANTS

# REMERCIEMENTS

Encore une fois, un énorme merci à mes bêta-lectrices : Aurélie, Corinne, Mélissa, pour leur travail et leurs conseils bienveillants.

Merci à Orlane pour toutes ces années passées à mes côtés. Tu sais ce que je pense de notre collaboration qui me tient particulièrement à cœur.

Merci à mon mari, Gilles, et à mes filles, Solène et Amandine, de croire encore en moi malgré toutes les difficultés de la vie. Merci à ma famille, mes ami(e)s, à mes fidèles lectrices et lecteurs pour tout leur amour et leurs encouragements.

S-P Decroix

Je vous aime tous très fort.

*Sandrine*

# CHRONOLOGIE

* 2065-2099 : Temps des Petits Conflits.
* 2342 : Premiers Grands Conflits.
* 2791 : Grand Bouleversement : la bombe nucléaire est utilisée. La Troisième Guerre Mondiale éclate.
* 2792 : Après un réchauffement inimaginable de la Terre, les pertes humaines, végétales et animales se comptent par milliards.
* 2793 : Tous les Glaciers ont fondu. Pluies incessantes. Deuxième catastrophe pour tous les êtres vivants.
* 2795 : Les Eaux commencent à se retirer.
* 2800 : Les Eaux ont totalement disparu.
* 2815 : Premiers signes de sécheresse.
* 2830 : Les nappes phréatiques se raréfient, les réserves d'eau potable aussi.
* 2853 : La Terre n'est plus qu'un désert.

* 3315 : Apparition des premières Mutations Génétiques.
* 3528 : Les Hommes et les Télépathes se divisent en deux clans.
* 3642 : Naissances d'Amos et de Davis (Darius). Dans une Cité un couple fête la naissance de leur premier fils : Hans.
* 3645 : Naissances d'Elfride et de Rogan.
* 3658 : Amos et Davis sont deux amis inséparables.
* 3665 : Un Télépathe sort des rangs. Amos a 23 ans et il prend le pouvoir.
* 3666 : Rogan, Davis et Elfride sont aux ordres de leur Maître Amos.
* 3667 : Elfride rencontre AnnLys qui deviendra sa femme.
* Visions de CéLyann
* 3668 : naissance de Markk
* 3669 : un vieil homme annonce la Prophétie à Amos et la mort de CéLyann.
* 3670 : L'état mental de CéLyann s'est dégradé. Création d'un bracelet par Davis pour contenir les Pouvoirs de CéLyann et la maintenir dans la réalité.
* Amos et Xémel complotent pour fabriquer de fausses preuves incriminant le peuple des Hommes. Explosion à l'entrepôt de la Forteresse, emprisonnement total des Humains présents à la Forteresse.
* 3671 : La guerre est déclarée avec les Hommes. Mouvement rebelle avec leur tête le Général Hans Vaulthiers et Sky Eudes.
* Dispute entre Amos et CéLyann au sujet des Hommes.
* Les rebelles découvrent un minerai qui permet de masquer leur présence aux Télépathes.
* Divers mouvements de la rébellion. Sky se distingue à plusieurs reprises.

* 3676 : Naissances d'Andrew et de Dan.
* Mouvements rebelles et assauts officiels d'Amos contre les Cités.
* Xémel entend des rumeurs au sujet de l'Homme de la Prophétie. Il se rend à l'Ouest du Monde Connu.
* 3677 : CéLyann découvre qu'elle est enceinte et cache sa grossesse. Elle désire quitter Amos et la Forteresse.
* Elfride et Davis rencontrent Hans et Sky, et trouvent un accord avec la rébellion.
* 3678 : Naissance d'Orianne au camp des Touaregs
* Amos sombre dans la tyrannie et ratisse les Cité à la recherche de CéLyann et de l'Homme de la Prophétie. Davis et Elfride jouent double jeu.
* 3679 : Naissance d'Andie. Décès d'AnnLys.
* Disparition des civils dans la Cité de l'Ouest sans que personne ne puisse l'expliquer, pas même Amos.
* Davis, Elfride et Rogan mettent sur pied un projet pour éliminer Amos.
* Assaut de la Forteresse. Trahison de Rogan. Mort d'Elfride et Davis. Séparation officielle entre Amos et CéLyann.
* 3680 : après plusieurs semaines, Darius rend visite à CéLyann au camp de Touareg.
* Il lui offre son collier et l'invite à rejoindre la Cité sans Nom.
* 3683 : Xémel retrouve la trace de CéLyann. Amos prend d'assaut la Cité sans Nom.
* Mort de CéLyann. Orianne a 5 ans.
* 3684 : les Cités tombent les unes après les autres sous le joug d'Amos.
* Andrew entre au service du Maître Télépathe. Markk devient le mentor d'Andrew.

* 3686 : Première mission d'Andrew avec Rogan. Andrew a 10 ans.
* 3687 : Andrew s'entraîne avec Rogan et Amos qui se rendent compte de l'étendue de ses pouvoirs.
* 3688 : Mort d'Andie. Mission spéciale avec Allan, Markk et Dan. Massacre des Hommes de la Cité. Rogan devient Général en chef des armées. Andrew a 12 ans.
* 3691 : Markk, Andrew et Dan rencontrent un homme étrange. Il leur apprend la vérité au sujet de la mort d'Andie et des projets d'Amos. Andrew a 15 ans.
* 3697 : Andrew a 21 ans, Dan aussi, et Markk en a 29. Ils décident de se rendre à Mirage, la dernière Cité des Hommes et mettent au point leur stratégie pour quitter la Forteresse.
* 22 janvier 3697 : Allan, Markk, Dan et Andrew viennent de trahir officiellement Amos. Ils traversent le désert pour se rendre à Mirage.
* 23 janvier 3697 : première attaque contre Mirage.
* 24 janvier 3697 : deuxième attaque contre Mirage. Rogan parvient à désactiver le bouclier. Andrew est grièvement blessé.
* 26 février 3697 : attaque finale des Télépathes contre Mirage. Andrew parvient à vaincre Amos. Mais le corps du Maître disparaît mystérieusement.

# DE LA MÊME AUTEURE

## EN AUTOÉDITION

› InTemporelle – La Légende du Fond des Temps
› LA PRINCESSE DU FOND DES TEMPS
› Mirage's Memories
 ARC 1 – RÉBELLION – ÉPISODE 1 LA DERNIÈRE CITÉ
 ARC 1 – REBELLION – ÉPISODE 2 LES CHAINES IMMUABLES DU PASSE
 ARC 1 – REBELLION – ÉPISODE 3 LES ESPOIRS PERDUS

# ANCIENNES MAISONS D'ÉDITIONS

› **Heartless**
   Saga : Mirage's Memories — Saga : Le Cycle du Prophète

› **Lysons Éditions**
   La Princesse du Fond des Temps

# AUTRES MAISONS D'ÉDITION

› **Edilivre**
   Attrape-vie